「나, 나츠키 좋아하나 봐.」
「뭐, 뭐어어어어어어어어어어어어어어어어어어어어?!」
말도 안 되는 폭탄 발언이었다.
우타가 소리를 질렀다.
하이바라의
청춘 뉴 게임+
haibarakun no tsuyokute seisyun newgame

나츠키에게
밴드 활동을 권유한
음악을 사랑하는 여고생
Gt.
Serika
▶혼도 세리카
기간 한정 밴드
『어중이떠중이의 모임』
mishmash leftovers
――활동 개시!
과묵하지만
확실한 실력을 갖춘
밴드부 선배
Dr.
Kengo
▶이와노 켄고

나츠키의 아르바이트
동료. 존재감 없는
밴드부 부원
Ba.
▶시노하라 메이
인생 2회차
무자각 고스펙
주인공
Vo./Gt.
▶하이바라 나츠키

「——나 있지,
나츠를 좋아해. 정말 좋아해.」
그곳에 있는 것은
해바라기 같은 미소였다.

하이바라의 청춘 뉴게임+

haibarakun no
tsuyokute
seisyun newgame

4

Kazuki Amamiya
아마미야 카즈키

ill. 긴 Gin

contents

▶서 장　　나의 영웅

입학식 날. 가장 먼저 발견했을 때는 솔직하게 멋있는 사람이라고 느꼈다.

키가 크고 날씬했으며 료메이의 교복이 무척 잘 어울렸다. 이목구비도 뚜렷했고 잘 정돈한 머리 스타일이 산뜻한 인상을 주었다. 무엇보다 무척 침착한 분위기에 끌렸다.

같은 반이란 걸 알고 어쩌다 같은 그룹이 되고 보니…… 솔직히 말해 뭔가 생각하던 것과는 달랐다. 침착할 때와 거동이 수상할 때의 격차가 심했고 조금 멋있는 척하는 게 좀 거슬렸으며 내게만 자꾸 들이대는 것이 조금 불편했다.

아마도 날 좋아해서 그러는 거겠지…… 싶으면서도 뭐, 딱히 싫은 건 아니었기에 평범하게 대응하는 사이, 점점 인상이 바뀌었다. 어쩌면 이 사람은 뭐든 잘하는 것처럼 보이지만, 실은 서투른 사람일지도 모른다. 살짝 관심이 생기기 시작했다.

나는 학교의 아이돌(이 될 예정)이었기에 누구 한 사람을 골라 애인을 만들 생각은 없었다. 하지만 고백받지 않을 정도로만 거리를 좁혀 볼까? 하고는 생각했다. RINE으로 말을 걸어 보거나 갑자기 전화를 걸어 보거나…… 그러며 자연스럽게 더더욱 그를 알고 싶다고 생각하게 되었다.

사랑은 아니었다. 그저 궁금했다. 공부와 운동, 그 밖에도 요리, 노래처럼 취미조차 완벽하게 해내는 능력과 그 서툴고 둔감하며 자신감 없는 성격의 언밸런스함 때문에.

그래서 옥상에서 타츠야와 말싸움을 하는 모습을 보고도 놀라지 않았고 납득했다.

평소의 행동은 가면이었던 것이다. 고등학교에 올라와 탈바꿈했다는 사실을 감추기 위해, 필요 이상으로 긴장하고 있었을 뿐이었다. 그 사실을 모두에게 들킨 이후부터 나츠키는 어느 정도 자연스럽게 행동하게 됐다. 그럼에도 본래 모습을 전부 드러낸 것은 아니었겠지만, 전보다 훨씬 더 대하기 편해진 것은 사실이었다. 그저 무척 애쓰고 있었을 뿐이었구나 하고 생각하니 조금은 귀엽게 보이기 시작했다. 그 뒤로 나츠키와 자주 대화하게 됐다. 나츠키는 내가 소설 얘기를 하면 즐겁게 들어주었고 추천한 소설을 읽어주기도 했으며, 내가 좋아하는 것을 이해해 주려는 모습에 정이 갔고 단순하게 좋아하는 소설의 취향도 맞았다. 그의 이야기에 "맞아!" 하고 공감할 수 있는 것이 기뻤다.

영화 데이트 권유에 내가 망설이는 모습을 보이자, 나츠키는 미리 준비한 것처럼 미오리와 레이타도 부르는 전개로 이행했다. 실제로 처음부터 계획을 짜고 권유한 것이겠지. 이 정도까지 진심이라면…… 하고 생각하는 나도 있었지만, 뇌리에 스치는 것은 우타였다. 말로 표현하진 않았지만, 우타는 아무리 보아도 나츠키를 좋아했다. 내가 나츠키와 친하게 지내면 우타의 기분은 좋지 않을 것이다.

나는 우타를 좋아했다.

항상 명랑하고 함께 있으면 나도 기운이 솟는다. 어느 정도 연기하고 있는 나 같은 가짜에게도 힘을 준다. 계속 친구로 있고 싶었다. 하지만 연애 감정이 이 관계를 갈라놓을 가능성이 있다면 나츠키의 호의는 거절할 수밖에 없다.

머리론 이해하고 있었다. 이해하고 있는데 데이트 날짜가 다가올수록 마음이 들뜨는 자신이 있었다. 무슨 옷을 입고 갈지 망설이고 거울을 몇 번이나 확인하기도 하며 어느새 나츠키에게 끌리는 자신을 부정할 수 없어 그 마음을 억누르려 했다.

나츠키와는 거리를 두고 어쩐지 기운 없는 우타를 살피는 데 여념이 없는 나츠키의 모습을 보며 복잡한 감정을 품은 내 마음을 모른 척했다. 그대로 멀리서 거리를 좁혀가는 나츠키와 우타의 모습을 바라보다가…… 7월 초 주말, 나츠키가 우타와 둘이 칠석 축제에 간다는 사실을 알게 됐다. 솔직히 충격이었다. 충격을 받은 내가 있었다. 마음속 어딘가에서 그런 일은 벌어지지 않겠거니 생각했다. 나츠키가 계속 날 좋아해 줄 것이라고 생각했다. 그러면서도 우타의 호의는 거절하리라 생각하지 않았다면, 그것은 거짓말이 되리라. 나는 형편없는 사람이다. 우타에게 우월감을 가지고 있는 못된 내가 있었다. 하지만 우타는 누가 보더라도 귀엽다. 그렇게 귀여운 아이가 호의를 보이면 관심이 가지 않을 남자는 그리 많지 않을 것이다.

나는 그제야 그 사실을 깨달았다. 깨달았을 때는 모든 것이 늦었고 나츠키와 우타는, 어쩐지 이미 "그냥 빨리 사귀면 될 텐데." 하는 분위기가 되어있었다.

그때 내게는 어두운 감정과 함께 안도하는 감정도 있었다. 이제는 고민하지 않아도 된다. 오히려 포기하기 좋은 기회라고 자신에게 되뇌었다. ……포기한다, 그런 표현이 튀어나올 정도로 커져 있던 감정을 덮어두고 두 사람을 응원하자고 정했다.

그러던 어느 여름날이었다.

가족 문제로 끙끙 앓던 날 나츠키가 구해준 것은.

의지한 것은 나였다. 카페에서 돈을 내는 걸 깜빡한 것을 구실 삼아 나약한 내 마음이 나츠키에게 매달리고 말았다. 다정한 나츠키라면 내가 의지했을 때 도와줄 것을 알고 있었다. 한심하게도 그때 나는 내 일로 벅차 다른 일을 생각할 겨를이 없었다. 나중에 되짚어 생각해 보니, 갑자기 나츠키네 집에 묵기도 하며 엄청난 짓을 벌였다. 그리고 모든 것이 해결됐을 때, 나는 이미 자신의 마음이 억누를 수 없을 만큼 부풀어 올랐단 것을 자각했다. 바다로 여행을 갔던 날, 정신을 차리니 나츠키를 눈으로 좇고 있었고 그런 자신이 부끄러워졌다.

호시미야 히카리는 하이바라 나츠키를 좋아한다. 그렇게 인정할 수밖에 없었다.

첫사랑이었다.

함께 있고 싶었다. 사귀고 싶었다. 꼭 껴안아 주길 바랐다.

그렇게 생각하면 생각할수록 마음은 무거워졌다.

……나츠키를 좋아하는 건 나 혼자만이 아니니까.

우타는 주변을 잘 살폈다.

분명 내 마음이 바뀌었다는 사실도 눈치챘을 것이다.

『정했어, 나. 우타한텐 안 질 거야.』

나츠키에겐 그렇게 선언했다.

이제 내 마음을 속이지 않겠다고 정했으니까.

……각오를 굳히자. 우타와 대화를 나누기 위해서.

▶ 제1장 속 빈 강정

즐거웠던 여름방학이 끝나고 2학기가 시작됐다.

여전히 여름의 더위가 남아있었다. 에어컨을 틀지 말지 망설여지는 어중간한 더위가 거꾸로 괴롭다. 선생님에 따라선 선풍기만으로 버티려 하거든……. 모두 더위 때문에 축 늘어진 모습을 바라보며 나는 책받침으로 파닥파닥 얼굴을 부쳤다. 그런 우리를 그제야 깨달은 세계사 선생님이 "어이쿠, 미안하다. 덥지?" 하고 말하며 에어컨을 틀었다.

좋았어, 더워요 어필 성공! 에어컨에서 나오는 시원한 바람이 기분 좋다. 대놓고 파닥파닥 책받침으로 소리를 낸 보람이 있었구나……. 내 성과에 만족하고 있자, 대각선 앞자리에 앉은 우타가 슬쩍 엄지를 세웠다. 우타는 우타대로 "더워……." 그렇게 작은 소리로 말하곤 하며 시행착오를 되풀이하고 있었거든. 이건 우리의 협력 플레이가 낳은 승리인 것이지!

도각도각, 칠판에 분필을 달리는 소리가 울린다.

착실한 스타일인 세계사 선생님이 칠판에 가지런히 해설을 적어나갔고 우리는 그대로 노트에 베껴 적었다. 이 선생님의 수업은 우선 내용 대부분을 칠판에 적고 나서 남은 시간을 해설에 할

애할 때가 많았다. 묵묵히 샤프를 놀리고 있자, 문득 누군가 어깨를 두드렸다.

옆에는 면목이 없다는 듯한 표정의 호시미야가 있었다.

"미안해, 지우개 빌려줄래?"

양해를 구하며 작은 목소리로 부탁하는 호시미야에게 지우개를 건넸다.

서둘러 자신의 노트를 지우개로 문지르는 호시미야의 얼굴을 옆에서 바라보며 남몰래 행복한 기분을 만끽했다. 2학기가 됨과 동시에 자리가 바뀌었고 그 결과, 나는 창가 줄, 뒤에서 두 번째라는 베스트 포지션을 확보한 것이다. 게다가 옆자리는 호시미야 히카리다.

대신 다른 멤버와는 거리가 많이 멀어지고 말았다. 두 자리 건너 대각선 앞에는 우타가. 타츠야와 레이타는 정중앙 줄에 나란히 있었으며 나나세에 이르러선 복도 쪽 줄이라 나와는 정반대였다.

그래도 호시미야 옆자리라면 불만은 없다.

멍하니 그런 생각을 하며 옆에 앉은 호시미야의 얼굴을 바라보고 있는데 보고 있다는 걸 눈치챘는지 고개를 든 호시미야와 시선이 맞았다. 깜빡깜빡, 눈을 깜빡인 호시미야의 볼이 어쩐지 붉게 물든다.

귀엽다고 생각하고 있는데, 무슨 이유에선지 불만스럽게 노려보았다. 무슨 심정으로 그러는 거야?

보란 듯이 고개를 갸우뚱거리자, 호시미야는 입술을 비죽이며 옆구리를 간지럽혔다. 그러니까 무슨 심정으로 그러는 거냐구?! 잘못하면 조용한 교실에 내 징그러운 웃음소리가 울릴 뻔했잖아…….

그러고 나서 호시미야는 "……고마워." 하고 작은 목소리로 말하고 지우개를 돌려주었다. 그래서 결국 왜 그랬던 건데…… 하고 생각하며 칠판으로 시선을 되돌리자, 세계사 선생님이 노골적으로 우리를 바라보며 살짝 기가 차다는 표정을 짓고 있었다. 황급히 자세를 바로잡았다.

그 뒤로는 성실하게 수업을 들었지만, 금세 수업을 마치는 종소리가 울렸다. 세계사는 제대로 들어 보니 재미있는데? 장대한 장편 소설을 읽고 있는 듯한 기분이 든다.

기지개를 켜며 결린 몸을 풀고 있는 날 옆자리의 호시미야가 빤히 바라보고 있었다.

"왜 그래?"

그렇게 묻자, 호시미야는 눈을 깜빡였다.

"……딱히, 아무것도 아닌데?"

"수업 중에도 막 옆구리 간지럽혔잖아."

"그건…… 나츠키가 날 뚫어지게 바라보니 그런 거지……."

호시미야는 고개를 돌렸지만, 귀까지 빨갛게 물들었다. 아무리 봐도 쑥스러워하고 있다. 어쩐지 요즘 호시미야의 리액션이 제법 그…… 뭐라 해야 할지, 무척 알기 쉬웠다.

『언젠가, 보름달이 보이는 밤에.』

평소라면 자의식 과잉이라며 자신을 훈계했겠지만, 호시미야의 마음을 알고 있는 이상 절대 착각이 아니란 걸 알고 있다. 호시미야도 아마 그다지 감출 생각이 없을 것이다.

"오늘 수업도 겨우 끝났어~."

"그러게. 이제야 여름방학이 끝났다는 게 좀 실감 난다."

"에이, 난 아직도 안 나는데. 계속 여름방학이었으면 좋겠어……."

"그건 나도 그렇기야 하지."

"……여행, 재밌었지. 또 가고 싶다."

"그러게. 다음은 겨울 방학이려나? 스키나 온천?"

"와아, 스키 엄청 재밌겠다! 그래도 난 넘어져서 크게 다칠지도 몰라……."

"그, 그건 조금이라면 가르쳐줄 수 있으니까 괜찮을…… 아니다, 미안. 역시 안 되겠다."

"뭐야, 포기하지 마!"

스포챌에서 본 호시미야의 운동 신경을 생각해 보면, 괜찮다고 쉽게 말하긴 어려웠다. 대학생 때는 이따금 스키를 탔지만 호시미야를 가르칠 정도로 잘 타는 건 아니다.

"나츠키, 오늘은 어떻게 할 거야?"

호시미야는 화제를 바꾸려는 듯이 물었다.

"학교 끝나면 오늘은 알바지."

"……그, 그럼 알바하는 데까지, 같이 갈래?"

조금 긴장한 모습으로 호시미야가 말하는 바람에 저도 모르게 얼어붙었다.

"……아니, 오늘은 일손이 달려서 학교 끝나는 대로 빨리 가려고 하거든."

"앗, 그렇구나. 그럼 어쩔 수 없지. 신경 쓰지 마."

호시미야는 아하하 하며 텅 빈 듯한 미소를 지었고 우리 사이에는 어색한 침묵이 흘렀다.

……거짓말은 하지 않았다. 오늘은 점장님에게 빨리 와 달라는 부탁을 받았기 때문이다.

다만, 물론 학교를 우선하란 말은 들었고 아르바이트를 하는 가게까지는 호시미야와 잡담을 나누며 가는 정도라면 딱히 문제는 없을 것이다. 즉, 나는 단순하게 거절한 것이다.

그렇게나 좋아하는 호시미야가 꺼낸 말이건만…… 내가 어떻게 된 걸까.

자신의 마음을 정리하지 못한 상황에서 호시미야와 단둘이 있는 것이 조금 두려웠다.

호시미야도…… 그리고 우타도 적극적으로 같이 있자고 날 부른다. 그럴 때마다 나는 무언가 핑계를 대며 단둘이 있는 상황을 피했다. 무언가 생각이 있는 것이 아니라 반사적인 행동이었다.

——두 사람이 내게 호의를 가지고 있다는 사실은 무척 기쁘다.

하지만 기쁘면서도 왠지 두렵다. 모순되는 감정이 가슴 속에서 소용돌이친다.

"하아……."

점심시간. 학교 건물 뒤 인적 없는 외부 계단에 앉아 한숨을 쉬었다.

어둡고 눅눅하며 적막이 감돈다. 이런 곳은 묘하게 기분이 진정된다.

그렇다. 이곳은 1회차 때 내가 자주 혼자 점심을 먹던 장소였다. 회귀하고부터는 한 번도 오지 않았지만, 무슨 이유에선지 발이 이곳을 향하고 말았다. 매점에서 산 빵을 우물우물 씹고 있는데 다가오는 발소리가 들려와 그쪽을 바라보았다.

"어라? 나츠키. 이런 데서 뭐 해?"

어리둥절한 표정을 짓고 있는 것은 세리카였다.

"보이는 것처럼 밥 먹는 중."

"이런 데서?"

"가끔은 혼자 있고 싶을 때가 있거든."

그렇게 대답했지만, 솔직히 아는 사람에게 보이고 싶진 않았다.

세리카는 "그래?" 하고 관심 없다는 듯이 중얼거리고 근처 나무를 물끄러미 바라보았다.

"그러는 세리카는 여기 왜 왔어?"

"장수풍뎅이가 없나 해서."

"뭐?"

얘가 지금 뭐라는 거야?

"웬 장수풍뎅이?"

"학교 건물 뒤쪽 나무들에 제법 있거든."

"아니, 그게 아니라 왜 찾고 있는데?"

"찾으면 재밌으니까."

……그, 글렀어! 대화가 통하는 듯하면서도 통하질 않아!

요즘은 세리카와도 제법 친해졌지만, 여전히 무슨 생각을 하는지 알 수가 없었다.

"그래도 9월이라 수가 줄었네. 슥 둘러봐도 안 보이니."

끄음 하고 고민스러운 표정으로 나무 주변을 얼쩡거리는 세리카.

3분쯤 그러다 질렸는지 내 옆에 앉았다.

"……저기, 좁은데요."

폭이 한 사람 지나갈 만한 외부 계단이라 가만히 있어도 다리나 허리가 막 닿는데요. 세리카는 미묘한 표정을 짓는 날 보고 키득거리며 웃었다.

"하나 뒤로 올라가도 돼?"

세리카의 말에 입안의 빵을 우물거리며 고개를 끄덕이자, 세리카는 한 계단 위로 올라가 내 몸을 다리 사이에 끼우는 자세로 고쳐 앉았다. 내 몸 좌우로 세리카의 가늘고 아름다운 다리가 있었다.

응? 별생각 없이 고개를 끄덕인 건데, 어째 이건 좀, 그…… 혹시, 내가 돌아보면 그대로 팬티가 보이는 게 아닌지? 세리카는 학교 여자 중에서도 특히나 치마가 짧으니까……. 아니, 진정하자. 쓸데없는 생각하지 마.

내가 마음을 비우고 조리 빵을 먹고 있자, 머리를 토닥토닥 쓰다듬었다.

"오? 제대로 세팅했네."

"그야 뭐, 어느 정도는…… 그러니까 너무 만지지 마라."

매일 아침 거울 앞에서 끙끙거리고 있거든. 섬세한 조정을 했다 이 말이지.

하지만 세리카는 내 말을 무시하고 멋대로 머리를 거꾸로 세우며 만지작거렸다. 야, 그만해.

"무슨 일 있었어?"

세리카가 담담한 어조로 물었다.

"……딱히, 아무것도."

"아무 일도 없으면 이런 데 안 오잖아. 나도 그렇거든."

꿰뚫어 보는 듯한 말에 할 말을 잃었다.

"……세리카도 고민이 있어?"

"없을 리가 없잖아. 내가 무슨 바보인 줄 알아?"

그렇게 말하고 세리카는 하늘을 올려다보았다. 왠지 울음이 터질 듯한 표정처럼 보인다.

"세리카는 무슨 일이든 잘해낼 줄 알았거든."

"전혀 안 그래. 못하는 일만 잔뜩이야. 어제도……."

세리카는 자기가 한 말을 가로막듯이 고개를 저었다. 항상 자기 좋을 대로 행동하는 세리카에게도 고민거리가 있는 모양이다. 감정을 그다지 겉으로 드러내지 않을 뿐이겠지.

"나츠키는?"

"……굳이 말하자면 명확히 하지 못하는 자신이 지긋지긋해."

말로 하자, 처음으로 자각했다.

가슴 속에서 소용돌이치는 답답한 감정을 정의했다고 해야 할까.

"우타랑 히카리?"

"……뭐야, 다 보여?"

"그야 여행 때 그러고 있는 걸 보면 알지. 미오리한테서도 얘기는 들었고. 그래서?"

"……솔직히 어떻게 해야 할지 모르겠어."

"우유부단하구나. 인기 있는 남자의 고민이야."

사치스러운 고민이란 건 알고 있다. 나는 여자에게 인기를 얻고 싶었다. 그러기 위한 노력도 해왔다. 그래서 지금 이 상황은 어떤 의미론 내가 바라던 상황이라고도 할 수 있었다.

하지만 나는 자신에게 호의가 향한다는 의미를 제대로 이해하지 못하고 있었다. 지금까지 여자에게 인기가 있던 적이 한 번도 없으니까. 사람의 호의를, 애니메이션과 만화 속 이미지로밖에 생각하지 않았다. 하지만 여기는 현실이다. 이 상황을 오래 끌 순 없다.

두 사람이 호의를 명확하게 말로 표현한 이상 나는 답을 내야 한다.

즉, 둘 중 한 사람을 고르고 한 사람을 찬다는 것이다.

그때를 생각하면 마음이 무거워진다.

나는 두 사람을 좋아했다. 그래서 두 사람이 슬퍼하는 얼굴은 보고 싶지 않았다.

"뭐, 이해는 가. 답을 주지 못하는 호의를 받으면 자신도 생각보다 괴롭지.”

세리카는 어딘가 쓸쓸한 목소리로 중얼거렸다. 경험이 있는 것이겠지. 얼굴과 외모가 되고 누구든 털털하게 대하는 성격 때문에 남자들에게 인기가 있다는 건 알고 있었다.

“차고 나서도 친구로 있을 수 있다고 단정 지을 순 없으니까.”

“……역시, 그래?”

“친구로 있자고 말해도 현실은 그렇게 호락호락하지 않아. 어색해져서 점점 만나지 않게 되다가 연락을 안 하게 되고 언젠가 인사도 안 하게 돼서…….”

세리카는 내 머리 위에 턱을 얹었다. 자연스럽게 거리감이 너무나도 가깝다. 이것이 갸루인가.

“나츠키 같은 경우는 같은 반, 같은 그룹이라 의외로 괜찮을지도 모르겠다.”

“……만약 내가 답을 내서 누군가와 사귀게 된다면, 그때 선택받지 못한 쪽은 같은 그룹에 있어 줄까? 아무리 그래도 자의식 과잉인가?”

“그야 뭐, 보란 듯이 끈적하게 지내면 힘들어하지 않을까? 하지만 나라면 내 안에서 타협할 것 같아. 평소 지내는 그룹도 소중하게 생각하니까.”

그래도 글쎄…… 하고 세리카는 말을 이었다.

“그 두 사람은, 조금 좋아하는 마음이 무거워 보여서…… 잘 모르겠어.”

그때 일을 상상했다. 지금 그룹이 뿔뿔이 흩어지는 것은 싫었다.

"그렇구나. 나츠키는 지금 관계를 부수고 싶지 않은 거구나?"

"……뭐, 그야 지내기 편하거든. 애들이랑은 계속 친구로 있고 싶어."

"나츠키는 나츠키대로 무겁네. 친구에게 품는 마음이."

"시끄. 나도 친구가 조금밖에 없단 말야."

"어차피 될 대로 될 거야. 될 대로 될 수밖에 없다고도 할 수 있지."

"뭐어……? 그런 태도로 돼?"

"돼. 그러니까—— 나츠키도 자기 마음에 솔직해지는 게 좋을걸. 쓸데없는 걸 생각하는 것보다 아마 그게 모두를 위한 일이기도 하니까. 아니 결국, 그것밖에 못 할 테고."

……자신의 마음에 솔직해지라 이건가. 그게 어려워서 이러는 건데 말이지.

지금은 여러 감정이 복잡하게 얽히고설켜 내 마음조차 알 수 없었다.

나는 어떻게 하고 싶은 걸까? 내가 선택하고 싶은 건 어느 쪽이지?

"그렇게 꿀꿀한 얼굴로 있으면 축 처지잖아. 신나게 가자."

세리카는 내 어깨로 리듬을 타며 내가 모르는 곡을 멋대로 부르기 시작했다.

마이웨이를 걷는 세리카 덕에 쓴웃음이 나오면서도 기운이 솟았다. 솔직히 지금은, 내가 무척 좋아하는 호시미야나 우타와 지내는 시간보다 세리카나 나나세와 지내는 시간이 마음이 편안했다.
"후회하지 않도록 해."
점심시간을 마치는 종소리가 울리자, 세리카는 그렇게 말하며 떠나갔다.

*

방과 후. 호시미야에게 그렇게 말한 것도 있어 재빨리 학교를 나와 통학로를 걷고 있었다.
귀에 낀 이어폰에선 밴드 사운드가 흐르고 있었다. 격렬한 록 스타일 노래에 앞을 향하자는 가사가 실린다. 블루 엔카운트의 'MEMENTO' 였다.
마음이 무거울 때는 음악을 들으면 조금은 나아진다.
이것은 세리카가 RINE으로 보내준 '기운이 솟는 플레이 리스트' 중 한 곡이었다. 같은 음악 앱을 쓰고 있어서 누르기만 해도 그대로 들을 수 있었다.
세리카와는 음악 취향이 비슷했다. 그녀가 추천한 음악은 모두 마음에 들었다.
아르바이트를 하는 역 앞 가게, 카페 마레스에 도착해 입구 문을 열었다.
딸랑거리며 손님의 방문을 알리는 종소리가 울린다.
"으응? 오구 왔어~? 나츠키."
소리를 듣고 이쪽을 돌아본 것은 아르바이트 선배인 키리시마 씨였다.
요즘은 날 이름으로 부르며 저런 말투를 쓰곤 하는데 어쩐지 여자나 어린아이를 대하는 듯한 느낌이 드니 자제해줬으면 좋겠다.
키리시마 씨 옆에는 아르바이트 유니폼을 입은 처음 보는 소년이 서 있었다.
여자치곤 키가 큰 키리시마 씨보다는 키가 작고 체격이 말라 보인다. 렌즈가 두껍고 동그란 안경을 꼈으며 조금 세련되지 못한 인상을 준다. 쭈뼛거리는 분위기를 둘렀다.
"소개할게. 이 애는 어제 들어온 신입인 시노하라야."
그러고 보니 신입이 들어온다는 이야기는 들었다.
"시, 시노하라입니다. 잘 부탁드리겠습니다."
꾸벅 고개를 숙이는 시노하라. 나도 황급히 고개를 숙이고 자기소개를 했다.
"안녕하세요, 하이바라 나츠키입니다."
"시노하라도 주방이거든. 나츠키가 이것저것 알려줘."
나도 아직 신입인데…… 아니, 그러고 보니 벌써 넉 달이나 흘렀구나.
시간의 흐름이 빠르다. 즐거운 나날은 눈 깜짝할 새 지나간다.
"둘 다 웬 존댓말이야? 같은 학교 같은 학년이잖아?"
깔깔거리며 웃고 있는 키리시마 씨의 말에 놀랐다.
"어? 그래?"
"아, 네…… 료메이 1학년 4반이긴 해요."

"진짜? 난 1학년 2반이거든. 잘 부탁해."

듣고 보니 인상이 낯익은 것 같기도 하다.

"물론 알고 있어요."

시노하라의 말뜻을 이해 못 해 고개를 갸우뚱거렸다.

"물론이라고?"

"유명하시니까요."

무척 당연하다는 듯이 시노하라가 말했다.

그렇구나. 나, 유명하구나……. 나쁜 뜻으로 그렇단 건 아니지?

뭐, 그 그룹에 있는 시점에서 눈에 띄는 건 어쩔 수 없으려나.

"오오, 나츠키는 학교에서 유명하구나?"

"……앗, 네. 잘생긴 데다 공부도 잘하고 운동도 잘하고 여자들한테 인기도 많아요."

"아, 역시 나츠키는 인기가 많구나~. 그래~?"

키리시마 씨는 시노하라의 이야기를 듣고 히죽히죽 즐겁다는 듯이 웃었다.

칭찬받으면 기분이 나쁘진 않지만, 키리시마 씨는 날 괴롭힐 생각으로 가득하단 말이지…….

"시노하라라고 부르면 돼? 같은 학년이니까 반말 써도 되지?"

나는 친근하게 느껴지는 말투와 표정을 의식하며 시노하라에게 물었다.

"앗, 네…… 그럼 저도, 하이바라라고 불러도 될까요?"

"그럼. 아니, 반말로 해도 되는데?"

"죄, 죄송해요. 존댓말이 편해서요."

아하. 그런 사람이구나.

왠지 모르게 분위기가 친숙하다. 옛날의 나처럼 아싸 냄새가 나……!

"오늘 유이노는?"

"나나세는 스케줄 안 넣었을 텐데요."

"그럼 나랑 나츠키랑 시노하라만이구나. 열심히 하자!"

힘차게 팔을 들어 올리는 키리시마 씨에게 시노하라가 조심스레 주먹 쥔 화이팅 포즈로 답하고 있다.

"네~에, 일단 옷 갈아입고 오겠습니다."

대학 시절 아르바이트를 하며 신입을 교육했던 경험은 나름대로 있다.

그리고 어제 들어왔다면 기본적인 일은 다른 사람에게 배웠겠지.

자, 오늘도 슬슬 일해보실까.

여행 때 돈을 꽤 써서 벌어야 하니까.

*

오늘은 웬일로 손님이 무척이나 많은 날이었다.

시노하라는 좋게 말해도 일머리가 있다곤 할 수 없었지만, 성실한 성격인 데다 열심히 임하려는 모습이 호감이 갔다. 전부 메모해 두려는 건 좀 웃겼지만.

"오늘도 어찌어찌 끝났네~."

"히, 힘들어요……."

"하하, 처음엔 익숙지 않으니 힘들지."

휴게실에서 학교 교복으로 다시 갈아입으며 축 늘어진 시노하라에게 말을 걸었다.

갑자기 문이 열렸다. 갈아입는 중인 우리는 개의치 않고 키리시마 씨가 기운차게 선언했다.

"그럼, 난 갈게!"

"힘이 넘치시네. 알바 끝난 다음인데."

"헤헤헤, 다 보여? 남친이 마중 왔거든~."

"아~ 예. 남친 자랑은 질리게 들었다고요."

행복한 기운으로 가득한 키리시마 씨를 배웅하고 나와 시노하라, 둘이서 가게 문을 닫았다.

"밤은 제법 선선해졌네."

시간은 밤 10시. 하늘은 이미 새까맣다. 역까지 가는 길을 시노하라와 나란히 걸었다. 살랑살랑 불어오는 바람이 기분 좋다. 지내기 편한 날씨가 됐다. 가을이 찾아온 것을 느꼈다.

"그, 그러게요."

한참을 두고 그런 대답이 돌아왔다.

분명 내 말이 혼잣말인지, 아니면 자신에게 말한 것인지 몰라 고민한 끝에 일단은 무난한 대답을 해본 것이리라. 그 심정 알지, 무척…….

시노하라는 제법 마음에 들었다. 친근하게 느껴져서.

아르바이트 일터의 인간관계는 좋아서 나쁠 게 없고 친하게 대해주면 기쁘거든.

"……저기. 오늘은, 감사했습니다."

시노하라는 작은 목소리로 그렇게 말하고 꾸벅 고개를 숙였다.

"아니, 그렇게 딱딱하게 굴 거 없다니까."

"하지만, 민폐도 많이 끼쳤으니까요……."

"처음엔 어쩔 수 없어. 나도 갓 들어갔을 무렵엔 나나세랑 키리시마 씨한테 민폐를 줬었고."

말한 다음 생각해 보니 솔직히 그런 기억은 없었다. 뭐, 인생 2회차에 아르바이트 경험이 풍부하다는 반칙 같은 기술 덕이니 본래라면 민폐를 끼쳤을 것이다.

"그런가요? 키리시마 씨는 하이바라는 손이 안 가는 데다 보통이 아니니 자기랑 너무 비교하지 말라고 그러시던데요……."

쓸데없는 소리 좀 그만해요, 키리시마 씨……. 여전히 입이 가벼우시다니까.

너무 깊게 파고들어도 시노하라가 기운 빠질 것 같으니 이럴 때는 화제를 바꾸자.

"시노하라는 알바를 왜 하려고 했어?"

"돈이 필요해서요…… 악기나 기재는 역시 비싸서……."

"악기?"

"아, 저…… 밴드부예요, 일단은요. 아, 안 어울리지만……."

의외인 건 맞지만 그렇게 자신을 비하하면 무슨 말을 해줘야 할지 난처하다.

바보 취급당하지 않도록 일부러 자기가 먼저 말하는 심리야 이해가 가지만.

"좋은데, 밴드부. 무슨 악기 해?"

"베이스, 예요. 별로 잘 치진 못하지만요…… 아, 베이스 아세요?"

"응. 나, 록 밴드 좋아하거든. 그거잖아, 저음 울리는 거."

베이스는 밴드의 심장이다. 주역은 보컬과 기타일지 모르나, 베이스가 연주하는 저음역이 밴드 사운드에 박력을 더해주며 곡의 분위기와 리듬을 안정시킨다. 나는 기타밖에 쳐본 적이 없지만, 실력 좋은 베이시스트는 동경했다. 프로란 느낌이 들거든.

"맞, 아요. 록, 좋아하세요?"

"뭐, 나름대로? 요즘 유행하는 밴드는 어지간하면 다 들었어."

내게 있어선 7년 전 밴드라 다 듣질 않더라도 알고 있지만 말야.

"……저도, 좋아해요. 그래서 저도, 밴드를 하고 싶어서."

시노하라는 굳센 목소리로 그렇게 말했다. 분명 본심일 것이란 게 전해졌다.

"지금까지 계속 혼자서 베이스를 쳤는데, 고등학교에선 용기를 내서, 밴드부에 들어가 봤어요. 솔직히 말하면, 겉돌고 있지만요. 하하하……."

"그, 그렇게 말할 것까지야…… 그보다 밴드부는 몇 명 정도 있어?"

"어, 어어, 열두 명이에요. 3학년이 벌써 은퇴해서요."

"사람이 제법 되네. 밴드 두세 팀은 꾸리겠다."

“지금은 2학년 네 명 밴드랑 1학년 셋에 2학년 둘, 이렇게 두 팀이에요. 그야 전 친구가 없어서…… 밴드에도 못 들어가고 남았지만요…… 하하하…….”

음울~ 하게 대놓고 풀이 죽은 시노하라. 이, 이걸 어떻게 커버치라고!

“그래도 열두 명이랬지? 그러면 셋은 되잖아? 파워 트리오라면…….”

“다들 저에 대한 걸 잊어서…… 나머지 두 사람은 밴드로 활동할 생각이 있는지도 모르겠고요.”

그, 글렀다! 모든 대화가 부정적인 방향으로 흐르고 있어!

무언가 밝은 화제는 없을까. 그러고 보니 세리카도 같은 밴드부였지.

“혼도 세리카란 애 알아?”

“아, 네…… 마침 방금 말했던 나머지 둘 중 한 사람이에요.”

“어? 그렇구나. 세리카는 친구거든.”

“혼도 같은 경우는 너무 잘해서 다들 거리를 두고 있거든요. 기술이나 의욕 모두 주변과 너무 차이가 나서 짜고 싶지 않다는 사람이 많아요. 처음엔 인기가 많았지만요.”

시노하라의 말을 듣고 점심시간에 본 세리카의 표정을 떠올렸다.

지금 당장에라도 울음을 터트릴 듯했던 건 어쩌면 동아리가 이유였을까.

“세리카 실력이 그렇게 좋구나?”

"연주에 톤 깎기 모두 차원이 달라요. 아무리 아무 데도 속하지 못한 어중이떠중이끼리라지만, 저 같은 게 혼도와 같이 밴드를 짜다니, 너무 황송해서…… 안 돼요……."

시노하라는 고개를 숙이고 걸으며 자조하듯 말했다.

"그래도 밴드 활동 하고 싶지?"

"그야 하고 싶지만…… 어렵다구요, 저 같은 사람한텐."

"그래도 악기랑 기재를 사려고 알바를 시작했단 건 아직 포기하진 않은 거잖아?"

정곡을 찔렸는지 시노하라는 벌레라도 씹은 표정으로 입을 다물었다.

……대학 시절, 기타를 샀을 때 나는 분명 지금의 시노하라와 같은 심경이었다.

스스로 남에게 말을 걸 용기는 없었다. 그래서 누군가 밴드를 하자고 말을 걸어주길 바랐다. 하지만, 애당초 친구가 없었으니, 기다리기만 해선 바라던 미래가 찾아올 리도 만무했다.

나처럼 후회만은 하지 않길 바랐다. 하지만 후회하지 않도록 하라고 세리카에게 막 들은 참인 내게 그런 말을 할 자격은 없었다. 그래서 시노하라에게 해줄 말을 잃고 말았다.

"……그럼, 또 보자."

"……네, 네. 실례하겠습니다."

시노하라는 꾸벅 고개를 숙이고 종종걸음으로 개찰구를 빠져나갔다.

세련되지 못한 외모도, 쭈뼛거리는 태도도, 부정적인 언동도 친숙하다.
마치 바뀌는 데 실패했던 날 바라보는 것 같다.
역 승강장에서 전철을 기다리고 있자, 비가 내리기 시작했다.
가을은 날씨가 변덕스럽다. 오늘 일기 예보에선 분명 계속 맑을 거라 그랬는데.
보슬보슬, 방울져 내리는 듯한 비였다.

*

그리고 3일 뒤. 토요일 낮이었다.
나미카가 거실에서 범프 오브 치킨의 라이브 DVD를 보고 있길래 소파에 드러누워 같이 보고 있는데, 갑자기 주머니에 넣어두었던 스마트폰이 알림 소리를 울렸다.
잠금 화면에 팝업이 표시되어 있었다. 우타에게 온 RINE이었다.
『저기, 지금 시간 나?』
미안하지만 난 지금 바쁘다.
지금 한창 범프의 라이브 DVD를 보고 있고 읽고 싶은 만화도 있는 데다 요즘은 해외의 액션 영화도 달리는 중이다. 또…… 그, 산책도 해야 하고. 무척 바쁘다 이 말이지!
『엄청 바빠.』 하고 보냈더니 『시간 나는구나!』 하고 돌아왔다. 이해가 안 되는군.
『동아리 끝나서 지금부터 미오링이랑 세리랑 노래방 갈 건데 어때?』

……노래방이요?

아니, 노래방은 좋아해서 괜찮긴 한데 왜 그 멤버에 날?

『세리가 나츠 노래 듣고 싶대!』

아하. 솔직히 그렇게 기대할 만큼 잘 부르진 않는 것 같은데.

『너무 기대치 올려놓지 마~.』

『걱정 마! 실제로 엄청 잘 부르는걸!』

으, 으~음…… 뭐, 거절할 이유도 특별히 없으니, 딱히 상관없나.

세리카와는 음악 취향도 맞았고 노래를 들어 보고 싶은 마음도 있었다. 미오리의 노래 취향은 모르지만. 『알았어!』란 뜻의 이모티콘을 보내고 외출하기 위해 옷을 갈아입었다.

"오빠, 어디 가?"

나미카가 센베 과자를 오독오독 갉아먹으며 물었다.

"어어, 친구가 불러서. 올 때 또 전화하마."

나미카는 텔레비전으로 시선을 돌리곤 "으엉~." 하고 대충 대답했다.

밖으로 나와 역으로 향했다.

하늘 상태가 애매하다. 비가 내리지 않길 비는 수밖에 없으리라.

어디서 점심을 먹고 가야 하는데. 오랜만의 외식이다. 이럴 땐 역시 라멘이지!

그리하여 라멘 가게에 들른 뒤 전철을 타고 가길 약 1시간.

역 개찰구를 지나자, 마침 정면에 있던 여자아이가 날 눈치챘다.

"앗! 나츠! 여기 여기!"

우타가 폴짝폴짝 뛰어오르며 손을 흔들었다. 무슨 어린애야? 치마가 훌렁 뒤집힐 것 같으니 이러지 말자. 무심코 시선이 아래로 향할 것 같잖아! 우타의 치마가 세리카만큼 짧았다면 아마 분명 여유롭게 삼각형 천이 보였을 것이다.

그 양옆에는 우타와 똑같은 료메이의 교복을 입은 세리카와 미오리가 있었다.

"미안, 기다렸어?"

"응, 그럭저럭. 심심했어."

"잠깐만, 세리. 나츠는 우리가 불러서 와 준 건데?!"

너무 솔직한 세리카를 황급히 나무라는 우타.

"그야 알지. 가자, 노래방. 기대된다."

세리카는 콧노래를 흥얼거리며 걷기 시작했다. 너무 마이웨이다.

그런 세리카 옆을 미오리가 이미 걷고 있던 건 익숙해서 그런 것이겠지.

우타와 시선이 맞아 서로 웃음을 나누었다. 옆에 나란히 서 걷기 시작했다.

노래방은 역에서 도보로 3분 정도 거리에 있었다.

세리카가 익숙한 모습으로 접수를 마쳤고 네 사람에겐 너무 넓은 큰 방으로 안내받았다.

"오늘은 손님이 적은 날이려나?"

"그것도 있는데. 내가 넓은 쪽이 좋다고 말했어. 넓은 게 기분 좋으니까."

고개를 살짝 갸웃거리는 우타에게 세리카가 리모컨을 조작하며 대답했다.

"뭐, 좁은 것보단 넓은 게 낫지."

미오리는 그렇게 중얼거렸지만, 나는 굳이 말하자면 좁은 쪽을 좋아해서 공감할 순 없었다.

아예 좁으면 좁을수록 안심이 된다. 내가 있을 곳처럼 느껴져서…….

자리 배치는 테이블을 끼고 세리카와 미오리가 마주 보고 앉았으며, 우타는 내 옆자리였다.

……냉정하게 생각해 보면 무척 긴장되는 상황인걸. 남자는 나밖에 없잖아. 여자랑 같이 노래방이라니, 옛날엔 동경했던 광경이지만 현실은 조금 불편하다.

솔직히 타츠야나 레이타도 와 주길 바랐는데…….

노래를 고르며 까불거리는 여자들을 그저 바라보고 있을 수밖에 없었다.

"됐다, 첫 번째 받아 갈게."

미오리가 리모컨을 조작하자 커다란 스크린에 노래 제목이 표시됐다.

요즘 유행하는 아이돌 그룹의 노래였다. 업 템포에 신나는 멜로디. 노래방에서 분위기를 띄우기엔 딱 맞는 노래가 아닐까.

그리고 미오리는 마이크 두 개를 손에 들었다.

"이거 부르고 싶었거든. 우타도 같이 부를래?"

잔뜩 신난 우타가 "응!" 하고 대답했고 두 사람은 같이 노래를 부르기 시작했다.

휴우…… 누군가 노래를 부르는 동안에는 아무 말도 안 해도 돼서 마음이 편한걸……. 그나저나 미오리, 그냥 잘 부르네. 옛날부터 뭘 시켜도 잘해냈지, 저 녀석은.

세리카는 리모컨을 바라보며 진지한 표정으로 끙끙거리고 있었다. 응, 그냥 놔두자.

노래가 끝난 타이밍에 미오리는 생각났다는 듯이 점수 기능을 켰다.

"맞다, 점수 대결하자. 지면 아이스크림 쏘는 거야."

대담하게 웃는 미오리에게 우타가 크게 팔을 교차해 X 표시를 만들었다.

"질 게 뻔하니까 싫어! 난 패스!"

"에이~ 뭐 어때서 그래. 우타도 잘 부르잖아."

"나츠랑 세리랑은 레벨이 다르단 말야! 그보다 미오링도 어차피 못 이길걸?"

"열 받네. 난 그런 소리 들으면 거꾸로 불타거든."

지기 싫어하는 성격이 올라온 미오리에게 세리카가 말했다.

"난 상관없어, 딱히. 공짜로 아이스크림 먹을 수 있단 거잖아?"

"여, 열 받아! 이 자식이, 우습게 보고 있어!"

화난 표정의 미오리가 세리카에게 덤비더니 옆구리를 간지럽히려 들었다.

"좀, 하지 말래도. 간지럽…… 으흡……!"

웬일로 초조한 표정을 지으며 몸을 비비 꼬는 세리카가 귀엽다.

장난치는 두 사람을 바라보고 있다가 옆에서 우타의 시선을 느껴 시치미를 떼고 스마트폰을 꺼내 음악 앱을 보는 척했다. 전 아무것도 안 봤답니다?

"넌? 할 거야?"

"……뭐, 상관이야 없는데."

이럴 때 미오리의 권유를 거절하면 삐지거든.

솔직히 그다지 질 것 같진 않았다. 아까 미오리의 노래를 들어본 느낌으론 80점 후반 정도가 평균점이 아닐까? 혼자 노래방에서 미친 듯이 단련한 날 당해낼 순 없을 거다. 후하하.

확실하게 95점을 넘기는 잘 부르는 노래들이 있긴 하다. 뭐, 반 이상은 아직 이 시대에 존재하지 않는 노래라 쓸 순 없지만. 이런 건 회귀의 단점인걸.

"그럼 나부터 해도 돼?"

그렇게 세리카가 물었지만 대답도 전에 이미 노래를 등록했다.

화면에 표시된 것은 마이 퍼스트 스토리의 'Missing You' 였다. 박력 넘치는 밴드 사운드가 방 안에 울려 퍼진다. 점수 대결에서 찐한 록 음악을 선택하다니, 진짜냐. 일반적으로 록 음악은 어려운 노래가 많아 점수를 따기 어렵다는 평을 듣는다.

단순히 별로 이길 생각 없이 그냥 좋아하는 노래를 우선했거나…… 아니면 자신이 있어서 그런 건가?

답은 금세 알 수 있었다. 세리카의 여성치곤 조금 낮은 목소리가 압도적인 하이톤 보이스를 특징으로 하는 남성 보컬의 노래와 매칭된다. 화면 상부에 표시된 음정을 체크하는 노트가 전혀 엇나가지 않고 그대로 이동해간다. 아니, 저기…… 이게 뭐야? 너무 잘 부르는 거 아냐?

"세리는 보컬도 자주 맡거든."

너무 놀란 나머지 입을 떡하니 벌린 내게 우타가 귓속말을 했다.

대단한데, 기타 보컬이라니. 록 밴드의 스타잖아.

코러스의 절정부에 맞춰 성량이 한 단계 올라가자 저도 모르게 소름이 돋았다.

미오리는 리듬을 타며 손뼉을 치고 있다. 우타도 몸을 흔들며 노래의 리듬에 올라탔다.

나는 압도된 채 얼어붙었다.

그리고 노래가 끝을 고했고 화면에 점수가 표시됐다.

——94점이었다. 무척이나 높았지만, 솔직히 더 높게 받았을 줄 알았다.

그래도 노래방 점수가 노래 실력과 직결된 건 아니긴 하니까.

"……뭐, 이 정도지."

세리카는 평소처럼 새초롬한 얼굴로 당연하다는 듯이 말했다.

무심코 손뼉을 쳤지만 세리카는 "그렇게 대단한 건 아냐." 하고 고개를 옆으로 저었다.

"다음, 나츠 차례야."

우타의 말에 노래를 입력하지 않았다는 사실을 깨달았다.

세리카 노래에 푹 빠져 다음이 자기 차례란 걸 잊고 있었다.

"우와, 생각도 못 했네. 뭐 부르지."

"고민되면 내가 좋아하는 노래 불러줬음 좋겠다~."

"딱히 상관은 없는데." 하고 대답하자, 우타는 "앗싸!" 하고 기쁜 듯이 웃었다.

우타가 리모컨을 조작했고 곧 삐빅 하는 소리가 울렸다. 커다란 화면에 표시된 노래는 알렉산드로스의 'city' 였다. 나도 옛날부터 좋아하던 노래다.

부드러운 인상을 주는 인트로 리프에서 시작해 드럼이 들어간 순간, 곡조가 날카롭게 바뀐다. 노래가 안정되었다고 생각한 순간, 리드 기타가 멜로디를 켰다. 노래 제목을 그대로 드러낸 듯한 다채롭고 깊은 사운드가 마음에 드는 곡이었다.

"이거 좋지. 근데 MV잖아, 최곤데."

휘파람을 부는 세리카에게 "그치!" 하고 동조하는 우타.

"아, 아~." 하고 살짝 소리를 내 목을 풀고 마이크와의 거리와 음량을 조절했다.

――옛날부터 음악을 좋아했다. 그래서 자연스럽게 노래를 부르는 것도 좋아졌다. 노래를 들려줄 만한 친구는 한 명도 없었지만 혼자서 노래방엔 줄창 다녔다.

그 덕에 점수 기능으로 고득점을 따는 실력이 늘었다. 고득점을 안정적으로 따기 위해선 몇 가지 요령이 있다. 예를 들면 원곡 그대로 오로지 음정에 맞춰, 노렸다고 느껴질 정도로 억양을 특정 지점에서 살리며 바이브레이션의 수를 겹쳐 점수를 노리는 것이다.

하지만 연습을 거듭하는 사이 허무해졌다. 나는 딱히 높은 점수를 따고 싶었던 게 아니다. 그저 단순하게 내가 좋아하는 노래를 내 뜻대로 부르고 싶었을 뿐이다.

그 사실을 떠올린 뒤로 평균점은 낮아졌지만 후회는 없었다.

오히려 노래 실력은 좋아졌다고 생각한다.

전에 다 같이 노래방에 갔을 때 그런 자신감이 생겼다.

분명 점수를 추구하는 방법으로 노래를 불렀다면 그런 칭찬은 받을 수 없었을 것이다.

칭찬받기 위해 연습하였던 것은 아니었지만, 계속 혼자 해왔기에 모두의 앞에서 노래를 부르는 것은 기분이 좋았다. ——그래서 평소처럼 부르기로 했다.

내가 노래를 부르기 시작하자 “어……? 이렇게나 잘 불러?” 하고 미오리가 눈을 휘둥그레 떴다. 옆에 있는 우타는 무척 즐거운 듯이 어깨를 흔들고 있다. 그리고 세리카는—— 묘하게 진지한 표정으로 날 물끄러미 바라보고 있었다. 아무리 그래도 그렇게까지 바라보면 노래하기 힘든데?

그런 식으로 생각하면서도 간신히 끝까지 노래를 마쳤다.

노래가 끝나 점수가 표시되기까지 순간의 정적이 찾아왔다.

이윽고 화면에 표시된 점수는—— 93점이었다.
"이런, 세리카한테 졌네."
"……전혀 이겼단 생각은 안 들지만 말이지."
세리카는 머리카락을 꼼지락꼼지락 만지작거리며 그렇게 중얼거렸다.
웬일로 세리카는 조금 안절부절못한 모습으로 날 힐끗 보더니, 그리곤 다시 고개를 숙이고, 다시 한번 아래에서 살피는 듯한 자세로 날 바라보았다. 그리고 말했다.
"나, 나츠키 좋아하나 봐."
말도 안 되는 폭탄 발언이었다. 우타가 소리를 질렀다.
"뭐, 뭐어어어어어어어어어어어어어어어어어어어어어어?!"
"잘못 말했다. 나츠키 노랫소리를 좋아하나 봐."
잘못 말하는 것도 정도가 있지! 아니 기쁘기야 한데!
우타는 너무 놀라서 소파에서 미끄러져서 떨어졌잖아!
미오리는 미오리대로 그 자리에서 가만히 빈 컵을 넘어뜨렸다. 내용물이 있었으면 대참사 아니냐, 그거. 그리고 아무 일도 없었던 것처럼 컵을 원래 자리로 되돌리고 어흠 헛기침을 했다.
"뭐, 뭐야…… 다행이다……."
우타가 안도의 한숨을 내쉬었지만, 그렇게 노골적으로 반응하면 쑥스럽다. 스스로도 깨달았는지 퍼뜩 놀라 날 보곤 시선이 맞아 화끈 얼굴이 달아올랐다.
"더 듣고 싶어, 나츠키 노래."
"그거야 전혀 상관없는데. 모처럼 노래방에 왔으니 말야."

“내가 보낸 ‘기운이 솟는 플레이 리스트’ 들었어? 그거 불러 줘.”

“서른 곡 정도 있었는데?”

세리카와 그런 대화를 나누고 있었으나, 잘 생각해 보니 점수 대결 도중이었단 사실을 떠올렸다.

“미안, 그러고 보니 미오리 차례였지.”

“응, 그러게. 자, 미오리, 마이크 줄게. 불러도 돼.”

마이크를 건네받은 미오리는 어째 원망스러워 보이는 표정으로 우리를 노려보고 있었다.

“이, 이 자식들이…… 내가 못 이긴단 걸 알고서…….”

“아하하, 그래서 내가 관뒀잖아. 대결하자고 말 꺼낸 건 미오링인 거 알지?”

“알아! 어휴! 맞는 말 금지! 쏘면 될 거 아냐?!”

미오리는 반은 자포자기한 듯이 발라드를 부르기 시작했다. 웬 실연 송?

그리고 87점을 낸 미오리가 무사히 패배했고 거기서부터는 평범한 노래방이 시작됐다.

세리카, 우타와 함께 록을 부르기도 했고 추억의 노래를 떼창하기도 했으며 노래 간주가 흐르자 세리카가 에어 기타를 피로하거나 우타가 신나게 춤을 추거나 하거나 하며 무척 즐거운 시간을 보냈다.

무제한으로 모두가 만족할 때까지 불렀기에 노래방을 나설 무렵에는 완전히 밤이 됐다. 부루퉁한 미오리 옆에서 세리카가 만족스럽게 아이스크림을 먹고 있었다.
"나, 목이 다 쉬었어~."
가장 기운차게 노래를 부르던 우타가 쉰 목소리로 탄식했다.
그야 그렇게 온 힘을 다해 노래를 불렀으니까. 뭐, 하루 지나면 낫겠지.
"……재미있었지? 나츠."
"응, 재미있었어."
솔직하게 그리 대답하자, 우타는 쉰 목소리로 말을 이었다.
"……어쩐지 나츠랑 논 거 오랜만이네."
등줄기가 얼어붙는 듯한 감각을 느꼈다. 확실히 우타와 논 것은 오랜만이었다. 여름방학에 생일을 축하받았던 것이 끝이었고 그 이유는 당연히 내가 단둘이 되는 상황을 피했기 때문이다.
의도한 내 행동을 우타가 눈치 못 챘을 리가 없었다.
밤바람이 쌀쌀하다. 가을의 시작이 느껴진다. 셔츠 한 장으론 조금 불안하다. 해도 짧아졌다. 어두워진 시야 속 나무에서 떨어진 잎사귀가 우리 사이를 지나갔다.
"……혹시 내 마음이 나츠한테 방해가 된다면, 말해줘."
꺼져 들어가는 듯한 목소리는 평소의 기운찬 우타의 목소리라곤 생각할 수 없었다.
그런 생각은 단 한 번도 한 적이 없었다.
"돌아보게 만들겠다고 말했지만 나츠의 행복을 방해하고 싶은 건 아니야."
"……난 항상 우타 덕에 기운을 얻고 있어. 정말이야."

고개를 저으며 말하자, 우타는 아련한 미소를 지었다.

그 표정에 깃든 감정을 꿰뚫어 볼 순 없었다.

"……미안해. 살짝 기운이 빠졌었나 봐. 아하하, 답지 않지."

내가 무언가 말하기 전에 우타는 앞을 걷는 미오리의 등에 달라붙었다.

"미오링! 언제까지 삐져있을 거야!"

"아얏! 뭐야, 우타?! 갑자기 달라붙는 거 금지야!"

"아하하! 몸이 움찔했어!"

미오리가 놀라며 불만을 말했을 때, 이미 우타는 평소의 웃는 얼굴로 돌아가 있었다.

……무언가 해야 할 말이 있는 것 같았다. 하지만 아무 말도 하지 못했다. 결단을 뒤로 미루려는 내 행동이 우타에게 상처를 주고 있었다. 내 인식이 너무 어설펐던 탓이다.

저 서글피 느껴지는 아련한 미소는 내가 좋아하게 된 태양처럼 웃는 얼굴과는 동떨어져 있었다.

하지만 딱 하나, 확실한 것이 있었다.

——사쿠라 우타에게 저 표정을 짓게 한 것은 의심할 여지도 없이 나였다.

장난치는 우타와 미오리를 바라보며 우두커니 서 있자, 세리카가 등을 밀었다.

"자, 가자."

"어, 어어…… 미안."

"……우타는 분명 불안해서 저러는 거야. 여름방학 중에 나츠키랑 히카리의 사이가 가까워지는 모습을 곁에서 바라보고 있었으니까. 이제 자기한테는 기회가 없는 게 아닐까 하면서."

세리카는 우리의 이야기를 듣고 있었을 것이다. 꽤 작은 목소리로 대화하고 있었을 텐데.

"……누군가 좋아해 준다는 건, 어려운 일이지."

지금은 세리카에게 대답할 마음이 들지 않았다.

*

미오리와 둘이서 전철에 올랐다.

같은 동네에 사는 이상, 모두와 헤어진 다음은 결국 이렇게 둘이 된다.

덜컹덜컹, 낡은 전철이 흔들리며 군마에서도 구석진 벽지로 우리를 싣고 간다. 같은 차량에 탄 것은 꾸벅꾸벅 졸고 있는 취객과 온화한 분위기를 풍기는 노부부뿐이었다.

새까만 어둠에 휩싸인 창밖을 자세히 살피자, 밭과 숲이 늘어선 풍경이 흘러갔다. 이따금 점점이 존재하는 민가의 불빛만이 문명을 느끼게 한다. 멍하니 창을 바라보고 있는데 머리를 툭 얻어맞았다.

"왜 그리 침울해?"

조금 전 우타, 세리카와 헤어졌을 때는 간신히 평소처럼 행세했지만 미오리 앞에선 그럴 마음이 들지 않았다. 지금 이곳에 있는 것이 미오리라 다행이었다. 다른 사람이었다면 나는 분명 괴로웠으리라. 가면을 벗어버리고자 마음은 먹었지만, 속 편하게 나약한 소릴 솔직하게 할 수 있는 상대는 미오리뿐이었으니까.

"……난 어떻게 해야 하지?"

나는 항상 생각이 부족했다. 그래서 언제나 잘못을 저질렀다.

"무슨 얘긴진 몰라도 내가 해줄 수 있는 건 조언밖에 없어. 정하는 건 너야."

그것은 미오리에게 매달리려 하는 날 밀쳐내는 듯한 말이었다.

"……미안, 그렇지."

쌀쌀맞다곤 생각하지 않았다. 미오리의 이런 점을 좋아했다.

입을 다문 내게 미오리는 평소처럼 잡담을 던졌다.

"그나저나 네가 그렇게 노래를 잘 부를 줄은 몰랐어. 우타한테 듣긴 했었는데 그래도 역시 깜짝 놀랐어. 옛날엔 그렇다고 내색 한번 한 적 없었잖아."

"……친구가 없어서 혼자 노래방 가는 게 취미였거든."

거짓말은 하지 않았다. 그것이 중학교 시절의 이야기인지, 미래의 이야기인지, 그 차이밖에 없다.

"정말로, 모르는 것투성이구나. 너를 잘 알고 있다고 생각했는데."

미오리는 툭 하니, 그런 중얼거림을 흘렸다.

그 표정은 어딘가 쓸쓸해 보이기도, 슬퍼 보이기도 했다.

……미오리는 옛날의 날 아는 유일한 존재다. 지금의 내게 그런 감상을 품는 것은 당연할 것이다.

"그야 중학교 시절엔 거의 교류가 없었으니까."

그렇게 대답하면서도 조금 무서워졌다.

미오리는 어쩌면 지금의 내게 위화감이 들었을지도 모른다.

그렇다고 회귀 같은 황당무계한 결론에 도달하진 않을 것 같지만.

"응. 그러니까 더 알려줘. 지금의 너를. 뭘 고민하고 있는지도."

그것은 경계하던 내게 다가와 주는 말이었다.

"……너라면 대충 알고 있을 것 같은데. 난 지금——."

그래서 지금 느끼는 감정을 미오리에게 털어놓기로 했다.

지금까지 온갖 것을 미오리에게 상담했었지만 요즘은 그리 적극적으로 얘기를 꺼내진 않았다. 그것은 아마도 호시미야와 우타 모두 좋아한다는 불성실한 자신의 마음을 남에게 얘기하고 싶지 않았기 때문일 것이다. 그런 마음이 허락될 리가 없으니까.

지금까지 나는 최고의 청춘을 위해 능동적으로 움직여왔다.

할 일은 명확했다. 친구가 되고 싶은 녀석들과 좋아하는 여자아이가 있었다. 즐겁고 편안한 친구 그룹을 만들고 좋아하는 여자아이와 사귀기 위해 노력했다.

그 나날은 충실하고 즐거웠다.

물론 지금도 즐거운 나날을 보내곤 있다.

하지만 나는 내 마음을 알 수 없게 된 이후부터 줄곧 망설이고 있었다.

호시미야와 우타 모두 날 좋아해 준다. 정말로 기쁜 일이다.

나 같은 걸 좋아해 주다니, 더없이 행복하다. 하지만 지금까지 살아온 인생에서 여자아이가 좋아해 주는 건 처음 겪는 일이라 어떤 행동이 정답인지 나로선 알 수 없었다.

난 뭘 찾고 있는 거지?

난 대체 누굴 좋아하는 거지?

어떻게 해야 아무것도 잃지 않고 원하는 걸 얻을 수 있지?

모든 얘기를 마친 내게 미오리는 부드럽게 고개를 끄덕이곤 —— 씨익 웃었다.

"인기가 많네, 나츠키. 자랑하는 거야?"

"……그렇게 느껴질 것 같아서 너한테 말곤 얘기 못 하는 거라고."

한숨을 쉬자 미오리는 "미안하대도." 하고 말하며 머리를 쓰다듬었다. 이러지 마.

"그렇게까지 고민하면서 성실하게 있으려는 건 너답다곤 생각해."

가볍게 미소 지으며 미오리가 말했다.

"왠지 모르게 그렇게 느껴지는데. 아마도 넌…… 무서운 거지?"

그 말대로였다. 줄곧 나는 무언가를 두려워하고 있었다. 하지만 그것이 무엇인지 모르는 채였다.

동네 무인역에서 내려 함께 나란히 밤길을 걸었다.

휘잉 불어온 바람이 발치에 떨어진 낙엽을 쓸어갔다.

"갈팡질팡하고 있다간 둘 다 마음이 떠나가 버릴지도 모른다?"

"그렇, 겠지……."

애당초 그 두 사람이 좋아해 주는 지금이 기적 같은 상황이었다.

오히려 그렇게 되는 것이 자연스러울 것이다. 아니 그보다, 나 같은 게 어디가 좋다고?

자신을 바꾸려고 노력은 했다. 남이 좋아할 만한 사람이 되고 싶다고 생각했다. 하지만 결국 나는 날 좋아할 수 없어서 아무리 노력해도 결점만이 눈에 들어왔다.

그렇게 귀여운 두 사람이 일부러 날 고를 이유가 짐작 가질 않았다.

"뭐, 그때는 내가 실연의 상처 정돈 보듬어줄게."

썩어도 준치라고 소꿉친구니까, 그렇게 걱정해 주는 미오리가 지금은 내 구원이었다.

"……그런 넌 어떤데? 레이타한테 고백한다며?"

조금 마음이 가벼워져 문득 궁금해진 것을 물었다.

여름방학 마지막 날이 생각났기 때문이다. 망설이는 나에 반해 미오리는 각오를 굳혔다.

"그럴 건데?"

미오리는 후훗 하고 득의양양하게 콧방귀를 끼었다.

"그보다 걱정 안 해도 내일은 레이타랑 데이트하러 갈 거야."

"오오, 순조롭네. 뭐 하다 올 건데?"

"가을옷 보러 갈 거거든. 레이타한테 옷 골라달라고 하려고."

"여자는 옷 고르는 걸 좋아하더라."

"딱히 여자에 한정된 얘기는 아니지. 그냥 네가 패션에 관심이 없어서 그래."

뭐, 그건 그렇다. 레이타는 자주 패션 잡지를 읽고 있었고 사복도 세련되게 입었으며 요즘 유행이 어떻다느니 하는 얘기도 했었다. 미오리의 옷 고르기에도 기뻐하며 어울려줄 것 같다.

"그리고 레이타 센스라면 걱정 없고 레이타가 귀엽다고 말해준 옷을 입고 싶거든. ……근데 너한테 맡기면 괴멸적인 패션이 되겠다."

"뭐, 미오리라면 그냥 츄리닝을 입어도 괜찮지 않나?"

대충 대답하자 볼을 꼬집혔다. 저기, 이거 꽤 아프거든요…….

"그러고 보니 나도 가을에 입을 멀쩡한 옷을 사야겠는데……."

지금까진 미오리가 골라준 옷이나 패션 잡지로 익힌 임시변통의 지식을 기반으로 구입한 옷을 별생각 없이 돌려 입고 있었지만, 슬슬 새 옷을 사야만 한다.

촌스러운 옷이라면 집에 얼마든지 있지만 말이지. 영어로 된 장문이 새겨진 거라든가.

"……이제 난 안 골라줄 거다? 스스로 알아서 해."

흔들리는 전철 안에서 그 말이 묘하게 무겁게 들렸다.

레이타를 생각하면 나와 함께 있는 것은 그리 좋지 않다고 미오리에게 말한 것은 나였다.

딱히 잘못된 판단이었다곤 생각하지 않는다. 나도 내가 놓인 상황을 생각하면 미오리와 단둘이 있는 것은 바람직하지 않다고 생각하니까. 그러니 전혀 이상한 말은 아닐 것이다.

……다만, 마음에 뻥 하니 구멍이 뚫린 듯한 기분이 들었다.

그저 그뿐인 얘기였다.

*

한 주가 시작되는 월요일.

왠지 모르게 우울한 기분으로 수업을 흘려듣고 방과 후를 맞이했다.

오늘은 바로 돌아가려고 생각했는데 담임 선생님이 불러세웠다.

"하이바라. 시간 비지? 미안한데 조금 도와주지 않을래?"

"동아리에 안 들면 시간이 빈다고 단정 짓지 마세요……. 별일 없긴 하지만요."

"하하, 미안하다, 미안해. 이걸 창고까지 옮기고 싶어서 말이다."

담임 선생님이 손가락으로 가리킨 것은 그럭저럭 무거워 보이는 종이 상자 두 개였다.

"뭐예요? 이게."

"교재지. 여름방학 보습 때 썼던 거야. 당분간 필요 없어서 집어넣을 거다."

아아, 기말고사 때 낙제점을 받은 사람들이 받은 보충학습 말이구나.

우타와 타츠야는 아슬아슬하게 회피했지만, 몇 명은 낙제점

을 받았다는 모양이다.

별수 없이 담임 선생님과 내가 하나씩 나누어 들고 옮겼다.

창고가 있는 곳은 아마 학교 건물 2층 끝 쪽. 음악실 부근이다. 교실에선 조금 멀지만, 뭐, 힘이 들만한 일은 아니리라 생각했는데 담임 선생님은 헉헉거리며 거친 숨을 내쉬고 있었다.

"하, 하이바라는 체력이 있는걸?"

"근력 운동이랑 러닝이 취미거든요."

2층으로 향하는 계단을 올랐다.

음악실 앞을 지나가던 도중, 하나 건너 교실에서 무슨 소리가 들렸다.

"제2음악실이야. 요즘은 밴드부가 쓰고 있지."

"어라? 밴드부는 부실이 있죠?"

"부실만 쓰면 한 팀밖에 연습을 못 한다든가, 그런 얘기였던 것 같다만."

아하 하고 맞장구를 치며 제2음악실 앞을 걸었다.

들려오는 것은 일렉 기타 소리였다. 익숙한 리프가 울리고 있다.

——메탈리카의 'Master of Puppets'의 인트로다. 무거운 저음이 짧게 반복되며 멜로디를 형성해 간다. 정확한 리듬. 소리의 강약이 명확한 피킹. 압도적 음압. 듣고 있으면 몸이 울리는 듯한 중후한 리프였다. 이 어려운 곡을 완벽하게 쳐내고 있다.

"음악은 잘 모르지만, 어째 굉장하구나."

무심코 걸음이 멎어 소리가 들려오는 교실로 시선이 향했다.

멋있다. 저렇게 기타를 칠 수 있는 고등학생이 있구나.

"응? 왜 그러냐, 하이바라."

충동에 내달려 종이 상자를 땅에 내려놓고 제2음악실의 문을 열었다.

그곳에 있던 것은 기타를 쥐고 있는 세리카였다. 한동안 문이 열렸다는 사실도 눈치채지 못하고 미친 듯이 다운 피킹을 반복하던 세리카는 문득 고개를 든 순간, 눈을 동그랗게 떴다.

"……어라? 나츠키? 무슨 일이야?"

말과 함께 소리가 멎는다. 거기서 그제야 나도 제정신으로 돌아왔다.

"아니, 기타를 엄청 잘 치길래 나도 모르게."

내가 뭘 하고 있는 거야? 아무리 궁금하다지만 교실 문을 멋대로 열다니.

"그래? 기쁘긴 하네."

세리카는 미소 짓고 지이잉 하며 개방현을 울렸다.

그 손에 들린 것은 검게 빛나는 깁슨 익스플로러.

세리카를 보고 있던 내게 담임 선생님이 말을 걸었다.

"야~ 하이바라. 이거 정리부터 하고 해주라."

살짝 난처한 듯이 웃는 담임 선생님에게 "죄송합니다." 하고 고개를 숙였다.

왠지 머리가 잘 돌아가지 않았다.

제2음악실 너머에 있는 창고에 종이 상자를 집어넣는 사이에도 세리카가 치는 기타 소리가 들렸다. 얼마나 연습을 해야 저런 소리를 낼 수 있는 걸까.

"이야~ 미안했다. 덕분에 살았다."

담임 선생님이 말을 걸어온다. 우선 틀에 박힌 대답을 했다.

"아뇨, 별거 아닌데요, 뭘. 어차피 동아리에 안 들면 시간이 비니까."

"하하, 아까 한 말이랑 정반대 아니냐."

팔로 땀을 닦고 있는 담임 선생님이 문득 궁금하다는 듯이 물었다.

"하이바라는 동아리 뭐 들 생각 없냐?"

"……아뇨, 딱히요. 거꾸로 들어갈 이유도 별로 없어서요."

우선 그렇게 대답하자, "그렇구만." 하고 담임 선생님이 연신 고개를 끄덕였다.

"아니, 그냥 궁금해서 그런다. 공부에 운동까지 잘하는데, 동아리에 안 들어가는 건 그냥 좀 아까워서 그래. 너라면 분명 뭘 해도 결과를 낼 수 있을 거다."

담임 선생님은 "그럼, 고마웠다." 하고 말하고 떠나갔다.

……평가가 무척이나 높은걸.

정말로 뭘 하든 결과를 낼 수 있다면 고생은 하지 않을 것이다.

2회차란 이점 덕에 주변이 나란 사람을 우수한 것처럼 보고 있다는 것은 알고 있었지만, 그것을 살릴 수 없는 곳에선 잘못만 반복하고 있었다.

돌아가는 길에 다시 제2음악실 앞을 지나가다가 문을 열었다.

세리카는 조금 전과 변함없이 혼자서 기타 연습을 계속하고 있었다.

평범한 교실과 구조가 닮은 제2음악실은 의자와 책상을 뒤로 밀어놓았고 앞쪽에는 세리카가 앉은 의자와 기타 스탠드, 앰프만이 놓여있을 뿐이었다.

"왜 제2음악실에서 해?"

"부실은 다른 사람들이 연습해서."

세리카는 일단 기타를 스탠드에 돌려놓고 가방에서 페트병을 꺼냈다.

"난 밴드를 안 짜서 거기 못 끼거든."

그러고 보니 시노하라에게서 세리카 이야기를 들었다.

세리카는 밴드부의 다른 녀석들에 비해 연주 기술의 수준도 다르고 막상 밴드를 결성하면 의욕이 너무 높아 따라가지 못한다는 이유로 낙동강 오리알 신세가 됐다고 했다.

방금 연주를 듣고 납득이 갔다.

명백하게 고등학생 밴드의 수준이 아니었다.

"……난 세리카가 치는 기타가 좋더라."

진심으로 읊조리자 세리카는 웬일로 어리둥절한 모습으로 날 바라보았다.

매료된다는 건 아까 같은 상황을 말하는 것이다. 그렇게 솔직히 생각할 정도로 멋있었다.

"세리카가 좋다고?"

"난 그렇게 잘못 말하진 않거든."

"에이~. 재미없게. 그래도 고마워."

세리카는 냉랭히 시선을 돌리며 페트병에 입을 댔다.

꿀꺽꿀꺽 목을 울리며 물을 마시는 세리카. 그 목덜미에는 땀이 흐르고 있다. 무척 열심히 연습하고 있었을 것이다. 밴드를 결성하지 못하더라도 혼자서, 줄곧.

"왜 세리카는 기타를 시작했어?"

"처음엔 남들처럼 멋있게 느껴져서 그랬지."

……나도 똑같다. 그보다 계기 같은 건 대부분 그럴 것이다.

"아빠가 전직이 밴드맨이라 집에 있을 땐 항상 록 음악을 틀어놨었거든. 그런 환경에서 자랐더니 자연스럽게 집에 몇 개나 있는 기타를 멋대로 치게 됐지."

그렇게 말하며 기타 스탠드에 세워둔 기타를 다시 잡았다.

"처음엔 어려워서 몇 번이고 내던졌지만, 조금씩 칠 수 있게 됐고 내가 내고 싶은 소리를 낼 수 있게 되는 게 기쁘고 재미있었어. 그래서 계속할 수 있었어."

"……난 그 감각에 도달하기 전에 좌절해 버렸는데."

아무리 연습해도 내가 생각한 대로 소리를 낼 수 없었다.

동경하던 기타리스트처럼 손가락을 잘 움직일 수 없었다.

이상과 동떨어진 현실에 짜증이 났다.

무엇보다 더 즐거운 취미가 얼마든지 있었다.

그래서 정신을 차리고 보니, 모처럼 산 기타는 방구석 장식품이 됐다.

"쳐 볼래?"

세리카가 기타를 건넨다.

"아끼는 거 아냐?"

"나츠키는 막 다룰 만한 사람이 아니니까. 자."

그렇게 말하며 세리카가 억지로 기타 스트랩을 내 목에 걸었다.

오른발을 꼬고 기타 보디를 안정시켜 왼손은 현에, 오른손에는 피크를 든다. 오랜만에 느끼는 감각이었지만, 생각보다 친숙하게 느껴졌다. 오른손으로 스트로크를 했다.

따라란 하고 개방현이 울렸다. 음색이 기분 좋다. 내가 갖고 있던 스트라토캐스터보다 뭐랄까, 저음이 무겁고 중후했다. 톤도 잘 만들었다. 나는 흉내 낼 수 없다.

순서대로 코드를 확인한다.

"F, 덜 잡았어. 검지가 어설퍼."

"시끄. 오랜만에 잡는 거라고. 손가락이 안 움직인다니까."

히죽거리며 세리카가 말하길래 얼굴을 찌푸리고 반론했다.

애당초 바레 코드 같은 건 기타를 치던 시절에도 제대로 치고 있는지 수상쩍었단 건 둘째 치더라도.

"그래도 칠 수 있네."

"간단한 거라면야 간신히 치지."

지금도 몸이 기억하는 리프를 쳤다. 6번 줄의 1플렛과 5번 줄의 3플렛을 짚는다.

너바나의 'Smells Like Teen Spirit'. 기타를 잡고서 처음 연습했던 곡이다.

간단한 파워코드로 구성되어 있는데 무척이나 멋있다. 코드를 치고 있자니 세리카가 노래를 흥얼거렸다. 간단한 라이브 같아 즐거웠다.

"재밌는데."

그렇게 말하자 세리카도 웬일로 크게 웃었다.

"나도, 재미있어."

홀딱 반할 만큼 귀여웠다.

내 시선을 눈치챘는지 어흠 하고 헛기침을 하는 세리카.

"세리카가 그런 식으로 웃는 거 처음 봤네."

"……음악 얘기가 되면 그냥 즐거워서 그래."

세리카는 얼굴을 살짝 붉히고 자신의 머리를 만지작거렸다.

어느덧 하늘이 어두워져 있었다.

그것을 눈치 못 챌 만큼 나와 세리카는 푹 빠져 놀고 있었다.

"옛날부터 이해가 안 되는 애란 소릴 들었어."

기타를 케이스에 집어넣고 집에 갈 준비를 시작하던 세리카가 문득 중얼거렸다.

"표정이나 목소리 같은 게 별로 변하지 않아서, 스스로 이상한 애란 걸 알고 있었지."

세리카에게 그런 면이 있는 것은 사실이다. 무슨 생각을 하고 있는지 파악하기 어렵다. 표정과 목소리가 변하는 건 음악 얘기를 할 때 정도다. 그때마저 크게 변하지 않는다.

뭐라 말할지 망설이다가 나는 그대로 입을 다물었다.

세리카도 "아니야, 안 그래." 같은, 그런 말을 듣고 싶은 건 아닐 것이다.

"자신의 감정을 표현하는 게 서툴렀어."

단순한 사실을 확인하듯이 세리카가 담담히 말했다.

"하지만 모두가 알아주길 바랐어. 내 마음을. 내 감정을. 이해가 안 된다는 소린 듣고 싶지 않았어. 기타 소리만이 '나'를 전할 수단이었어."

——음악이라면 내 감정을 모두에게 전할 수 있을 것 같다.

언젠가 커다란 무대에 서서 내 음악을 많은 사람에게 전하고 싶다.

그래서 계속하는 거야 하고 세리카가 말했다.

꿈을 좇듯이 하늘을 올려다보는 옆모습이 눈부셨다.

"지금은 혼자라도 언젠가 엄청난 밴드를 결성해서 난 내가 만든 노래를 칠 거야."

"도쿄 돔 같은 데서?"

"응. 나츠키한텐 직접 티켓 보낼게."

"그래 주면 고맙지. 인기 밴드 티켓을 따려면 하늘에 비는 수밖에 없잖냐."

그 연주를 듣고 나는 세리카의 팬이 됐다.

세리카의 연주를 더 듣고 싶었다. 무대에 선 모습을 보고 싶었다.

"이루어졌으면 좋겠다, 세리카의 꿈."

"……있잖아, 나츠키."

세리카가 무슨 말을 하려던 타이밍에 제2음악실의 문이 열렸다.

그곳에 있던 것은 바위 같은 인상을 주는 험상궂은 얼굴의 거

대한 남성이었다. 나보다도 키가 크고 단단한 체격. 싸우기라도 했다간 한 방에 죽을 것 같은데? 상당한 위압감이다.

"혼도였냐."

거구의 남성이 짧게 말했다. 목소리가 굵다.

"이와노 선배, 왜?"

"아니…… 연습하고 있는 줄 알고 열었던 건데 남친이랑 같이 있었군. 방해했다."

세리카에게 이와노 선배라 불린 인물은 그렇게 말하고 등을 돌리고는 문을 닫았다.

갑자기 나타났다 생각했는데 순식간에 사라졌군.

"선배라고 불렀으니 윗 학년이지? 밴드부 사람이야?"

"응. 이와노 켄고 선배. 2학년. 드럼을 잘 쳐. 다들 무서워하지만."

그야 무서워하겠지……. 나도 별 이유도 없이 겁을 먹었으니까.

"……그보다 정정 안 해도 괜찮았어?"

물어보자, 세리카는 고개를 갸웃거렸다.

"무슨 얘기야?"

"아니, 남친이랑 꽁냥대고 있었다고 착각했는데."

"…………뭐, 난 딱히 곤란한 거 없는데."

"내가 곤란하거든. 일단 지금 내 처지를 생각해 보더라도."

"이와노 선배는 주변에 말하고 다닐 만한 성격이 아니니까 괜찮아."

저런 외모면야 당연히 납득은 가는데.

"……그러고 보니 아까 무슨 말 하려고 하지 않았어?"

내 질문에 세리카는 잠시 고민하는 모습을 보인 뒤 고개를 저었다.

"응. 조금만, 잘 생각해 보고."

"무슨 뜻이야?"

"나츠키는 신경 안 써도 돼. 목 닦고 기다리고 있어."

"목을 왜 닦아?!"

"잘못 말했다. 목 길게 빼고 기다리고 있어."

"그러면 그것대로 또 엄청 궁금해지는데……."

"아직 비밀이야."

세리카는 입가에 손가락을 대고 화제를 바꿨다.

"올해 록인재팬 갔다 왔거든."

"진짜? 좋겠다, 난 요즘 라이브 간 적이 없네."

"역시 록페는 좋아. 여러 인종이 뒤섞여서 카오스한 느낌이 마음에 들어. 올해는 특히 연출도 화려해서 최고였어. 3일째는 마지막에 폭죽도 쐈는데――."

역으로 돌아가는 길엔 줄곧 음악 얘기를 나눴다.

음악이 좋았다. 특히 록을 좋아했다.

잿빛 청춘을 지내던 내게 내일을 살아갈 용기를 주었으니까.

*

다음 날 점심시간에 있었던 일이다.

복도에서 타츠야, 레이타와 잡담을 나누고 있는데 세리카가 말을 걸어왔다.

"나츠키, 잠깐 괜찮아?"

"세리카. 왜 그래?"

의아해하자, 어째 둘이서 얘기하고 싶다는 분위기를 풍겼다.

"그럼 나츠키, 우린 교실 돌아가 있을게."

눈치를 살핀 레이타가 타츠야를 데리고 자리를 떠났고 세리카와 복도에 남겨졌다.

무슨 일이지?

일부러 세리카가 양해를 구하다니 별일인걸.

그런 생각을 하고 있는데 평소처럼 진지한 표정으로 세리카가 담담히 물었다.

"나랑 같이 밴드 안 할래?"

무슨 소릴 하나 싶었는데 너무나도 황당무계한 소리였다.

"어, 엉……?"

내가? 밴드를……? 왜 갑자기?

어제는 기타를 치며 같이 놀았지만, 오히려 그게 전부였다고도 말할 수 있었다.

잘못 들은 줄 알았다. 하지만 세리카는 똑바로 나를 바라보고 선언했다.

"——진심이야. 우리의 음악으로 세상을 바꿔보자."

너무 심하게 혼란스러워 말도 나오지 않았다.

우리가, 음악으로, 세상을 바꿔……?

아니 그야 음악은 좋아하고 밴드를 하고 싶다고 생각하던 시기도 있었다.

하지만 아무리 그래도 너무 갑작스럽다. 세리카는 항상 갑작스러운 언동을 자주 보였지만, 이번에는 특히나 맥락이 없었다. 진심으로 말하는 양, 농담하는 듯한 분위기도 아니었다.

"왜 나야?"

"나츠키랑 같이 하고 싶다고 생각했으니까."

"왜 같이 하고 싶은데?"

"이유는 뭐…… 당연히 이것저것 있어."

세리카는 머리카락 끝을 만지작거리며 잠시 사이를 두었다.

"노래방에서도 말했는데 나츠키 노래가 좋았거든. 네가 내 곡을 불러줬으면 좋겠어."

"나 보고 보컬을 하란 거야? 세리카가 더 점수가 높았잖아."

"점수는 높았지. 난 그냥 노래방에서 노래를 잘 부를 뿐이야. 나츠키랑은 달라."

나도 마찬가지다. 계속 혼자 다니며 노래방에서 노래를 잘 부르게 됐을 뿐이다.

내가 노래를 잘 부른다고 생각할 정도로 자만에 빠지진 않았다.

"……난 세리카가 부르는 노래, 좋아해."

"나론 안 돼. 내 목소리론 모두의 마음에 닿지 않아. 그러니까 나츠키, 네가 불러줘."

세리카가 진심으로 말하고 있단 건 알 수 있었다. 칭찬받은 것은 기뻤다.

내민 손을 무심코 잡고 싶은 마음이 든다. 하지만 꾹 참고 고개를 옆으로 저었다.

"……아니, 나한텐 무리야."

"왜?"

"왜냐니……."

"무슨 하기 싫은 이유라도 있어?"

"……아니, 알바도 해야 하고 공부도 해야 하고 2학기부터 동아리에 든단 것도 좀."

거기까지 말하고 깨달았다.

나는 지금 거절할 이유를 찾고 있었다.

왜지? 왜 내가 거절할 이유를 찾고 있었지?

열심히 찾지 않으면 거절할 이유가 없었기 때문이다.

사실은 아무것도 없는 것이 맞다. 그도 그럴 게 난 밴드를 하고 싶었으니까. 신뢰할 수 있는 동료와 함께 음악을 하고 싶었다. 내가 기타를 그만둔 이유는 아무리 애를 써도 밴드를 함께 할 동료가 없었기 때문이다. 지금 그 기회가 찾아왔는데 왜 나는 거절하려 하는 거지?

동요한 내게 세리카가 다그치듯이 말을 이었다.

"그게 다가 아니야. 나츠키라면 믿을 수 있을 것 같았어. 내가 진심으로 노력해도 나츠키는 같이 따라와 줄 것 같았어. 음악 취향도, 음악에 대한 마음도 분명 우리는 닮았어. 알아, 난. 나츠키, 사실은 음악을 하고 싶지?"

세리카의 말이 맞았다.

그러니까 나는 아마도, 겁을 먹었을 뿐이다.

그저 밴드를 결성하면 모르는 사람과 함께 어울려야만 한다든가, 세리카의 실력에 걸맞지 않다든가, 자기 노래에 자신이 없다든가 하는 그런 불안함에 지배당해 있었다.

거절하는 것은 쉽고 편한 길이다. 하지만 그래도 될까?

세리카의 권유를 거절하면 최고의 청춘을 목표로 한다는 게 될 수 있을까?

후회하지 않는 청춘을 보내겠다고 맹세했던 게 아니었나?

"하자, 나츠키. 난 나츠키랑 같이가 좋아."

세리카는 그렇게 말하고 손을 내밀었다. 그 손가락에서는 연습의 흔적이 보였다.

뇌리를 스치는 것은 어제 본 광경.

제2음악실에서 기타를 치던 세리카의 모습.

그 음색에 매료됐다. 멋있다고 생각했다. 순수하게 동경했다.

『후회하지 않도록 해.』

요즘 계속 내 마음을 알 수 없었다. 하지만 지금만은 알 수 있었다.

"고마워, 불러줘서."

——나는 세리카와 함께 음악을 하고 싶다.

자신의 마음에 솔직해지자고, 그렇게 생각했다.

"세리카만 괜찮다면…… 해 봐도 될까?"

"물론이지. 대환영이야. 기쁘다. 엄청."

세리카가 내민 손을 잡았다. 그와 동시에 수업 시작을 알리는 종소리가 울렸다.

"그럼 자세한 건 또 나중에."

표정은 변함없었지만, 세리카는 정말로 기뻐 보였다.

발소리를 내며 교실로 돌아가는 세리카. 그 뒷모습을 바라보며 나도 내 교실로 돌아가려 했다.

그때, 따끔거리며 꽂히는 시선을 깨달았다.

주변을 둘러보자, 어째 무척이나 많은 사람이 지켜보고 있었다.

"뭐, 뭐야……?"

곤혹스러워하는데 옆 반 여자들이 다가왔다.

"저기, 하이바라! 축하해!"

"으, 응……?"

"세리카를 소중히 해 줘!"

"어? 그, 그래……."

여자들은 꺅꺅거리며 교실로 돌아갔다.

대, 대체 뭐야……?

그야 밴드 동료가 됐으니 소중히 할 생각이긴 한데.

……그제야 나는 객관적으로 상황을 파악했다.

"혹시 일이 귀찮게 됐나……?"

그날, 세리카가 내게 고백했고 내가 받아들였다는 소문이 학년 전체에 퍼졌다.

*

"——그래서 나츠키. 그 소문 진짜야?"

방과 후. 종례 시간도 끝나 모두가 동아리로 가기 전.

레이타와 타츠야가 내 자리로 다가와 작은 목소리로 그런 질문을 던졌다.

"고작 몇 시간 새에 얼마나 퍼진 거야……."

이 멤버와 있으면 쉽게 주목을 사긴 하지만, 오늘은 평소보다 더욱 시선을 느낀다.

"아니 당연히 루머지. 왜 너희까지 믿는데."

"아니, '나츠키랑 같이가 좋아' 라고 세리카가 말했다며 열변을 토하는 사람이 있길래……."

그건…… 듣고 보니 맞네!

복도에서 할 얘기가 아니었구나…….

"실제로 너희 둘이 점심시간에 얘기한 건 우리도 알고 있잖냐."

입을 모아 말하는 레이타와 타츠야.

나나세와 호시미야에 우타까지 다가왔다.

평소 모이던 여섯 명인데 어째선지 여자들에게서 알 수 없는 위압감이 들었다.

우타와 호시미야 모두 표정은 평소 같았다. 웃고 있지도 화를 내고 있지도 않다. 감정을 읽을 수가 없다.

"루머인 거, 맞지?"

나나세의 확인에 "물론이지." 하고 고개를 끄덕였다.

"진짜일 리가 없잖아."

"믿을 수가 있어야지. 그치? 우타."

"나츠랑 세리는 알게 된 지 얼마 안 됐는데 어째 서로 통하잖아~."

그렇게 말하고 서로 고개를 끄덕이는 호시미야와 우타. 무슨 심정으로 그런 소릴 나누는 거야? 무서운데.

아무튼 일단 사정을 설명하면 이해해 주겠지.

입을 열려 했을 때 교실이 술렁였다.

모두의 시선이 모인 곳은 교실 입구다. 그곳에선 소문의 원인이 두리번거리고 있었다.

세리카는 모두에게 둘러싸인 날 발견하곤 손을 작게 흔들었다.

"——아, 나츠키. 가자."

그런 세리카의 모습을 보고 모두의 시선이 내게 쏠렸다.

"나츠?"

"나츠키?"

"하이바라……?"

뭘까, 이 식은땀은……? 난 아무런 잘못도 한 게 없는데…….

세리카는 움직이지 않는 날 보곤 고개를 갸웃거리더니 이쪽으로 다가왔다.

"다들 모여서 뭐 해?"

"……세리야말로 왜 나츠를 부르러 왔어?"

"그건 오늘부터 내 동료니까."

"……동료?" 하고 우타뿐만 아니라 모두가 무슨 뜻이냐는 듯이 눈을 깜빡였다.

제법 상황이 혼돈 속으로 빠져들었지만, 세리카가 와 주면 설명하긴 쉽다.

"세리카랑 같이 밴드 하기로 했거든."

나는 어제 방과 후부터 점심시간에 이르기까지 벌어진 사건을 모두에게 대충 설명했다.

"그런 거였구나. 뭐야, 깜짝 놀랐네."

별로 놀라지 않은 듯한 표정으로 레이타가 말했다.

"세리카가 헷갈리게 말하는 거야 일상다반사긴 하지……."

호시미야는 가슴에 손을 얹고 슬며시 한숨을 쉬었다.

"그건 그렇다 치고 꽤 갑작스럽지 않니? 그런 얘기 처음 듣는데?"

어쩐지 나나세는 불만스러운 표정을 짓고 있었다.

"와아, 밴드~! 좋다! 그런 거였구나! 나츠가 노래 불러?!"

우타는 눈을 환히 빛내며 기운찬 목소리로 물었다.

"응, 보컬. 기타도 칠 거야. 내가 리드고 나츠키는 백킹."

그리고 내 역할을 멋대로 정하는 세리카. 아니, 그럴 것 같기야 했는데.

록 밴드에서 기타가 두 파트 있는 악곡은 역할이 나뉜다. 기본적으로 주선율을 치는 리드 기타와 반주를 주로 치는 리듬 기타다. 무엇이 어려운가는 한 마디로 잘라 말할 수 없지만, 악곡의 주역은 틀림없는 리드 기타일 것이다.

"그렇단 건 밴드부 들어갈 거냐?"

문득 생각났다는 듯한 타츠야의 질문을 듣고 세리카에게 시선을 향했다.

"들어갈지 말지는 나중에 생각하자. 일단 밴드 멤버를 찾고 싶으니까."

그렇긴 하지. 세리카 말이 맞다.

애당초 지금의 밴드부는 밴드가 두 팀 만들어져있어 남은 사람이 적다고 들었다.

밴드부에서 멤버를 찾는 것보다 다른 곳을 찾아보는 게 좋을지도 모르겠는걸.

"밴드 멤버, 아직 다 안 정해졌구나?"

"응. 난 나츠키랑 같이 하고 싶었을 뿐이라."

레이타의 물음에 세리카는 고개를 끄덕였다.

휘익 하고 타츠야가 휘파람을 불었다. 입가가 조금 일그러졌다.

세리카가 무슨 뜻인지 모르겠다는 듯이 고개를 갸웃거리자 타츠야는 "아니, 아무것도 아냐." 하고 어깨를 으쓱였다.

"그러고 보니 나츠키는 여행 때 기타 칠 수 있다고 그랬지, 참."

"칠 수 있다고 말할 정도로 치진 못해. 그래도 그건 이제부터 연습하려고."

"뭐 어떠냐, 재밌어 보이는데. 힘내라, 나츠키."

타츠야는 실실 웃으며 내 어깨를 철썩철썩 두드렸다.

"둘이서 라이브라도 할 거면 나도 불러줘! 꼭 들으러 갈게!"

"너무 김칫국이다. 아직 아무것도 안 정했어."

벌써 잔뜩 들뜬 우타를 어르고 있자 레이타가 이야기를 정리했다.

"아무튼, 일단 그런 거라면 소문은 내가 가라앉혀둘게."

역시 레이타다. 믿음직스럽다. 소문이란 게 그렇게 쉽게 가라앉힐 수 있는 건가? 하는 생각도 들었지만, 그래도 레이타라면 어떻게든 해주겠지…… 하는 생각도 들고 만다.

"슬슬 동아리 활동 시작할 시간이니까. 자세한 얘기는 내일 또 부탁해."

레이타의 한마디에 그 자리는 해산했고 모두 각각 동아리로 흩어졌다.

"자 그럼…… 오늘은 어떻게 할까?"

평소 루틴이 깨져 불안함에 휩싸였지만, 기대하는 마음도 있었다.

왠지 모르게 평소보다 경치가 반짝여 보인다.

"일단 작전 회의를 해야지."

생각 탓인지 즐거워 보이는 세리카와 함께 제2음악실로 향했다.

밴드부 부실은 얘기가 나왔던 그 밴드 두 팀에게 점거당했기에 세리카는 기본적으론 제2음악실을 거점으로 삼고 있다는 모양이다. 또 옆 음악실은 관악부가 사용하고 있다고 했다. 일반 교실과 거의 다를 것 없는 구조인 제2음악실과 달리 음악실은 방음성이 높은 홀 같은 구조라 관악부의 연주는 거의 들려오지 않았다. 사실은 밴드부도 저곳을 사용하고 싶겠지.

"우리는 우선 넘어야 할 문제가 있어."

"밴드 멤버 찾기지? 하고 싶은 노래에 따라 달라지겠지만."

세리카의 취향을 생각해 봤을 때 마니악한 록 음악을 하고 싶을 것이다.

세리카는 리드 기타 담당에 나도 보컬 겸 리듬 기타를 맡는다는 모양이다.

그렇게 되면 일반적으로는――.

"베이스랑 드럼이려나."

밴드의 심장. 리듬 섹션이라고도 불린다.

드럼이 점으로 리듬을 만든다면 베이스는 선으로 리듬을 유지한다는 이미지가 있다.

악곡의 중저음을 맡는 베이스와 템포를 유지하는 드럼. 둘 다 악곡에서 중요한 역할을 맡는다. 역시 이 두 악기가 없으면 뭐랄까, 그루브감이 다르다.

"그냥 내가 처음부터 베이스를 연습한다는 방법도 없진 않은데."

아무리 그래도 드럼에 보컬을 양립하는 건 어렵겠지만, 베이스 보컬인 밴드라면 몇 개나 알고 있다. 애당초 보컬과의 양립을 내가 할 수 있을진 둘째 치고서라도.

"그런 건 못 찾았을 때 다시 생각하자. 나츠키도 기타가 좋지?"

……그야 내가 유일하게 샀던 악기였거든. 록 밴드의 라이브를 보며 항상 시선을 빼앗겼던 것은 기타리스트였다. 일렉 기타의 음색이 마음에 들었다.

"나야 베이스도 칠 순 있는데 역시 기타가 좋아."

아무렇지도 않다는 듯이 말하는 세리카. 그렇게나 기타를 잘 치는데 베이스도 칠 수 있어? 닮은 듯 보이지만 전혀 다른 기술이 요구될 텐데. 역시 세리카는 대단한걸.

"그래서 구체적인 계획은 있어?"

"밴드부에 같이 하고 싶은 사람은 있어."

"누군데? ……근데 물어봤자 난 모르겠구나."

"아니, 어제 봤어. 2학년 이와노 선배. 그 사람이 치는 드럼이 굉장하거든."

이와노 선배라면 어제 그 거한인가. 위압감 있는 사람이었지…….

솔직히 별로 내키진 않는달지 터놓고 말하면 무서웠다. 쉽게 친해질 수 있을 것 같지는 않았다.

하지만 세리카가 이렇게까지 말하는 드럼에는 관심이 있었다.

"문제는 이미 거절당했어."

"글렀잖아."

"그래도 한 번 더 말해볼래. 나츠키도 있어서 될 것 같아."

"내가 있어 봤자 달라질 게 없는데……."

"괜찮아. 뭐든 해봐야 아는 법이잖아? 용기만이 세상을 바꾸는 거야."

세리카는 그렇게 말하고 엄지를 세웠다.

"내가 이와노 선배를 설득할게. 그러니까 나츠키는 베이스를 찾아줘."

"베이스 후보는 없어?"

"이미 밴드에 들어간 사람밖에 몰라. 빌려와도 상관은 없는데 진심을 다해서 연습하고 싶으니까 우리끼리만 하는 밴드가 좋아. 의욕 있는 사람을 원해."

제법 어려운 요구인걸. 애당초 나는 친구가 많은 편이 아니다. 1회차 때보다야 압도적으로 많지만, 세리카에 비하면 교우관계는 좁을 것이다. 짚이는 사람이 없었다.

의욕이 있고 마침 프리하며 우리와 함께 밴드를 결성해 줄 베이시스트.

"야, 그렇게 한정적인 조건에 딱 맞게 찾아질 리가……."

……응? 아니, 잠깐 기다려 봐.

아르바이트 쪽 신입…… 시노하라였나? 아마 밴드부라고 했었지?

『좋은데, 밴드부. 무슨 악기 해?』

『베이스, 예요. 별로 잘 치진 못하지만요…… 아, 베이스 아세요?』

——차, 찾았다! 딱 좋게 프리한 베이시스트!

의욕은 있지만, 친구가 없어서 밴드 활동을 못 하고 있다고 했었지.

지금 우리에게 있어서 딱 맞는 인재잖아? 시노하라, 네가 외톨이라 다행이다…….

"아, 아니지, 진정하자. 세리카가 부르지 않는 이상, 뭔가 이유가……."

"뭐라고 중얼거려?"

"세리카. 밴드부에 시노하라란 사람 있지?"

같은 밴드부 1학년이고 베이시스트인 데다 밴드에 들어가지 못하고 남았는데 왜 후보에 없었지? 그렇게 말을 이으려 한 순간, 세리카가 눈살을 찌푸렸다.

"…………누군데? 그게."

슬프게도 시노하라는 애당초 존재조차 인식되지 않았던 모양이다.

세리카에게 시노하라에 대한 얘길 하자, 무척 놀라 했다.

"그러고 보니 이름도 모르는 사람이 가끔 부실에 있었던 것 같기도 하고……?"

"그거 절대로 본인한테는 말 안 하는 게 좋을걸."

나까지 내상을 입는다. 과거의 기억이 뇌리를 스쳐서…….

아무튼 내가 다음 아르바이트 때 함께 일하게 되면 권유해 보기로 했다.

"내가 이와노 선배고 나츠키는 시노하라야."

우선 밴드 멤버 쪽은 방침이 정해졌다. 이제는 그때그때 상황에 따라 정하면 되겠지.

"그럼 오늘은 이 정도려나? 어서 멤버가 다 모였으면 좋겠다."

"앗, 잠깐만, 세리카."

세리카와 주먹을 마주치고 그날은 해산…… 하는 흐름이 되기 직전, 내가 말했다.

"——기타 고르는 거 도와주라."

그렇다. 내가 기타를 연습하던 것은 대학교 시절 얘기다.

애용하던 스트라토캐스터를 산 것은 대학교 1학년, 가을.

즉, 지금 나는 기타를 가지고 있지 않았다. 주변 기기도 포함해서 갖춰야 한다.

*

"여기 자주 오거든."

세리카가 안내해 준 곳은 학교에서 한 역 떨어진 다카사키의 악기점이었다.

나무로 된 낡은 문을 열고 안으로 들어가니 분위기가 잡다했다. 안 그래도 비좁은 공간에 악기가 늘어서 있어 어수선하다. 가게 안 BGM은 재즈가 흐르고 있었다.

세리카는 밴드맨스러운 분위기의 인싸 집단 사이를 망설임 없이 지나가 일렉 기타가 늘어선 구역으로 향했다. 나도 쭈뼛쭈뼛 그 뒤를 따랐다. 악기점, 무서워…….

"어떤 걸 갖고 싶어?"

"전에 갖고 있던 건 펜더에서 나온 스트라토캐스터였어."

"좋지, 스트라토캐스터. 역시 멋있게 생긴 게 중요해."

일렉 기타의 정석이라 하면 스트라토캐스터와 텔레캐스터, 레스폴 같은 것이리라. 그 밖에도 재규어니 재즈 마스터니 종류는 많지만, 솔직히 기타 그 자체를 자세히 아는 것은 아니라 잘 모르겠다. 그보다 딱히 종류별 소리의 차이를 나로선 잘 모르겠다. 이전 스트라토캐스터는 좋아하던 기타리스트의 영향을 받았을 뿐이었고.

"딱 보고 꽂히는 걸 한번 연주해 보면 되지 않을까? 이런 건 어때?"

세리카는 근처에 있던 빨간색 기타를 들어 점원에게 말을 걸곤 시험 삼아 쳐볼 허락을 받았다.

현에 손을 대 감촉과 보디의 형태를 확인한 뒤, 신나게 리프를 치기 시작했다.

"나츠키도 쳐 볼래?"

세리카가 건네준 기타를 들어 보았다.

제법 손에 착 감긴다. 가볍게 쳐 봤다.

나쁘진…… 않은 것 같은데, 조금 넥을 쥐었을 때 감각이 미묘한가?

생각 탓인지 소리도 가볍게 들리는 것 같기도 하다.

내가 고개를 갸우뚱거리고 있자, 세리카는 또 다른 기타를 건

네주었으나, 그것도 마찬가지로 뭐라 말하기 힘든 감각이었다. 딱히 크게 고집하는 게 있는 건 아닌데…….

"나츠키는 기타리스트의 소질이 있네."

세리카에게서 어째 칭찬 같지 않은 소릴 들으면서도 기타를 계속 골랐다.

"역시 스트라토캐스터려나. 그리고 가격이……."

아르바이트를 하고 있다곤 하나 여름방학 여행 때 모아둔 돈을 꽤 쓰고 말았다. 너무 비싼 기타에는 손을 댈 수 없다. 그렇다고 해서 너무 저렴한 기타는 오래 쓸 수 있을지 확실하지 않다.

내 우유부단함이 여기서도 발휘되고 있었다.

"으~음…… 가격은 적당한데 이건 별로 나츠키 취향이 아니겠다."

외관과 가격이 괜찮은 것 같다고 생각해도 세리카가 후보에서 떨어뜨리는 기타도 있었다.

나는 잘 알 수 없었지만, 아마도 소리가 미묘하다든가, 그런 이유에서겠지.

"역시 이거로 할까."

고민한 끝에 고른 것은 결국 대학교 시절과 똑같은 펜더의 스트라토캐스터였다.

그것 말고도 기타 케이스나 피크, 앰프, 케이블, 튜너처럼 필요한 것을 세리카의 추천에 따라 한꺼번에 샀다. 꽤 많은 돈이 들었다.

"잔뜩 샀네."

"모아둔 돈이 단숨에 날아갔어."

하지만 후회는 없었다. 돈은 또 벌면 그만이다.

"……진짜로 괜찮겠어? 기타까지 사고. 이제 와서 묻는 거지만."

"괜찮아. 나도 사실은 밴드 하고 싶었거든. 그래서 세리카가 제안해 줘서 좋았어."

이 고양감은 느껴본 적이 있었다. 농구를 막 시작했을 때와 같은 느낌이다.

미지의 세계로 발을 들이밀며 두근거리고 있다.

"그럼, 내일 보자."

다카사키역 주변에 살고 있는 세리카와 역 개찰구 앞에서 헤어졌다.

"그래. 서로, 힘내자."

세리카는 평소처럼 담담한 어조로 말했다. 하지만, 그런 세리카가 내심 기쁨으로 흥분했다는 사실 정도는 알고 지낸 기간이 짧은 나라도 슬슬 알 수 있었다.

"지금 나츠키, 밴드맨 같아서 멋있어."

헤어지며 그런 한마디를 들었지만 돌아보니 세리카는 이미 없었다.

*

기타 케이스를 짊어지고 집으로 돌아오자, 예능 방송을 보며 컵라면을 먹고 있던 나미카가 나무젓가락을 입에 물고 귀신이라도 본 것 같은 얼굴로 나를 바라보았다.

"뭐, 뭐야, 그게……? 오빠."

"보면 알잖냐. 기타랑 그 밖에 잡다한 것들이지."

"아니, 갑자기 왜? 오빠는 기타 같은 건 못 칠 게 뻔하니까 관두지 그래?"

"남의 꿈에 시작부터 초 치지 말지?"

오빠는 그런 애로 키운 기억은 없다!

"밴드라도 하려고?"

"뭐, 일단은 그러려고."

"아, 그래~…… 앗, 혹시 료메이 문화제에서 라이브 해?!"

그 발상은 없었다. 그렇군, 문화제라.

료메이의 문화제는 10월 후반이었을 것이다. 25일, 26일이었던가?

아마 야외무대에선 밴드부와 일반 참가 밴드가 라이브를 했던 것 같다.

우리의 목표로 안성맞춤인 무대지만 지금부터 목표로 삼기엔 연습 기간이 고작 한 달 반밖에 없다. 멤버도 찾지 않은 우리가 참가하는 건 어려울 것이다.

"료메이 문화제, 가고 싶다. 오빠가 라이브 하면 봐 줄게."

"지금 당장은 그럴 예정 없으니까 기대하지 말아라."

나미카는 "에이~ 뭐야." 하며 실망한 듯 중얼거리곤 텔레비전으로 시선을 돌렸다.

나는 내 방으로 들어가 사 온 기기들의 포장을 뜯었다.
케이블로 앰프, 기타를 연결해 현을 튕겨본다.
기타를 튜닝하며 앰프 음량을 조절했다.
이곳이 시골이라 다행이었다. 집 뜰이 넓고 이웃집과 떨어져 있는 덕에 주변에 끼칠 소음은 생각할 필요가 없었다. 그래도 큰 소리로 치면 나미카가 당연히 화를 내겠지만.
"어디…… 오? 의외로 쳐지네."
지금도 기억하고 있는 좋아하는 프레이즈를 연주했다.
역시 아직 손가락이 잘 움직이지 않는다. 연습해 재활하는 수밖에 없으리라.
그런 식으로 적당히 기억하는 프레이즈를 연주하며 놀고 있는데 스마트폰이 소리를 울렸다.
집어 드니 RINE으로 전화를 걸어온 것은 호시미야 히카리였다.
"……여보세요?"
『아, 나츠키? 안녕.』
통통 튀는 듯한 호시미야의 목소리를 듣고 조금 행복한 기분이 들었다.
『지금, 뭐 해?』
"기타 연습. 밴드 결성하게 됐잖아."
그렇게 대답하며 가볍게 현을 울렸다. 지잉 하는 소리가 울린다.
『와, 진짜네. 대단하다. 기타 칠 수 있구나?』

"아직 잘 못 쳐. 이제부터 더 연습해야지."

게다가 내가 보기엔 소설을 쓸 수 있는 호시미야가 훨씬 더 대단해 보인다.

『있잖아, 나츠키. 나 아무것도 몰랐거든?』

어쩐지 살짝 화가 난 듯한 목소리였다.

누군가에게 설명한 적이 없긴 했지만, 나도 갑작스러운 권유를 받아 고개를 끄덕였을 뿐이거든.

『록을 좋아한단 건 알았는데. 갑자기 밴드를 꾸릴 줄은 몰랐어.』

"……나도, 스스로 놀라는 중이야. 그래도 세리카가 불러줘서 해보고 싶어졌어."

모두가 갑작스럽다고 느끼는 것은 당연하다. 실제로 그 말대로라고 생각한다.

역시 세리카의 연주를 눈앞에서 본 것이 컸다.

세리카의 연주를 동경했다. 나도 저런 식으로 기타를 치고 싶다고 생각하고 말았다.

『그렇단 건 급하게 나온 얘기였구나?』

"어어. 그래도 원래부터 밴드를 해보고 싶단 마음은 있었어."

『그렇구나…… 록 밴드라~. 난 잘 모르는 세상이야.』

"호시미야는 음악은 잘 안 들어?"

『음~ 그렇지. 기본적으론 소설을 읽거나 쓰기만 하니까.』

이러고 있는 지금도 분명 소설을 계속 쓰는 중일 것이다.

전화 너머로 들려오는 호시미야의 목소리에는 이따금 키보드를 두드리는 소리가 섞였다.

"관심 있으면 추천하는 노래라도 소개해 줄게."

『정말? 그럼 들어 볼까.』

록 입문자에게 추천한다면 너무 격렬한 음악은 아웃이리라.

부드러운 느낌이 나는 곡조 중 내가 좋아하는 음악…… 생각나는 후보를 모두 적는다.

RINE 채팅창으로 정리한 추천곡을 보내자 호시미야가 곧바로 들어주었다.

『오, 오오, 어쩨 막 웡웡 울리는 노래네……? 좋은, 건가?』

"억지로 칭찬하려고 안 해도 돼. 취향은 사람마다 다른 법이니까."

내가 좋아하는 노래를 호시미야도 좋아한다곤 단정 지을 수 없다. 다른 사람인 이상 당연한 일이다.

『알고야 있지만…… 그래도 좋아하게 되고 싶어.』

"……왜?"

그렇게까지 록에 관심이 있는 것처럼 보이진 않았는데.

그런 엉뚱한 생각을 하던 내게 호시미야는 조용한 목소리로 말을 이었다.

『나츠키가 좋아하는 걸 나도 좋아하게 되고 싶으니까.』

호흡이 멎었다. 이런 날 호시미야는 그런 식으로 생각해 주고 있었구나.

『그치만 그러는 게 기쁘잖아? 같은 걸 보고 같은 기쁨을 얻을 수 있다면.』

“……그러게. 호시미야가 록을 좋아하게 되면 난 기쁠 거야.”

『난 있지, 나츠키가 내가 좋아하는 소설을 읽어줘서, 재미있다고 말해줘서 기뻤어. 감상을 공유할 수 있어서 즐거웠어. 그러니까 나도 그렇게 되고 싶어.』

“마음은 기쁘지만, 무리는 안 해도 돼.”

『응, 알아. 이런 건 진심이 아니면 의미가 없으니까.』

그렇게 얘기하면서도 호시미야는 내가 추천한 노래를 들어주고 있는 모양이었다.

『……아, 이거 마음에 들어. flumpool의 ‘별에 소원을’ 이란 노래.』

“그거 좋지? 그게 마음에 들면 이 노래도 추천해 줄 수 있겠다. 채팅으로 보낼게.”

얼마간 그렇게 별것 아닌 대화를 나누었다.

『……있잖아, 나츠키네는 무슨 노래를 연주할 거야?』

“글쎄, 아직 잘 모르겠어. 하지만 세리카니까 분명 내가 좋아하는 노래일걸.”

솔직하게 대답하자 호시미야는 대놓고 토라진 목소리로 중얼거렸다.

『……세리카를 상당히 신뢰하네? 난 그러면 당연히 질투하거든요?』

그, 그렇게 솔직히 말한들…… 어떻게 반응하란 건지요?

올곧게 향하는 호의에 난처해하고 있자 호시미야는 “그래도.” 하고 말을 이었다.

『나츠키가 정한 거라면 난 응원할게.』

"……고마워. 호시미야도 힘내. 신작 쓰기 시작했지?"

『응. 저번에 나츠키에게 읽어달라고 했던 작품은 신인상에 응모했고 결과를 기다리는 중이야. 그 사이에 다음 작품을 쓸까 해서. ……완성되면 또 읽어줄래?』

"물론이지. 호시미야 신작, 기대하고 있을게."

『아하하, 기쁘다. 나도 나츠키네 밴드, 기대하고 있을게.』

"아직 멤버도 모이지 않았는데 너무 기대치 올리지 말아줄래?"

『에이, 어째 나츠키, 소심하네. 거기선 나만 믿으라고 말해야 멋있는데.』

"윽…… 그러게. 반성할게."

요즘 늘어난 호시미야의 진심이 담긴 듯한 말이 사정없이 가슴에 꽂힌다.

네, 맞아요…… 전 언제나 소심하다구요…….

그리고 우유부단하고, 신중한 게 아니라 그냥 겁이 많은 데다 나만 믿으라고 말할만한 자신감도 없다. 한심한 남자다.

내가 침울히 가라앉아있자 전화 너머로 키득거리며 웃는 소리가 들렸다.

『기운 빠졌어? 귀엽다, 나츠키.』

"별로 듣기 좋은 말은 아닌데…… 역시 남자로선 멋있고 싶어."

그보다 남자에게 귀엽다니, 무슨 심정으로 그런 소릴 한 거야? 난 이제 잘 모르겠다.

"슬슬 기타 연습 재개할까."

『나도 씻어야겠다. 이쯤 할까?』

"그러게. 내일 봐."

『응. ──난 소설, 나츠키는 음악. 서로 힘내자!』

그렇게 호시미야와 서로 고개를 끄덕이고 전화를 마쳤다.

목표는 다르지만 우리는 서로 통하고 있다.

스마트폰을 침대에 내던지고 다시 기타를 들었다.

멋있는 사람이 되고 싶다.

적어도 이 기타를 치고 있을 때만이라도.

자신만만하게 망설임 없이 널 좋아한다고 말할 수 있는 강한 사람이 되고 싶다.

그저, 그렇게 생각했다.

*

다음 날. 기타 케이스를 매고 교실로 들어서자, 모두의 시선이 쏠렸다.

그야 지금까지 없었던 걸 들고 있으니, 시선을 끄는 거야 알겠지만…… 솔직히 부끄럽다.

"잘 어울린다, 나츠."

가장 먼저 말을 걸어온 것은 우타였다.

"그래?"

"제대로 밴드맨 같아."

"밴드맨 같다는 소린 어째 칭찬처럼 안 들리는데……."

"아하하, 그건 편견이지!"

우타와 대화를 나누며 일단 자기 자리에 앉았다.

"잠깐 봐도 되니?"

어느새 곁으로 다가온 것은 나나세였다. 나나세는 흥미진진한 모습으로 기타 케이스를 가리키고 있었다. 내가 고개를 끄덕이자 기타를 꺼내 찬찬히 살펴보기 시작했다.

"흐음, 멋있네…… 하이바라 센스야?"

"세리카에게 조언을 구하긴 했는데, 결국 정한 건 나지."

"난 나츠가 기타 치는 거 보고 싶어!"

"괜찮긴 한데 아무리 그래도 여기서 칠 순 없잖아. 다음 기회에."

쓰게 웃으며 말하자 "끄응…… 그건 그래." 하고 우타는 불만스럽게 볼을 뾰로통 부풀렸다.

"얘들아, 안녕."

그때 교실에 들어온 것은 호시미야였다.

평소처럼 반짝반짝 빛나는 미소를 흩뿌리며 모두에게 인사하고 있다.

교실을 화사한 분위기로 가득 채우며 다가온다. 자리가 내 옆이니 말이지.

"……안녕, 히카링."

"……응. 안녕, 우타."

무슨 일인지 두 사람은 이상하게 얌전한 목소리로 인사를 나누고 있었다.

살짝 위화감이 들었다. 기분 탓이라고 생각했는데, 역시나 평소와 다른 느낌이 든다.

무척 어색한 침묵이 찾아왔고 그 분위기를 깨부순 것은 나나세였다.

"그러고 보니 오늘은 수학 쪽지 시험 있지?"

"어?! 그거, 진짜야……?"

"그저께쯤에 무라카미 선생님이 말씀하셨잖아?"

"하나도 기억 안 나…… 나 잤었나 봐……."

"자리가 옆이라 아는데 호시미야는 수업 중에 꽤 자더라."

"쓸데없는 정보 뿌리지 마, 나츠키! 어쩌다 그때 자고 있었던 게 다라구!"

호시미야는 그렇게 칭얼거린 뒤, 우타의 얼굴을 힐끗 살폈다.

"우타는 알고 있었어?"

"그럼! 공부는 안 했지만!"

"그럼 호시미야랑 똑같잖아…… 결과적으로……."

"알고서 안 한 거랑 모르는 데 안 한 건 하늘과 땅 차이거든!"

"뭐라고오?! 요 녀석이!"

어깨 우쭐거리며 가슴을 활짝 편 우타를 호시미야가 뒤에서 껴안곤 간지럽히기 시작했다.

조금 전 위화감은 착각이었나? 우타와 호시미야는 평소처럼 장난을 치고 있다.

그때 레이타와 타츠야가 모습을 드러냈다.

"아침부터 기운이 넘치네. 우린 아침 연습 때문에 힘들어 죽겠어."

이마에 맺힌 땀을 수건으로 닦으며 레이타가 말했다.

"안녕. 야, 나츠키, 이것 좀 알려주라. 오늘 쪽지 시험, 무라카미 그 자식이 중요하다고 말했던 곳을 복습하고 있었는데 조금 이해가 안 가는 부분이 있더라고."

그리고 타츠야가 가장 성실했다.

"43페이지 3번 문제인데, 해설 중간식이 내 계산이랑 안 맞아서——."

타츠야가 수학 교과서를 내 자리로 들고 와 얘기하기 시작했다.

"우리도……."

"그, 그러게…… 공부, 할까."

그런 타츠야의 모습을 보던 우타와 호시미야는 얼굴을 마주보고 자기 자리로 돌아갔다.

내가 타츠야의 문제를 해설하는 모습을 레이타와 나나세가 바라보고 있었다.

이 두 사람은 쪽지 시험 같은 건 여유롭겠지. 복습을 게을리하는 타입이 아니다.

"사람은 바뀌는 법이구나."

"바뀌려고 하는 거 아니겠니? 난 저런 거 좋아해."

말뜻은 잘 알 수 없었지만, 두 사람은 그런 식으로 감상을 공유했다.

*

수학 쪽지 시험은 아무래도 모두 무사히 넘긴 모양이다.

방과 후에는 세리카에게 호출을 받았다.

『이와노 선배가 얘기 들어준대. 모여.』

어제오늘인데 벌써 얘기가 진행됐나 보다.

곧장 제2음악실로 가자 이미 이와노 선배와 세리카가 있었다.

이와노 선배는 주머니에 손을 찔러넣은 채 창밖을 바라보고 있었고 세리카는 기타를 세팅하고 있었다. 두 사람 사이에 대화는 없었다. 마, 말 걸기 껄끄럽네…….

하지만 문을 연 날 눈치채고 이와노 선배가 돌아보았고 세리카는 손짓을 했다.

"이 녀석이 보컬을 하는 거냐? 널 제쳐놓고."

"응. 나보다 잘 불러. 이와노 선배도 들어 보면 알 거야."

세리카는 선배를 상대로도 반말이구나. 순간 속이 철렁했지만 이와노 선배는 신경 쓰는 눈치는 아니었다. 생긴 건 험상궂은 데 반해 착한 사람일지도 모른다.

이와노 선배가 날 바라보았다. 빤히, 구석구석 훑듯이.

"1, 1학년 하이바라 나츠키입니다."

"……2학년 이와노 켄고다. 드럼을 치지."

우선 자기소개를 하자 이와노 선배도 평범하게 대답해 주었다.

“……등에 멘 건 기타냐? 칠 수 있나?”
“일단은, 그렇죠. 잘 치진 못하지만요…….”
시선의 압박감이 굉장하다. 이와노 선배는 말없이 날 바라보고 있다.
“……금방 돌아오마.”
짧게 말하고 이와노 선배는 제2음악실을 나갔다.
“왜, 왜 저래……?”
“부실에서 드럼 세트를 갖고 올 테니 간단하게 맞춰보재.”
“저 한마디에 그런 장문이 담겨 있었어?!”
“이와노 선배는 항상 말이 부족해서. 같이 있다 보면 익숙해질 거야.”
내가 보기엔 세리카도 말이 부족한 편이라고 생각하는데.
닮은 사람들끼리 통하는 거라도 있는 건가?
아무튼 우리의 밴드에 관심이 생긴 모양이다.
“자, 나츠키도 기타 세팅해. 기재가 부족하면 내 걸 빌려줄 테니까. 이 이펙터, 꽤 괜찮은 느낌으로 왜곡시켜주거든.”
세리카의 재촉에 세션 준비를 하고 있는데, 이와노 선배가 드럼 세트를 분해해 옮겨오고 있었다. 무척 힘들어 보인다. 스네어 드럼, 베이스 드럼, 탐탐, 플로어 탐, 하이햇 심벌, 크래시 심벌, 라이드 심벌…… 실제로 라이브에서 사용되는 어쿠스틱 드럼 세트가 제2음악실에 점차 갖추어진다.
이와노 선배가 드럼의 위치를 조정하기 시작했고 세리카와 나는 간단히 소리를 울려 앰프의 음량 조절과 튜닝에 들어갔다. 불협화음이 울리는 가운데 이와노 선배가 드럼을 치기 시작했다.

3카운트 이후 8비트로 리듬을 새긴다.

세리카가 즉흥으로 멜로디를 얹었다.

나도 무난히 코드를 진행해 조심조심 맞춘다.

조금 전까지 조용했던 제2음악실에 소리가 격렬하게 터져나가며 휘몰아쳤다.

제아무리 세리카가 멋대로 연주해도 이와노 선배는 한 치의 어긋남도 없이 리듬을 새겼다.

그러면서도 소리는 힘차다. 박력 넘치는 드럼이었다.

이런 즉흥 세션은 해본 적도 없는 데다 너무 어렵다.

내가 실수를 해도 두 사람은 신경 쓰지 않고 계속 연주했다.

솔직히 따라가는 것만 해도 벅차다.

"나츠키, 노래해."

문득, 세리카가 짧게 말했다.

직후 세리카의 기타가 곡조를 단숨에 바꿨다.

들어 본 적 있는 리프. 여기에 맞춰 이와노 선배도 드럼을 변화시켰다.

이 노래는 알고 있다. 로드 오브 메이저의 '소중한 것'. 내가 좋아하는 노래다.

갑자기 노래를 부르라니 억지가 심하지만, 할 수밖에 없어 보인다. 마이크도 없이 그대로 노래를 부르기 시작했다. 기타와 드럼의 음압에 질 것 같았지만, 그럼에도 억지로 성량을 끌어올렸다.

곧바로 문제점을 깨달았다. 노래를 부르며 기타를 치는 건 상상 이상으로 어렵다. 코드 진행은 안 그래도 기억이 어렴풋했다. 갑자기 기타와 보컬을 양립하는 건 역시나 무리가 있었다.

내가 재빨리 포기하고 기타에서 손을 떼자, 세리카가 맞춰주었다. 백킹과 리드 파트를 능숙히 조합해 치고 있다. 역시 기술이 대단한걸.

우선 보컬에 집중할 수 있는 상황이 됐지만, 문제는 산더미처럼 쌓여있었다. 항상 같은 리듬을 연주해 주는 노래방과 달리 라이브 연주는 반드시 흐트러지기 마련이다. 이에 맞춰 노래를 부르기가 어렵다……고 생각하고 있는데 거꾸로 내 노래에 반주가 따라왔다. 그렇구나, 라이브에선 이런 일도 벌어지는구나. ……뭐야, 이게. 재미있는데? 즐거워지기 시작했다.

목청껏 '소중한 것' 을 끝까지 부르자, 이와노 선배가 드럼을 휘몰아쳤고 세리카는 개방현을 울린 뒤 뮤트해 곡을 마무리 지었다. 제2음악실이 단숨에 정적으로 가득 찬다.

헉헉거리는 내 거친 숨소리만이 울리고 있었다.

"……혼도가 말할 만큼은 하는데, 기타는 아직 멀었군."

이와노 선배는 드럼 스틱을 빙글빙글 돌리며 콧방귀를 끼었다.

"그래도 가능성은 느껴지지? 기타도, 노래도. 나츠키 목소리, 좋아하거든. 깨끗한 하이톤 보이스인데 남자 특유의 힘도 있어서 무겁게 울려."

"확실히 네가 만드는 곡에는 이 녀석의 목소리가 더 맞을지도 모르지.”

“……응. 내 노래에 내 목소리는 너무 가벼워. 단순하게 잘 못 부르는 것도 있지만.”

“혼도. 네가 무슨 소릴 하고 싶은지는 알겠다. 하지만 그래도 되겠냐?”

두 사람의 대화를 난 따라갈 수 없었다.

밴드부끼리 지금까지도 교류해 오며 그것이 쌓인 뒤에 나눌 수 있는 대화일 것이다.

날카롭게 던진 이와노 선배의 질문에 세리카는 고개를 끄덕였다.

“괜찮아. 내 음악은 굳이 내가 부를 필요 없어. 이제야 깨달았어.”

각오를 굳힌 듯한 세리카의 말을 듣고 문득 노래방에서 보냈던 시간이 뇌리를 스쳤다.

『세리는 보컬도 자주 맡거든.』

아마도 지금까지 활동하던 밴드에선 줄곧 기타 보컬을 맡았으리라.

그런 세리카가 내 노래를 듣고 보컬을 맡기겠다 말하고 있었다.

그 말의 무게를 뒤늦게 실감했다. 보컬은 밴드의 얼굴이다. 아무리 세리카가 프로급으로 연주할 수 있다 한들, 내 노래가 엉망이면 단숨에 곡의 가치가 떨어진다.

기대해 주는 것은 기뻤다.

하지만, 정말로 내가 할 수 있을까?

……망설이지 마. 하고 싶어서 하겠다고 정한 거잖아?

지금이 엉망이라면 잘하게 되는 수밖에 없어.

노래와 기타 모두, 필사적으로 연습할 수밖에 없어. 그러지 않으면 세리카를 따라갈 수 없으니까.

"하자, 이와노 선배. 역시 나, 선배 드럼이 좋아."

얘기를 마무리 짓고 세리카는 평소 같은 말투로 이와노 선배에게 권했다.

이와노 선배는 입을 다물고 창밖을 바라보았다. 하늘은 노을색으로 물들어 있었다.

……세리카는 한 번 거절당했다고 말했다. 이와노 선배에겐 무언가 할 수 없는 사정이 있는 걸까?

적어도 세션 중에는 즐겁게 드럼을 치고 있었다.

처음 보는 것이나 다름없는 나도 그 정도는 알 수 있었다. 이와노 선배와 세리카 모두 말수는 부족하고 표정의 변화도 알아채기 힘들었지만, 각자가 악기로 내는 음색만은 감정을 웅변하고 있었다.

"이와노 선배. 저도 선배랑 같이하고 싶어요."

솔직히 같이 연주를 하기 전까지는 그렇게 생각하진 않았다. 다가가기 어렵다는 인상이 앞섰다. 하지만 지금은 달랐다. 이렇게나 정열적인 드럼을 치는 사람이란 걸 알았으니까.

"……같이 한다 쳐도 올해까지야. 그 이상은 같이 못 해준다."

"그래도 돼. 우리 목표는 문화제니까."

……그래? 완전 처음 듣는데?

문화제까지 한 달 반밖에 남지 않았는데 괜찮을까?

입을 떡하니 벌린 날 깨달은 세리카가 "어라?" 하고 고개를 갸웃거렸다.

"말 안 했던가? 할 거야, 문화제 때 라이브."

"앞으로 한 달 반밖에 안 남았는데?"

"멤버만 모이면 어떻게든 돼."

'죽을 각오로 연습하면' 이란 뜻이 맥락에 담겼단 사실을 깨달았다.

"나츠키도 하고 싶지? 좋아하는 여자애한테 멋있는 모습을 보여줄 기회인걸?"

"……그야 우리 노래로 분위기를 띄울 수 있으면 멋지기야 할 텐데."

그 광경은 분명 내가 목표로 하던 무지갯빛 청춘에 한없이 가까우리라.

단, 그 난이도는 지금껏 넘어온 고개에는 비할 바 없이 높겠지만.

만화나 애니메이션이 아니다. 현실 속에서 고등학생 밴드의 라이브 공연이 학교 축제를 대성황으로 이끄는 일은 좀처럼 없다. 관객의 특성상 라이브에 익숙하지 않은 것도 문제가 될 것이며 무대 음향 설비 문제도 있고 단순하게 밴드 자체의 퀄리티 문제도 있다.

"……."

우리가 그런 대화를 나누고 있는 사이 이와노 선배는 입을 다물고 있었다.

"왜 한다 쳐도 올해까지예요?"

"……난 너희랑 달리 2학년이야. 내년엔 이제 수험 공부를 해야만 해."

내 물음에 조용한 읊조림이 흘러나왔다.

그것은, 분명 맞는 말이다. 2학년 *3학기는 3학년 0학기라고도 불린다. 좋은 대학을 목표로 한다면 내년부터 밴드 활동은 어려울 것이다.

"이와노 선배는 의사가 되려고 하거든."

……그렇군. 그렇다면 분명 어중간한 각오로 공부해선 이룰 수 없겠지.

"성적도 2학년 1등이야, 이래 보여도. 의외지?"

"뭐가 이래 보여도냐. 어딜 어떻게 보더라도 성실해 보이는데."

무례하기 짝이 없는 세리카에게 찌푸린 얼굴로 반론하는 이와노 선배.

솔직히 둘 다 동의하기 어려웠기에 나는 빈 웃음만 짓고 이 자리를 넘겼다.

그건 그렇고 의사라. 이 학교의 성적 수준은 지역 현 내 상위권이지만, 톱은 아니다. 의학부에 진학한 학생은 분명 손꼽을 정도밖에 없었을 것이다. 그 난이도는 미루어 짐작할 수 있으리라.

---

*일본 학교는 3학기제로 운영되며 3학기는 1월~3월이다.

"……부모님이 의사다."

나온 말은 무겁게 느껴지는 이유였다.

"나도 의사가 되어야만 해. 그렇기에 고작 수험에서 무릎을 꿇을 순 없다. 하지만 난 원래 머리가 좋은 편이 아니야. 양립 같은 어중간한 짓은 제대로 할 수 없을 거다."

"……그래도 하고 싶지? 그래서 그렇게 표정이 괴로워 보이는 거야."

세리카는 그렇게 지적했지만…… 내게는 이와노 선배가 평소처럼 표정을 찌푸리고 있는 것으로밖에 보이지 않았다. 친한 사이끼리는 보일 만한 변화가 있는 걸까?

"이제 와서 뭘 하겠다고, 그런 생각은 든다. 3학년이 은퇴하고 내가 들어가 있던 밴드가 해산된 뒤, 아무도 날 부르지 않았던 건 내 사정을 살피고 배려해 줬기 때문 아니냐?"

"아니, 전혀 아닌데? 다들 그냥 이와노 선배가 무서워서 그랬던 거야. 특히 1학년한테 평판이 안 좋아. 나도 처음엔 그랬는데 선배 드럼을 듣고 생각이 바뀌었지."

세리카의 돌직구에 이와노 선배는 까~앙! 하는 효과음이 머리 위에 보일 정도로 딱딱하게 굳었다. 나도 알아챌 만한 변화인 걸 보니 상당한 충격을 받았겠는걸.

분명 본인은 모르는 게 행복한 사실도 있는 게 아닐까……?

어흠 하고 마음을 다잡곤 이와노 선배가 말했다.

"난 네 기타가, 네가 만드는 곡이 좋다. 네가 앞으로 나아가려는 길이 궁금해."

바로 그래서다 하고 말을 이었다.

"너와 밴드를 결성해버리면 질질 끌려갈까 봐 무섭다. 의사란 목표를 포기하고 음악의 길로 달려버릴 것 같아. 그게, 무서워."

"……선배, 평소답지 않게 말이 기네?"

"……진심이니까. 사실은 이렇게 우는소린 하고 싶지 않았다."

세리카와 이와노 선배 사이에 침묵이 흐른다.

"——그럼, 문화제까지만이야."

이윽고 세리카가 각오를 굳힌 듯이 선언했다.

"앞으로 한 달 반 정도? 진심으로 하자. 후회 같은 건 날아가버릴 정도로. 문화제 무대에서 최고의 연주를 하고 끝내자."

"그렇게 하면서까지…… 왜 날 부른 거냐? 드러머야 얼마든지 있어. 이 고등학교로 한정 짓지만 않으면, 혼도, 네 실력이라면 얼마든지 찾을 수 있을 거다. 나보다 실력 좋은 드러머를."

"난 선배의 드럼에 끌려서 부른 거야. 기간 한정이라도 좋아. 그래도 같이 하고 싶다고 생각한 게…… 이와노 선배랑, 여기 있는 나츠키야."

마치 사랑을 고백하는 듯한 정열적인 대사였다.

그것만으로도 세리카가 음악을 진심으로 대하고 있단 것을 잘 알 수 있었다.

"……알았다. 문화제까지만, 맞지?"

이윽고 각오를 굳힌 듯이 이와노 선배가 고개를 끄덕였다.

그러자 세리카는 회심의 미소를 띠고 두 손을 들어 올렸다.

내가 어리둥절해 하고 있자, 세리카가 마음에 안 든다는 듯이 눈살을 찌푸렸다.

"뭐 해. 자, 하이파이브."

"하, 하이파이브…?" 하고 되풀이하며 두 손을 들어 올리자, 세리카는 기세 좋게 두 손을 마주쳤다. 짜악 하고 커다란 소리가 울린다. 그리고 빙글빙글 춤추듯이 돌았다.

아무래도 무척 기쁜 모양이다.

"그래서. 보컬이랑 기타랑 드럼은 모였고…… 베이스는 어쩔 거냐."

"내가 같이하고 싶었던 건 두 사람뿐이야. 나중 일은 안 정했어. 그래도 나츠키한테 짐작 가는 베이시스트가 있다나 봐. ……그렇게 말했었지?"

"그냥 슬쩍 권유만 해볼 거니까 너무 기대는 하지 마."

"일단 말해두겠는데 문화제 라이브를 한다면 여기 학생이어야만 할 거다."

"그건 문제없어요. 그보다 선배는 알아요? 시노하라란 사람인데."

왠지 모르게 대답이 예상됐지만 물어보자, 역시나 이와노 선배는 찌푸린 얼굴로 의아해했다.

"……그게 누구냐? 밴드부냐?"

하하하 하고, 나는 일단 이 자리를 웃어넘겼다.

*

3일 뒤. 긴 평일이 끝나고 토요일이 되었다.

카페 마레스에서 아르바이트를 하고 있는데 손님의 방문을 알리는 종소리가 울렸다.

"어서 오세요~."

홀 담당 나나세가 반응했고 주방 담당인 나는 카운터 안쪽에서 입구를 살폈다.

"안녕~ 유이노."

그곳에는 사복 차림의 세리카가 있었다. 평소에는 아름답던 긴 갈색 머리를 오른쪽 사이드 테일로 정리하고 어깨가 드러나는 얇은 니트에 무척이나 짧은 미니스커트를 입었다. 눈 둘 곳이 난처하다.

"어머? 세리카 아냐? 혹시 하이바라 만나러 왔니?"

"음~ 그렇다고도 할 수 있고 아니라고도 할 수 있지."

"……? 이해가 잘 안 가는데, 일단 자리로 안내해 줄게."

나나세의 뒤를 따라가던 세리카가 고개를 두리번거리다 날 발견하곤 두 손을 작게 흔들었다. 그렇게 누가 봐도 귀엽게 굴지 좀 마. 대놓고 끼를 부리네, 저 여자가…….

"……어라? 호, 혼도잖아요? 이 가게에도 오는군요."

내 옆에서 설거지를 하던 시노하라가 의외라는 듯이 눈을 휘둥그레 떴다.

그런 시노하라의 모습을 바라보며 시계를 살폈다. 12시를 지나려 하고 있었다.

곧 나와 시노하라의 업무 시간이 끝난다. 세리카는 이 타이밍을 노리고 불렀다. 역시 권유하려면 세리카의 카리스마가 필요할 것이라 생각을 고쳤기 때문이다.

"……그, 그러고 보니 하이바라는 요즘 학교에 올 때 기타를 메고 있죠?"

"어? 반이 먼데 잘 아네?"

솔직히 대단한 실력도 없는데 기타를 메는 건 무척이나 부끄럽다.

잘 친다면 (기분적인 문제로) 당당하게 있을 수 있으니 어서 실력을 키우고 싶은데…….

"같은 반 여자애들이 수군거렸고 저도 봤거든요. 혹시 밴드부에 들어갔나요?

"……들어갈지도 모르긴 하겠는데, 지금 당장은 몰라."

밴드 멤버가 모인다면 딱히 들어가지 않더라도 문제는 없으니까.

"기타, 칠 줄 아세요?"

"조금은. 그래도 별로 잘 치진 못해."

"그, 그래도 대단해요. 공부도 잘하고 운동도 잘하는데 기타도 칠 줄 아는군요."

시노하라의 나에게 보내는 시선이 점점 숭배하는 대상을 바라보는 것처럼 바뀌어서 무섭다.

어떻게든 해서 내 평가를 낮출 순 없을까.

"난 그렇게 대단한 사람이 아니야. 평판이 부풀려져서 무서운데."

[비매품]
하이바라의 청춘 뉴 게임 플러스 4

“거, 거기다 겸손하기까지…… 소문대로였어…….”

그, 글렀다! 무슨 소릴 해도 좋은 쪽으로 해석하잖아!

내 평판을 낮추는 걸 포기했을 때 시곗바늘이 머리 위를 가리켰다.

“여어. 소년들, 교대하자. 수고했다.”

아르바이트 팀장인 미츠노 씨가 휴게실에서 나타나 우리의 어깨를 두드렸다.

“수고하셨습니다~.”

“수, 수고하셨습니다…… 죄송합니다…….”

“오냐, 수고했다. 근데 왜 사과해? 시노하라는 재밌네~.”

옷을 갈아입기 위해 휴게실로 돌아갈 때도 시노하라는 꾸벅꾸벅 고개를 숙였다.

“시노하라, 이다음 잠깐 시간 돼?”

“네, 네에?! 죄송합니다. 제가 무슨 잘못이라도……?”

최대한 부드럽게 물어봤다고 생각했는데 경계를 삼엄하게 만들고 말았다.

“아니, 그런 건 아니고. 그냥 우리랑 밴드나 같이 하자고.”

“아…… 그랬군요. 다행이다…… 응? 어? 우, 우리랑 밴드?”

“응. 멤버는 나랑 저기 있는 세리카에 밴드부 이와노 선배.”

짧게 설명하자, 시노하라는 눈을 휘둥그레 뜬 채 딱딱하게 굳었다.

“네, 네에에에에에에에에에에에에에에에에에에에에에에에에에에에에에에에에?!”

그리고 여태껏 들어 본 적 없는 커다란 목소리로 엉뚱한 비명을 질렀다.

*

세리카가 먼저 앉아있던 4인석 자리 정면에 나와 시노하라가 나란히 앉았다.

우리를 눈치챈 세리카는 귀에 끼고 있던 이어폰을 뺐다.

"음악이라도 듣고 있었어?"

"범프의 '위그드라실'. 전세계 모든 사람이 들어줬으면 하는 명반."

"맞아. 뭘 들어도 결국 거기로 돌아가지."

즐겁게 대화를 나누는 우리 곁으로 나나세가 음료를 들고 와줬다.

나는 블랙커피를, 시노하라는 카페라떼를 시켰다.

"밴드 회의야?"

"회의라기보단 시노하라를 권유하려고."

긴장으로 딱딱하게 굳은 시노하라가 등줄기를 움찔 떨었다.

"그러고 보니 시노하라도 밴드부라고 그랬지?"

"응. 아마 부실에서 몇 번 정도 본 것…… 같기도 한 게, 맞나?"

"야, 적어도 그건 자신 있게 말해주라."

여전히 무신경하게 말하는 세리카를 황급히 나무랐다.

"아, 아뇨…… 죄송합니다, 제가 존재감이 없어서……."

하하하, 자조적으로 웃는 시노하라. 누, 눈이 죽었어!

"남아도는 쓸만한 베이시스트를 찾고 있거든."

세리카가 짧게 말했다. 야, 쓸데없는 수식어 붙이지 마!

"우리 학교 학생 중에 다른 밴드에 소속되어있지도 않은 베이스 경험자."

"……그 조건이라면 확실히 일치하네요. 밴드부에서 어중간하게 남았으니까요…… 하하하……."

말 한 마디 한 마디 할 때마다 자조하는 것도 뭐라 하기 힘드니 자제해줄래?!

옛날의 내가 무슨 소릴 할 때마다 주변 사람 모두가 쓰게 웃었던 기억을 떠올렸다.

그때 다들 이런 기분이었구나…… 과도한 자학은 좋지 않아.

"시노하라……라고 했지? 괜찮으면 우리 밴드에 안 들어올래? 막 결성해서 이름도 없긴 한데. 문화제 라이브를 목표로 삼기로 했어."

"권유는 감사한데…… 저 같은 게 들어가도 될까요? 그다지 실력도 좋지 않고 솔직히 혼도와 저로선 연주 수준이 안 맞을 텐데요……."

"그런 걱정도 이해는 가는데 나도 마찬가지거든. 같이 열심히 하자."

"하이바라는 천재니까…… 분명 저 같은 건 금세 뒤처질 거예요……."

"야~ 천재도 아니거니와 너무 부정적이다."

"죄, 죄송합니다…… 원래 이런 성격이라…… 하하하……."

시노하라 주변에만 무거운 분위기가 감돌았다.

그런 시노하라의 태도에도 세리카는 아무렇지도 않다는 듯이 말했다.

"우선 해보지 않을래? 관심이 간다면 해보고 나서 생각해 보자."

그러게. 우선 시험 삼아 참가해 보는 것도 서로를 위해 좋은 것 같다.

시노하라는 수상쩍게 시선을 방황한 뒤, 갑자기 카페라테를 단숨에 들이켰다.

"——해, 해봐도! 될까요?! 저라도 괜찮다면!"

예상 밖의 커다란 목소리로 대답해 주변 손님의 시선이 쏠린다.

나는 "물론이지." 하고 웃는 얼굴로 승낙했고 세리카는 말없이 엄지를 세웠다.

보컬, 기타, 베이스, 드럼. 이제 어찌어찌 밴드 멤버는 모였구나.

제법 개성 넘치는 멤버가 모였다. 걱정은 들었지만, 기대하는 마음이 더 컸다.

▶ 막간 1

8월 31일.

여름방학 마지막 날은 유이유이, 히카링과 셋이서 놀았다.

이번 여름방학은 나츠가 정기적으로 스터디 모임을 열어준 덕에 웬일로 내가 방학 숙제를 미리 끝내 놓았다. 이렇게 여유로운 여름방학 마지막 날은 태어나서 처음이다. 나츠에겐 고마워해야겠구나. ……나츠를 떠올리자, 자연스럽게 입가가 히죽거릴 것 같아 황급히 억눌렀다. 혼자 있는데 히죽거리는 이상한 사람이 될 뻔했다.

"이야~ 잔뜩 놀았네~."

"그러게. 가을옷도 잔뜩 사버렸어."

"재밌었어! 내일부터 학교라고 생각하니 조금 마음이 무겁지만……."

쇼핑몰 옷 가게를 돌다가 분위기 있는 이탈리아 식당에서 맛있는 파스타와 피자를 먹고 영화관에서 요즘 유행하는 연애 영화를 봤다. 즐거운 일을 꽉꽉 눌러 담은 듯한 스케줄이라 조금 지쳤지만, 이렇게 놀았으니 아쉬움 없이 여름방학을 마칠 수 있다. 고등학교 1학년 여름방학은 지금까지 경험한 여름방학 중

최고로 즐거웠다.

그 이유는 두 가지가 있었고 하나는 무엇과도 바꿀 수 없는 친구들이 생겼기 때문이라고 생각한다.

나는 옛날부터 친구가 많아서 특정 그룹에 계속 있는 일은 거의 없었다. 고등학교에 들어와서 이러고 있는 것은 그만큼 지금 그룹이 편안했기 때문이다.

타츠는 옛날부터 친하게 지낸 소중한 친구다. 조금 난폭하고 말을 가려 하지 못해 화를 돋울 때도 있지만…… 중요할 때는 다정하며 내가 침울히 있을 때는 항상 곁에 있어 준다.

레이는 이따금 무슨 생각을 하는지 알 수 없지만, 언제나 한 발짝 물러선 곳에서 우리를 지켜보며 우리가 무언가 아이디어를 내면 항상 괜찮은 느낌으로 정리해 준다. 원래 머리가 좋아서 그럴 것이다. 자신감이 지나친 건 좀 아니라고 생각하지만 말야.

유이유이는 언제나 쿨하지만, 이따금 귀여운 모습을 보여주는 게 치사하다. 끼를 부리는 것 같으면서도 원래 그런 성격인 점이 치사해. 그러면 좋아하게 될 수밖에 없잖아. 레이가 남자들을 돌보는 역할이라면 유이유이는 여자들을 돌보는 역할이란 느낌이지. 아직 히카링에게만 보여주고 내게는 보여주지 않는 면도 있는 모양이라, 그런 벽은 앞으로 깨부수고 싶다.

히카링은 고등학교에 들어오고부터 가장 친하게 지낸 여자아이다. 처음 봤을 때 기적 같은 귀여움에 이런 아이돌 같은 아이가 실제로 존재하는구나 하며 감탄했다. 게다가 성격도 천사 같아서…… 아마 조금은 계산하고 행동하는 것이겠지만, 원래 성격이 착한 것은 틀림없을 것이다. 얘기도 잘 통하고 가끔 보여주는 덜렁이 같은 모습도 재미있어 함께 있으면 즐겁다.

그리고 나츠는—— 내가 처음으로 사랑한 남자아이다.

또 하나의 이유는 나츠가 있었기 때문이다. 나츠가 내 세계를 바꿔주었다.

내일을 기대하게 됐다. 사소한 일로 기뻐졌다. 네가 웃는 모습을 보기만 해도 기운이 솟았다. 하지만 다른 여자아이와 얘기를 하고 있으면…… 기분이 언짢아졌다.

"있잖아, 우타. 잠깐만 얘기할까?"

돌아가는 길, 지나치던 공원을 가리키고 히카링이 말했다.

나도 어렴풋이 눈치채고 있었다. 오늘 진짜 목적이 이것이란 것 정도는.

나무 그늘 아래 벤치에 앉았다. 모래사장에서 어린아이들이 놀고 있었다. 이렇게 날씨가 더운데 용케 뙤약볕 아래에서 노는구나 하고 감탄했다. 반대편 나무 그늘에서는 아이들의 부모처럼 보이는 아주머니들이 부채를 부치며 잡담을 나누고 있었다. 매미 소리가 울리는 가운데, 유이유이가 입을 열었다.

"난 잠깐 빠질까?"

"아니…… 유이노도 있어 줬으면 좋겠어. 괜찮지? 우타."

"……응."

아무래도 히카링은 각오를 굳힌 모양이었다.

표면상은 기운차도 사실은 망설이고만 있는 나와는 전혀 다르다. 나는 말로 할 용기가 없었다. 그래서 적당히, 애매한 채로 두고 뒤로 미뤘다.

"――나 있지, 나츠키를 좋아해."

히카링은 똑바로 내 눈을 바라본 채 단언했다.

알고 있었다. 눈치채고 있었다. 하지만 말로 하길 바라진 않았다. 그도 그럴 게, 말로 하면 명확해지니까. 못 본 척하고 있었는데, 깨닫고 마니까.

"그래서 우타에겐 사과해야 해. 먼저 나츠키를 좋아하게 된 건 우타고 난 그걸 알고 있으면서도…… 뒤늦게, 이런 소릴 하고 있으니까."

내가 고개를 숙이고 조용히 있자, 히카링은 다정한 어조로 계속 말했다.

"미안해."

"……히카링이 사과할 일이 아니야."

간신히 그런 말을 쥐어짜 냈다.

"좋아하게 된 건 어쩔 수 없잖아. 나도, 똑같은걸."

아니다. 이런 어두운 말투는 나답지 않다. 더 명랑하게 대답해야 해.

"그래도, 안 질 거야! 나한테 미안해한다든가, 그러면 안 된다?"

제대로 웃고 있을까. 제대로 목소리가 나왔을까.

불안으로 가득한 내게 히카링은 안심한 듯이 미소 지었다.

"……응. 나도, 안 질 거야."

"누가 이겨도 원망하기 없기다?"

"응. 그때는 되도록 평소처럼 대할게."

그저 입으로만 하는 약속일 뿐이다. 아마도 그리 잘 풀리진 않으리라. 나는 나츠와 히카링이 사귀는 모습을 가까이서 보고 있을 자신이 없고 히카링도 그럴 것이다. 그러니 이것은 바람이다. 그랬으면 좋겠다며 우리는 서로에게 빌고 있었다.

"……어떻게 되더라도, 친구로 있어 줄래?"

그럼에도 나는 히카링이—— 호시미야 히카리가 좋았다. 연애 감정을 뺀다면 나츠 이상으로. 그래서 내 사랑이 원인이 되어 친구를 잃는 결말은 싫었다.

"……응, 약속해."

그럼에도 나츠를 포기할 수 없어서 우리는 이런 약속을 나누고 있었다.

분명 히카링도 나와 같은 마음이겠지.

타인과 진심으로 마음이 통한다는 건, 사실 그리 믿어본 적이 없었다.

하지만 지금만은 믿고 싶다고, 그렇게 생각했다.

▶ 제 2 장 밴드 결성

일요일. 세리카가 불러서 학교로 향하고 있었다.

아직 이른 아침이지만, 아무래도 오늘부터 밴드 연습을 시작하려는 모양이다.

전철로 이동하는 동안 RINE 채팅을 되읽었다.

어제 시노하라에게 권유한 뒤, 곧바로 세리카가 만든 밴드 활동용 RINE 그룹 채팅방이다.

이름은 '나의 밴드'. 밴드가 네 거였냐. 아니 네 거긴 한데. 아무리 가칭이라지만, 조금 더 표현을 달리해도 되는 거 아냐……? 세리카답다면야 그렇긴 하다만.

혼도 세리카『내일 아침 9시, 제2음악실 집합.』

나츠키『연습하려고?』

혼도 세리카『악보 보낼게. 이거 맞춰보자. 내일까지 외워 와.』

나츠키『무슨 귀신 교관이야?』

혼도 세리카『어떻게든 될 거야.』

이와노『이건 네가 만든 곡이냐?』

혼도 세리카『응. 인생 최고 자신작.』

나츠키『미안한데 난 탭보가 아니면 못 알아봐.』

혼도 세리카『그럼 그것도 보낼게.』

시노하라@애니 덕후『제2음악실 휴일 사용 허락은 받았나요?』

혼도 세리카『나츠키 말고는 다 밴드부니까 문제없잖아?』

시노하라@애니 덕후『일단 나중에 고문 선생님께 확인을 받아놓을게요.』

이와노『하이바라가 입부하는 게 빠르지 않겠냐.』

혼도 세리카『그러게. 내일 입부 신청도 해 놓을까.』

나츠키『그건 상관없는데, 부장? 같은 사람한테 확인 안 받아도 돼?』

이와노『내가 허가만 받아놓으마.』

혼도 세리카『나중에 다 같이 인사 정도는 하는 게 좋을지도 모르겠다. 소개해 줄게.』

이와노『그럴 필요 있냐? 우리 밴드부는 기본적으로 밴드끼리 움직여서 부실 사용 시간 조정 정도 말고는 다른 밴드랑 만날 일 없는데.』

혼도 세리카『그렇게 생각하는 건 이와노 선배만이거든? 선배 말고는 다 친해.』

이와노『그러냐…….』

나츠키『야, 말로 사람 좀 그만 찔러.』

시노하라@애니 덕후『아예 저는 존재조차 아무도 기억 못 했으니 괜찮아요.』

나츠키『그게 대체 어디가 괜찮단 거야……?』

그런 식으로 대화가 채팅창에 적혀 있었다.

우선 사이가 좋아 보여서(?) 다행이다. 삐걱거리는 건 싫거든.

세리카가 보내준 곡의 코드를 어제 열심히 외웠지만, 조금 시간이 부족했다.

인트로와 첫 번째 벌스 파트는 대충 감을 잡았지만, 코러스 파트가 애매한걸.

아마 내 파트는 의도적으로 쉽게 만들어줬을 것이다. 세리카의 파트에 비해 명백하게 난이도가 달랐다. 파워 코드를 많이 썼고 단조로운 리프가 반복되고 있었다.

"흐암……."

밤늦게까지 연습해서 잠이 부족하다.

휴일에 학교에 간 적은 회귀한 뒤로 한 번도 없었다. 농구부에 들어갔던 1회차 이래다. 마에바시역에 도착해 통학로를 걸었다. 신선한 감각이다. 평소라면 등교 중인 학생으로 넘실거렸을 길이 지금은 아무도 없었다. 차분한 정적이 편안했다.

그런 생각을 하고 있는데 갑자기 뒤에서 손이 뻗어 나와 눈앞이 캄캄해졌다.

"누구~게?"

"이런 짓을 하는 건 세리카밖에 없지."

애당초 목소리로 알거든?

세리카의 가는 두 손목을 붙잡아 눈앞에서 치웠다.

돌아보자 생각보다 가까운 거리에 세리카의 단정한 얼굴이 있었다.

은은한 향수 냄새가 난다. 세리카는 키득거리며 웃었다.

"반하면 안 돼. 나츠키한텐 히카리랑 우타가 있으니까."

"……시끄럽네. 나도 알거든."

이래서 자기가 예쁘단 걸 아는 사람은…….

"어째 꿀꿀하네? 우리의 이야기는 지금부터 시작인데."

엉뚱하게 섀도복싱을 슉슉 내지르며 말하는 세리카. 뭐 하는 거야?

"세리카는 기운이 넘치네?"

"그럼. 어제는 10시간 푹 잤어."

"잠이 좀 과한 거 아냐?"

"잘 자야 잘 크거든. 키랑 가슴 다. 그렇게 믿고 있어."

"……남자 앞에서 할 얘기가 아니지 않아?"

애당초 바다에서 본 기억으론 세리카는 꽤…… 아니, 떠올리지 말자.

"그래?" 하고 고개를 갸웃거리는 세리카. 아마도 머리를 거치지 않고 말을 뱉고 있는 거겠지…….

한숨을 쉬는 내게 세리카는 황당무계한 질문을 던졌다.

"나츠키는 거유가 좋아? 빈유가 좋아?"

"뭐?!"

순간, 뇌리를 스치는 것은…… 호시미야와 우타였다.

그, 그만! 아무 생각도 하지 마! 이런 질문에 뭔가 떠올리는 건 좀 아니라고!

"어느 쪽?"

"뭔 소리래! 난 그런 거 없거든!"

붕붕 온 힘을 다해 고개를 젓자, 세리카는 "그래?" 하고 의심했다.

그럼. 굳이 말하자면 좋아하게 된 사람의 크기를 좋아하는 게 아닐는지요?

"그래도 역시 큰 게 좋지 않아? 폭신폭신하잖아."

이보세요. 숫총각에게 쓸데없는 정보를 주지 마시죠.

세리카를 상대하다 보면 허둥거리는 내심을 숨기는 것만 해도 고생이구나…….

"……글쎄. 작은 것도 작은 것 나름대로 매력이 있잖아."

예를 들면 가슴이 작은 걸 신경 쓰는 점이 귀엽다든가…… 예시인데 무슨 이유에선지 구체적인 광경이 머릿속에 떠올랐다. 모델도 정해져 있었다. 그러니까 그만 떠올리래도!

"흐음. 그런 법이구나."

"……뭐, 가슴 크기로 무언가를 정할 일은 없겠지."

다만, 대부분의 경우 큰 것은 작은 것을 겸한다(이러면 다 헛수고 아냐?).

그런 식으로 세리카와 시답잖은 얘기를 나누며 제2음악실로 향하고 있자,

"저, 저기…… 안녕하세요……."

갑자기 바로 뒤에서 소곤거리는 소리가 날아왔다.

놀라며 돌아보자, 어느새 시노하라가 바로 옆을 걷고 있었다.

"아, 안녕…… 언제부터 있었어?"

"10분 정도 전부터……."

"10분이나 전부터?!"

"죄송해요. 말을 걸지 말지 망설이다가……."

"……10분이나?"

"보통 있는지도 모르는데 말을 걸면 놀라시더라구요……."

하하하 하고 자조하듯 웃는 시노하라. 어째 안색이 안 좋은데?

"그렇게 존재감이 없을 수가 있구나……."

하고 살짝 뒷걸음질 칠 듯한 세리카. 야, 돌직구 날리지 말래도!

하지만 실제로 시노하라만큼 존재감이 없는 사람은 그리 많지 않겠지.

"유일한 장점이라서요…… 필요는 없지만요. 하하하……."

확실히 우리 같은 아싸는 스스로의 기척을 지우는 기술을 갖고 있긴 한데…….

나와 시노하라는 아마도 수준이 다르다. 아싸로서의 재능의 차이를 느낀다.

"그리고 화제가 좀…… 말을 걸기 껄끄러워서……."

"일단 말해두겠는데 그 얘긴 그냥 세리카가 먼저 꺼내서 한 거거든?"

시노하라는 물론 알고 있다는 듯이 고개를 끄덕이고 세리카에게 들리지 않도록 작은 목소리로 말했다.

"………여, 여자들 앞이면, 그렇게 말할 수밖에 없죠. 알아."

그건 딱히 알지 못해도 상관은 없는데.

내가 미묘한 심경에 빠져있는 사이, 제2음악실에 도착했다.

“둘이서 무슨 얘기 해? 꽤 친하네?”

“앗, 아뇨. 그런 건 전혀 아닌데요…….”

부정하는 게 너무 빠른 거 아냐?

아싸 경험자인 나는 ‘나 같은 거랑 친하다고 인식되면 하이바라에게 민폐를 끼치게 될지도 모른다’ 라는 생각에 나온 말이란 게 이해가 돼서 상처받진 않았지만…….

보인다, 보여…… 시노하라의 생각이 보여!

뭐, 보인다고 해서 어떻게 대응해야 좋을지는 알 수 없지만. 과거의 나에게 대응해 줄 수 있는 사람이 없었기에 참고할 자료가 없었다. 나도 옛날에는 참 강했구나…….

그렇게 우리가 이러쿵저러쿵 대화를 나누고 있는데 갑자기 제2음악실 문이 열렸다.

“빨리 들어와서 준비해라. 문화제까지 시간이 없다.”

이와노 선배가 여전히 커다란 바위 같은 표정을 짓고 팔짱을 끼고 있었다.

“죄, 죄송합니다…….”

시노하라가 울음이 터질 듯한 얼굴로 파들파들 떨었다.

*

탕, 탕, 쿵, 지~잉. 뚜둥뚱. 쟈앙, 키~잉.

우리의 거점이 된 제2음악실에서 각자의 악기 소리가 울렸다.

소리 점검과 조정. 자신의 악기와의 대화. 나도 튜닝을 하며 음량을 조절했다.

어느 정도가 좋지? 남들과 맞춰본 경험이 없어서 잘 모르겠다.

"나츠키, 볼륨 낮춰. 시노하라는 위치가 너무 먼 것 같아."

세리카의 지시를 따라 앰프와 이펙터로 톤을 만들었다.

이게 꽤 어렵다. 결국 세리카 선생님이 대부분 해주었다.

그리고 나 같은 경우는 기타가 다가 아니었다. 생각해야 할 게 많은걸.

"아, 아~. 이 정돈가?"

세리카가 밴드부 부실에서 강탈해 온(?) 마이크에 대고 목소리를 냈다.

마이크 스탠드의 위치를 조정하며 목 상태를 확인하고 있자,

"오케이. 느낌 좋은데."

세리카가 엄지와 검지로 동그라미를 그렸다.

목 상태는 나쁘지 않다. 하지만 노래방 말고 다른 곳에서 마이크를 사용하니 감각이 신선한걸.

모두 준비를 마친 타이밍에 세리카가 물었다.

"나츠키, 부를 수 있어?"

"일단, 가사는 외워 왔어. 애매한 부분도 있지만."

"용케 하루 만에 외웠네. 영어만 잔뜩 있는데."

"알면 하루 만에 외워 오란 억지 쓰지 말지?"

난 기타 코드 진행을 외우는 것만 해도 한 고생이라고!

"내 노래니까 처음엔 내가 부를게. 어레인지 해도 괜찮지만, 참고해 줘."

"알았어."

내가 마이크 스탠드 앞을 떠나자, 세리카가 그 위치에 섰다.

뭐, 곡조는 탭보를 보면 얼추 알 수 있지만, 원곡을 들어 본 게 아니기 때문에 세리카가 바라는 대로 노래를 부를 수 있느냐 묻는다면 그건 아니니까 말이지. 참고할 것이 있으면 도움이 된다.

"그럼 인트로부터. 4카운트에 시작하자."

어이쿠, 안심하고 있을 때가 아니구나. 초보니까 집중해야지.

1, 2, 3, 4, 그렇게 드럼 스틱이 리듬을 새겼고 세리카의 부드럽고 몽환적인 아르페지오로 인트로 파트가 시작됐다. 나긋한 전개를 떠받치듯이 이와노 선배의 드럼이 담담한 비트를 두드린다. 자연스럽게 참여한 시노하라의 베이스가 지면을 두드리듯이 무겁게 울려 퍼지며 세련되고 편안한 멜로디가 형성되어 간다.

그리고 1소절이 끝나 2소절째로 들어가자, 이와노 선배가 하이햇을 요란히 두들겼다. 갑자기 드럼이 기세를 더한 순간, 세리카가 기타를 기세 좋게 울렸다. 곡의 분위기가 일변해 공기를 찢어발기는 듯한 기타 스트로크가 악곡을 날카롭게 변화시킨다.

세리카의 기타 솔로가 끝을 고하고—— 여기다. 내 리듬 기타가 곡에 참가했다. 드럼 비트에 맞춰 기계적으로 스트로크 한다. 내 파트에 어려운 코드는 없어 집중하고 치면 실수는 없을 것이다…… 아마도. 시선을 기타로 떨어뜨리고 있는데 어느새 보컬이 들어갈 타이밍이 찾아왔다. 하지만 이번에는 내가 보컬이 아니다.

세리카의 허스키하게 느껴지는 목소리가 악곡에 올라탄다.

첫 번째 벌스 파트는 단순한 리프의 반복이다. 이와노 선배의 정확한 리듬이 무척 믿음직스럽다. 시노하라의 베이스에서 울리는 중저음도 날 뒤에서 떠받쳐주는 듯한 느낌이 든다.

내가 몇 번을 실수해도 두 리듬 섹션은 전혀 흐트러지지 않았다. 그렇기에 세리카의 보컬이 완벽한 타이밍에 코러스 파트로 들어갈 수 있었다. 이펙터의 페달을 밟는 세리카가 기타를 울렸고 담담한 악곡이 화려하게 채색되어간다.

그리고 세리카가 샤우트를 연상시키는 목소리를 내지르자 화려한 코러스 파트가 한층 더 열기를 띠었다.

굉장하다고 생각했다. 이게 세리카구나. 밴드 초보인 나라도 알 수 있었다.

물론 이와노 선배와 시노하라 모두 무척 실력이 좋았다. 나 같은 것과는 비교가 되지 않는다.

하지만 세리카가 자아내는 모든 소리는 우리와는 반짝이는 정도가 달랐다.

아아, 알기 쉽다. 이 노래를 좋은 것으로 만들기 위한 길이 내게도 보인다.

세리카는 이 노래의 빛이다. 세리카의 목소리가, 세리카의 기타가 이 곡의 가치를 정한다.

우리 세 사람은 그림자다. 세리카의 빛이 더욱 강조되도록 뒤에서 떠받치면 된다.

따로 대화를 나눌 것도 없이 우리 세 사람의 방침은 일치했다. 각자의 악기에서 울리는 소리의 변화가 우리의 대답이었다. 불꽃이 격렬히 튀는 듯한 세리카의 기타 리프가 우리가 소리로 만든 토대 위에서 마구 날뛴다. 드라마틱한 전개로 변화를 보여주는 마지막 코러스 파트.

세리카의 허스키한 느낌의 목소리가 격렬하면서도 어딘가 서글픈 듯이 울렸고 화려하게 기타를 연주하던 세리카에게 맞춰 이와노 선배가 심벌을 두들겨대며 곡이 끝을 고했다.

기타에 물방울이 후두둑 떨어져 그제야 땀을 잔뜩 흘렸단 사실을 깨달았다.

그만큼 집중하고 있었다. 좋은 연주였다고 생각한다.

몇 번 실수는 있었지만, 처음치곤 충분한 성과가 아닐까.

그리고 탭보만으로 연습하던 어제는 알 수 없던 것도 있었다.

곡의 전체상을 파악한 지금이라면 아마 더 좋은 연주를 할 수 있을 게 분명하다.

"지금 게 'black witch'. 내 인생에서 가장 처음으로 만든 곡."

"……노래가 엄청 멋진데. 이런 곡을 세리카가 만들었구나……."

"맞아. 꽤 괜찮지? 나도 마음에 들어."

마니악한 기타 록이라 불러야 할까. 보컬과 나란히 설 정도로 기타가 주역으로 나서는 악곡이었다. 멜로딕 하드코어에 가까운 격렬하고 무거운 밴드 사운드. 질주하는 듯한 코러스 파트.

사실은 프로 작곡가가 만들었다고 말해도 놀라지 않을 것이다.

"다른 사람들도 마음에 들었으면 좋겠다."

손에 든 기타에서 시선을 들어 올리자, 시노하라의 입가에는 미소가 번져 있었다.

"……조, 좋은 곡이네요. 최고예요."

흥분한 모습으로 시노하라와 서로 고개를 끄덕이는 나.

"이거 녹음해서 밖에서 들어 보고 싶은데? 진짜 멋있을걸."

"그러고 보니 녹음하는 걸 깜빡했네요. 다음엔 제 폰으로 해 놓을게요."

그런 우리에 반해 이와노 선배와 세리카는 냉정했다.

"난 들어 본 적 있다. 네가 이전 밴드에서 활동하던 시절에 들어 본 적 있어."

"그러고 보니 그런 적도 있었지."

"혼도. 네가 보기에 지금 세션은 몇 점이냐?"

"음~ 뭐…… 처음 맞춰본 걸 고려하면…… 30점?"

세리카의 평가는 생각보다 충격적이었다.

"그렇게 낮아?"

"내 이상을 100점으로 치면 그렇지. 다들 내 눈치를 너무 봤어."

"……누, 눈치를 보려던 건 아니었는데요……."

시노하라가 시선을 방황시키며 쭈뼛쭈뼛 말했다.

"그냥 혼도에게 맞추는 게 좋은 곡이 될 것 같다는 생각에……."

"……그다지 마음에 드는 사고방식은 아닌걸."

세리카는 조용히 중얼거렸고 시노하라는 움찔 어깨를 떨었다.

"시노하라, 베이스 잘 치네. 깜짝 놀랐어. 그러니까 더 진심으로 와줘."

"아, 알겠습니다…… 노력할게요."

"이와노 선배도. 내가 반한 선배의 드럼은 그런 담담한 느낌이 아니야."

"……그래, 알고 있다."

날카로운 세리카의 말에 이와노 선배가 무겁게 고개를 끄덕였다.

그리고 세리카는 짝짝 손뼉을 치고 분위기를 바꿨다.

"자, 어떤 곡인지 느낌이 오지? 다음은 나츠키가 불러. 이제부터가 진짜야."

"그건 괜찮은데…… 난? 뭐 없어?"

그렇게 묻자, 세리카는 웬일로 조금 난처한 듯이 쓴웃음을 지었다.

"나츠키는…… 지금 그대로면 돼. 앞으로, 힘내자."

앗…… 혹시 전 아직 무언가를 지적할 수준이 아닌가요?!

침울하게 가라앉을 틈도 없이 세리카가 내 앞으로 마이크 스탠드를 옮겼다.

"인트로, 조금 템포가 느린 것 같아."

"그래." 하고 이와노 선배가 대답했고 다시 4카운트에서 곡이 시작됐다.

첫 번째보다 익숙할 텐데 첫 번째만큼 잘되지 않는다.

문제는 보컬이 들어간 후였다.

노래하며 기타를 친다.

노래에 집중하면 코드에서 실수가 나고 기타에 집중하면 음정과 성량이 불안정해진다.

물론 어렵단 건 알고 있었지만…… 이 정도일 줄이야.

어느새 흐르던 땀이 눈에 들어가 시야가 흐릿해졌다.

그리고 내가 코러스 파트로 들어가는 타이밍을 실수하는 바람에 시노하라의 리듬이 아주 살짝 둔해졌고 한편 이와노 선배는 여전히 첫 리듬을 정확하게 두드렸다. 베이스와 드럼에서 발생한 어긋남. 그것은 세리카가 연주하는 멜로디의 타이밍도 흐트러뜨렸다. 어긋난 리듬이 좋아야 할 악곡을 불협화음으로 바꾸었다. 갑자기 손가락이 움직이지 않는다.

"일단 정지. 너무 좀 안 맞는다."

세리카가 한 손을 들어 올렸고 모두 연주를 멈췄다.

……나 때문이다. 내가 이 밴드의 발목을 붙잡고 있었다.

이 꼴인데 기타 보컬 같은 밴드의 얼굴을 정말로 맡을 수 있을까?

"시노하라는 더 고개를 들어줬으면 좋겠다. 눈을 보고 전해지는 게 있으니까."

"그래. 더 우리와 리듬을 맞췄으면 좋겠군."

"아…… 죄, 죄송합니다."

꾸벅꾸벅 고개를 숙이는 시노하라.

세리카는 다음으로 날 바라보았다. 무슨 소릴 들을까.

……역시 밴드에 부른 건 잘못된 판단이었단 소릴 들어도 이상하지 않겠는데.

나만 명백하게 수준이 맞질 않았다.

"나츠키, 좋은데? 역시 나츠키 노랫소리는 좋아."

하지만 세리카는 미소를 띠고 내 가슴을 주먹 쥔 손등으로 두드렸다.

"지금 게? 꽤 엉망이었는데?"

"그래? 충분히 좋았어. 아, 리듬이 무너진 건 나츠키 때문이 아니야."

"……네, 지금 건 제가 잘못한 거라……."

시노하라가 눈물을 글썽이며 휘청거렸다. 괘, 괜찮나……?

"기타와 보컬의 양립은 익숙함의 문제야. 어쩔 수 없어."

"……이제 와서 하는 소리지만, 역시 세리카가 부르는 게 낫지 않아?"

"그야 지금은 아직 그렇지. 하지만 난 나츠키한테 기대하고 있거든."

……기대라. 맞다. 아직 막 연습을 시작한 참이다. 우는소릴 하기엔 아직 이르다.

"너한테서 노래를 빼면 그리 잘 치지도 않는 기타만 남잖냐."

"윽, 그렇죠……."

이와노 선배의 신랄한 한마디는, 그저 사실이었다.

내가 보컬을 그만두면 이 밴드에 있을 의미가 별로 없다.

오히려 기타를 그만두고 보컬에 전념하는 것이 현실적이다.

세리카의 부담은 늘겠지만, 세리카의 실력이라면 아무런 문제도 없을 것이다.

"그, 그렇게 말씀하실 것까지야…… 저 같은 것보다 훨씬 잘하는데……."

시노하라는 감싸줬지만, 별로 기쁘진 않았다.

과도한 겸손이라기보다는 자기 평가가 이상하리만치 낮아서 그런 것뿐이겠지. 시노하라는 좋은 베이시스트다. 오늘 같이 해보고 실감했다. 그런 식으로 자신을 비하할 필요는 없다.

"아무튼 연습하자. 아직 고민할 때가 아니야."

아무튼, 세리카가 말하는 대로다.

"그래."

"네, 네……!"

"그렇지."

우리는 서로에게 끄덕이고 다시 연주를 시작했다.

*

하늘에는 완전히 어둠이 드리웠다.

아침 9시부터 연습했는데 이미 저녁 7시가 지났다.

시간이 너무나도 훌쩍 지나 있어 시계가 망가진 게 아닌가 순간 의심했다.

……시간은 순식간에 지나갔지만, 쉰 목소리가 연습 시간을 증명했다.

"아, 아~. 크흠……. 마지막에는 고음이 빡셌네."

"목 관리 빼먹지 말구. 그래도 끝까지 다 부른 건 굉장했어."

독학이지만 보이스 트레이닝을 했기에 목을 사용하는 방법은 알고 있었다.

목이 상하지 않도록 배를 사용해 목소리를 냈다. 그렇지만 이리도 장시간, 게다가 온 힘을 다해 노래를 부르면 목이 쉬는 건 어쩔 수 없다. 뭐, 느낌상 하룻밤이면 나을 것이다.

"하아……."

무심코 한숨이 새어 나왔다.

저도 모르게 쉰 한숨을 옆을 걷는 세리카에게 들켰다.

"아직 첫날이야. 자기가 천재인 줄 알아?"

세리카는 동아리 건물 앞에 있는 자판기에서 물을 사더니 내게 던져 건넸다.

뚜껑을 열어 마른 목을 축인다. 지쳤을 때는 물이 가장 맛있다.

"그렇게 생각하진 않는데…… 잘 못하면 기운이야 빠지지."

"나는 꽤 신선했어. 나츠키는 뭐든 한 방에 완벽하게 해낸다는 인상이 있었거든."

"그건…… 안 보이는 곳에서 제대로 준비했을 뿐이야."

"응, 사실은 노력가일 거라고 오늘 느꼈어."

"그거, 칭찬하는 거야? 선이 미묘한데……."

그런 식으로 세리카와 대화를 나누고 있는데 갑자기 뒤에서 목소리가 들려왔다.

"하, 하이바라는 충분히 잘했어요. 그렇게 침울해할 필요 없다고 생각해요."

까, 깜짝이야…….

시노하라가 어느새 우리 뒤에 서 있었다.

그 세리카마저 두 손을 이상한 포즈로 들어 올린 채 경악했다.

"……마시던 거 뿜을 뻔했네."

언제나 냉정하고 마이웨이만 걷는 세리카도 놀랄 때가 있구나.

"죄, 죄송해요, 놀라게 해서…… 하지만 하이바라가 가라앉아 보이는 게 신경 쓰여서."

시노하라, 너 착하구나…….

"비교 대상이 혼도라서 잘 못하는 것 같단 생각이 들지도 모르지만요."

"응. 나츠키는 잘 쳤어, 기타. 말했지만, 보컬과의 양립은 익숙해지면 좋아질 거야."

그야 옆에서 기타를 치는 세리카가 너무 빛나는 바람에 실제로 내가 치는 기타의 음색이 바래 보이긴 했다. 기타를 다시 시작한 참인 내가 줄곧 현역으로 계속해 온 세리카와 비교해봤자 의미가 없다……는 건 알고 있었다. 하지만, 더 기타를 잘 치고 싶었다.

그날. 세리카를 동경해 나도 그렇게 되고 싶다고 생각했으니까.

"애당초 갑자기 시작했는데 끝까지 연주가 성립되는 게 이상하니까요…… 혼도와 이와노 선배 둘 다 고등학생 수준이 아니라고요. 비교해봤자 어쩔 수 없어요."

"시노하라도 잘 치던데? 너 같은 베이시스트가 남아있었을 줄은 몰랐어."

"하하하…… 저는 애당초 밴드부 부원이란 인식마저 없던 모양이라……."

동태 같은 눈으로 메마른 웃음을 짓는 시노하라.

"무엇보다 잘 치지도 못하고요…… 오늘도 제가 리듬을 망쳐서…… 리듬을 망치는 베이스에게 존재 가치가 있나……? 모처럼 밴드를 같이 하자고 불러주셨는데……."

들릴 듯 말 듯 중얼거리는 시노하라에게서 풍기는 어두침침한 분위기에는 역시나 세리카도 압도당했다.

"시, 시간은 별로 없지만, 우리라면 분명 좋은 연주를 할 수 있게 될 거야."

세리카가 말하는 대로 이 밴드에서는 가능성이 느껴진다.

적어도 나를 제외한 셋은 애당초 기술 면에서 수준이 높다.

그러니 혼자 있을 때도 연습해서 모두의 수준을 따라잡고 싶다.

"……그런데 저, 테스트는 합격했나요……?"

"물론 환영이지. 시노하라 베이스, 난 좋더라. 하기 편해서."

확실히 시노하라의 베이스에서 느껴지는 인상은 '하기 편하다' 였다. 내 기타를 남몰래 받쳐주는 듯한 감각을 느꼈고 함께 연주하면 편했다.

그 뒤로 세리카는 진지한 목소리로 시노하라에게 물었다.

"……그래도 우리는 오늘처럼 진심으로 연습할 생각인데 괜찮겠어?"

각오를 물어보는 말이었다. 오늘은 아침부터 밤까지 연습했다. 세리카는 오늘 하루만 이러는 것이 아니라 문화제 때까지 매일 같이 이어질 것이라 시사하고 있었다. 이것을 견딜 수 있을 것인가?

"——괜찮아요."

그것만은 힘차게, 시노하라는 긍정했다.

"호, 혼도가 불러준 시점에서, 진심으로 하겠다고, 마음먹었으니까요."

세리카는 자판기에서 캔 커피를 하나 더 사 시노하라에게 던져 건넸다.

"오케이. 그럼 이거, 가입 기념이야."

당황한 시노하라가 허둥지둥 손을 휘두르다가 간신히 캔 커피를 받아 들었다.

안심한 듯이 숨을 내쉬고 캔 커피에 입을 댔지만, 그 직후, 얼굴을 찌푸리고 혀를 내밀었다. 아무래도 블랙커피는 못 마시는 모양이다. 제법 행동이 재미있는걸?

"이제 정식으로 밴드 결성한 게 되는 건가?"

"하하하…… 이와노 선배는 바로 돌아가 버리셨지만요……."

"그 사람답잖아. 우리 밴드는 개성도 중요시할 방침이야."

"밴드 결성한 건 좋은데 이름은 어쩔 거야?"

근본적인 질문을 던지자, 세리카는 "으으~음……." 하고 신음을 흘렸다.

"어렵네…… 멋있는 밴드명을 붙이고 싶은데……."

"간단한 거로 할지 길게 할지 영어로 할지 일본어로 할지가 문제지."

"절대 영어야. 그야 영어가 멋있으니까."

"그, 그런가요? 일본어 이름도 멋있는 게 있잖아요. '린토시테시구레' 라든가."

"국내 록 밴드 이름이면 오랄 시가렛이 좋더라."

그런 식으로 시끌시끌 떠들던 우리의 귀에 기운찬 목소리가 말을 걸어왔다.

"어라? 나츠랑 세리네!"

동아리 건물 전체에 울려 퍼질듯한 큰 목소리라 금세 알았다.

수건으로 땀을 닦으며 손을 흔든 것은 동아리 활동을 마친 우타였다.

작은 몸에 트레이닝복을 입으니 어쩐지 귀엽다. 농구부의 트레이닝복은 기본적으로 러프한 형태인데 우타가 입은 것은 특히나 더 넉넉했다. 트레이닝복이 검은색을 기조로 한 것도 평소 복장과 다른 인상을 준다. 전체적으로 신선하고 귀엽다. 땀에 젖은 것도 솔직히 좀…… 좋다.

아니, 뭐? 징그러운 생각하지 마. 진정해.

"혹시, 밴드 연습했어?"

우타는 그렇게 우리에게 말을 걸며 시노하라에게 "우리 처음 보지~?" 하고는 살짝 고개를 숙였다. 역시나 커뮤니케이션의 강자는 다르다. 한편 시노하라는 시노하라대로 "날…… 눈치 챘다고……?" 하고 중얼거리곤 경악하고 있었다. 존재감이 없다는 사실에 너무 자신만만한 거 아니냐.

"응. 아까 끝났어."

"와아, 이런 시간까지 하다니 열심히 하네."

"우타도 열심히 하네. 아마 이제 연습 끝났지?"

"응. 지금은 자율 연습 중이야. 3학년 선배들이 은퇴해서 주전을 노릴 기회거든. 힘내야지! 나도 미오링에게 지고 있을 순 없다구!"

우타는 세리카에게 그렇게 설명하며 힐끗 날 바라보았다.

왠지 모르게 바라는 말을 눈치챘다.

"힘내, 우타. 미오리를 주전에서 끌어내려 버려."

농담처럼 말하자, 우타는 기쁜 듯이 웃었다.

경례하는 듯한 포즈로 "라져!" 하고는 하얀 이를 보인다.

웃는 얼굴이 눈부셨다. 세상에서 최고로.

"야야, 뭐라고 멋대로 말하는 거야?"

미오리가 농구공을 바닥에 튕기며 우리에게 다가왔다.

옷으로 목덜미의 땀을 닦는 바람에 하얀 피부와 배꼽이 훤히 보였다. 아름다운 허리선이 드러난다. 아니, 딱히 아무런 생각도 안 했지만 말이지. 지금도 행동거지가 가끔 남자다운 게 미오리답지만, 이제 나이를 생각해서 그만두는 게 좋지 않을까 하곤 생각했다.

"네가 자율 연습을 하다니 별일이네."

"그야 뭐…… 조금 더, 열심히 해볼까 해서."

미오리는 흥 하고 콧방귀를 끼었다. 조금 쑥스러워하고 있다.

장마철에 벌어진 소란을 거쳐 동아리 활동을 대하는 자세가 바뀐 것이겠지.

"그나저나 세리카랑 나츠키가 밴드를 시작했다는 게 진짜였구나."

"의심했었냐?"

"그야 네가 밴드라니, 어떻게 믿겠어."

둘이 기타까지 메고선, 그렇게 말하고 미오리는 쿡쿡거리며 웃었다.

"둘이 연주하는 거 들어 보고 싶다."

"제2음악실로 오면 들려줄게."

"진짜? 그럼 시간 빌 때 구경하러 갈까."

"근데 이와노 선배가 화낼지 몰라. 우리야 상관없지만."

"무서운 선배가 있으면 그만둘까……."

시끌시끌 떠드는 우리를 눈치챈 여자 농구부의 고문 선생님이 말을 걸어왔다.

"거기 너희. 이제 어두우니까 어서 돌아가렴. 부모님이 걱정하신다."

네~에 하고 다 같이 대답했다.

여자 농구부의 고문 선생님은 "이야~ 청춘이네~." 하고 중얼거리곤 자리를 떠났다. 뭐야? 저 녀석.

슬슬 해산하게 되려나 싶었는데 우타가 소매를 잡아당겼다.

"나츠, 세리, 같이 가자. 금방 갈아입고 올게 기다려!"

우타는 후다닥 달려 부실로 돌아갔다.

미오리는 어깨를 으쓱이고 그런 우타의 뒤를 따라갔다.

세리카가 옆구리를 찌른다.

"아주 살판났네?"

"……시끄러워. 말 안 해도 알거든."

"……저기. 저는 이쯤에서 실례할게요……."

기회라는 듯이 재빨리 멀어져가는 시노하라의 어깨를 덥석 붙잡았다.

"하, 하이바라……."

"그런 소리 하지 말고 같이 가자. 응?"

마치 말보다 몸이 먼저 나가는 인싸 같은 자신의 행동에 위화감이 굉장하다. 하지만 여기서 시노하라를 놓치면 돌아가는 길의 남녀 비율이 얼토당토않게 돼버린다. 이제 남자 혼자는 싫다구요.

"그, 그래도, 제가 있으면 방해될 것 같은데요……."

"누가 그래. 난 시노하라랑 얘기하면 재밌는데."

"……네? 정말요? 그, 그런 소릴 들은 건 태어나서 처음이에요."

감격해 마지않아 눈물을 글썽이는 시노하라. 죄책감이 굉장하다. 아니, 거짓말을 한 건 아니긴 한데. 과거의 나와 닮아서 공감도 가고, 또 행동거지가 재미있거든…….

"시노하라는 어떤 음악을 좋아해?"

우타네가 돌아오길 기다리는 동안, 그냥 궁금해서 물었다.

"……굳이 말하자면 얼터너티브 록이나 펑크 록을 좋아해요. 젊은이들의 사회에 대한 불평이나 불만, 그런 걸 노래하면서 뭐랄까, 세상에 싸움을 건달지, 흔적을 남기는 것 같은…… 열정이 있는, 그런 음악을, 그런 록을 좋아해요."

"좋은데? 시노하라."

나는 무심코 웃었다.

"아뇨, 저기, 죄송합니다. 갑자기 주절주절……."

좋아하는 걸 말하면 멈추지 않게 되는 건 나도 오타쿠라서 이해가 간다.

시노하라의 본심을 들은 것이 기뻤다. 어쩌면 조금은 마음을 허락해 준 걸지도 모른다. 지금의 나는 시노하라가 보기엔 다가가기 힘든 존재 같아서 친해질 수 있을지 없을지 걱정이었다. 하지만 음악이 우리를 이어주었다.

"좋아하는 밴드는?"

세리카의 짧은 물음에 시노하라는 웬일로 주저 없이 말했다.

"소닉 유스예요."

"올~."

한 손을 드는 세리카에게 고개를 갸우뚱거리는 시노하라.

"자, 이렇게." 하고 나는 시노하라의 한 손을 붙잡아 들어 올렸다.

세리카가 시노하라의 손을 친다. 짜악 하고 경쾌한 소리가 울렸다.

시노하라는 빤히 자신의 손을 바라보았다. 표정이 하이파이브를 처음 해본 사람인데.

"여, 여자 손을, 만졌어……."

"헉, 감상이 뭐 그래. 징그러……."

"죄송합니다징그럽죠실제로말하려던건아니었어요죄송합니다……."

그런 잡담을 나누는 사이, 교복으로 갈아입은 우타와 미오리가 돌아왔다.

"좋았어. 집에 갈까! 오늘도 힘들었다~."

"목소리는 힘든 것처럼 안 들리는데."

미오리가 조용히 중얼거렸다.

"나츠키를 만난 게 좋아서 그런 거지?"

"미, 미오링?! 왜 그래, 그런 거 아니야!"

그런 거 아니구나……. 몹시 풀이 죽은 내게 황급히 우타가 말을 보탰다.

"아, 아니…… 그, 그런 게, 아닌 것도 아닌데……."

우타치곤 웬일로 목소리가 쪼그라들었다.

동아리 건물에선 동아리 활동을 마친 학생들로 북적이는 통에 잘 들리지 않았다.

배드민턴부 선배들이 웅성웅성 떠들며 우리 옆을 지나쳐간다.

어색하기 짝이 없는 분위기를 풍기는 우리를 이상하다는 듯이 바라보았다.

우타는 볼을 붉히며 "아하하……." 하고 빤히 보이는 빈 웃음을 짓고 있었다.

시노하라는 중얼중얼 "죽겠다…… 청춘의 불꽃에 타올라 난 죽을 거야……." 같은 소릴 중얼거리며 먼 산을 바라보고 있었다. 미오리는 어깨를 으쓱였고 세리카는 에어 기타를 쳤다. 웬 에어 기타?

"무대 위에서 할 퍼포먼스 생각 중. 일과야."

영문 모를 소릴 하며 신나게 몸을 흔드는 세리카.

저도 모르게 미오리를 바라보았지만, "만날 저러니까 내버려 둬." 하고 말하곤 쓰게 웃으며 현관으로 걸어갔다.

그런 미오리를 뒤따르며 돌아가는 길을 신기한 조합으로 걷기 시작했다. 너무들 개성적이야.

*

돌아가는 길은 폭 때문에 세리카와 시노하라, 미오리, 그리고 나와 우타로 자연스럽게 갈라졌다.

꽃 같은 두 여자 사이에 낀 시노하라는 눈을 희번덕거리고 있다. 힘내주라.

"들었어, 세리한테. 문화제 때 라이브 한다며?"

"일단은 그럴 생각으로 연습 중이야."

"기대된다. 나, 맨 앞에서 손 흔들게!"

"그래 주면 고맙지. 역시 관객이 관심을 안 주면 하기 힘들 테니까."

문화제에서 라이브를 하는 데 있어 이것이 가장 두렵기까지 하다.

공연이 별로면 그대로 흑역사 직행일 가능성마저 있다.

으으, 겁난다…… 난 분위기 띄우는 건 솔직히 별로 자신이 없거든.

"멘트 치는 거 연습하는 게 좋으려나?"

"아하하, 그것도 필요하겠다. 왜냐하면 나츠는 보컬이잖아?"

"아~ 아~ 안녕하세요, 보컬인 하이바라입니다…… 첫 번째 곡, 들어주세요."

"너무 심심하잖아! 더 자신 있게 해야지!"

우타는 웃으며 내 등을 철썩철썩 두드렸다.

이끌려 나도 웃었다. 우타와 있으면 별것 아닌 일도 즐겁게 느껴진다.

"그래서 어때? 밴드는?"

"오늘 처음 멤버 전원이 모여서 연습했는데 다들 엄청 잘하더라. 저기 있는 베이스를 치는 시노하라도, 드럼을 치는 이와노 선배도, 물론 기타를 치는 세리카도. 저런 사람들이 나랑 같이 밴드를 해주다니 기적처럼 느껴질 정도야."

정말로 저 세 사람이 밴드부에서 어디에도 속하지 않고 남아 있었다니 믿어지질 않는다. 기술적으로는 다른 밴드부 부원과 비교해도 뛰어나지 않을까? 그만큼 개성은 강하지만.

"와아! 그건…… 좋은 일이지?"

처음에는 기쁜 듯이 맞장구를 치던 우타는 내 묘하게 가라앉은 기분을 눈치챘는지 안색을 살피듯이 물었다.

"응. 그것 자체는 엄청 기쁜데, 실제론…… 내가 발목을 붙잡고 있어."

"뭐어? 나츠, 그렇게 노래를 잘 부르는데?"

"역시 노래방이랑은 다르고 기타랑 동시에 하려니 머리가 좀 못 따라가더라고."

돌아가서도 연습해야지 하고 말하는 내가 우타는 어쩐지 신기한 듯한 모습이었다.

"……왜 나츠는 그렇게 열심히 해?"

"왜냐니…… 역시 좋은 연주를 하고 싶어서?"

그렇구나, 하고 우타는 고개를 끄덕이면서도 검지를 세우고 물었다.

"그게, 나츠는 세리가 불러서 밴드를 시작했잖아? 그전까진 밴드 하겠단 얘기도 안 했었고."

"그야 세리카가 불러주지 않았으면 평생 밴드를 결성할 일은 없었겠지."

"……뭘까. 별로 원동력? 이랄까, 동기? 그런 게 안 보인다고 해야 할까? 나츠가 밴드를 좋아한다는 건 물론 알고 있는데."

"내 원동력이라……."

이유라면 이것저것 있다.

세리카가 연주하는 기타의 음색을 동경했다.

애당초 밴드 활동을 하고 싶다는 소망이 있었다.

2회차 청춘에서 하지 않고 후회하는 것만은 더 이상 하고 싶지 않았다.

그 밖에도…… 이 자리에선 다 말할 수 없을 만큼 있었다.

하지만 생각해 보니, 가슴을 펴고 말할만한 자신은 없었다.

——나는 왜 이렇게까지 진심으로 하려고 하는 거지?

대답은 자연스럽게 가슴에서 나왔다.

"……멋진 모습을 보여주고 싶다고 생각했어."

이런 날 좋아해 준 사람이 있다. 그 마음에 합당한 자신이 되고 싶었다.

"……무리는 하지 말고, 알았지?"

그런 날 보고 우타는 다정한 목소리로 말했다.

"어? ……어어, 조심할게."

"너무 열심히 하면, 알잖아. 지치니까. 요즘 나츠는 밴드 생각만 하는 것처럼 보여서 조금 걱정이야."

"……그러게. 옛날부터 뭐 하나에 빠지면 그것만 생각하게 되거든."

"난 지금 그대로인 나츠도 충분히 멋있다고 생각해."

순수하게 기뻤다. 그것은 지금의 나를 긍정해 주는 말이니까.

하지만 왠지 모르게 우타답지 않은 배려라고 생각했다.

그 위화감을 해소할 틈도 없이 교차로에 접어들었다.

"그럼 우리 집은 이쪽이니까!"

우타의 커다란 목소리에 앞서 걷던 세 사람도 반응했다.
"그렇구나. 우타는 전철이 아니었지."
"응! 다들 바이바이! 내일 봐!"
그렇게 우타는 붕붕 크게 손을 흔들며 떠나갔다.
그 작은 몸을 커다랗게 쓰는 모습에 시선이 끌려 우타의 뒷모습을 바라보고 있었다.
"갸륵하네."
"응."
세리카와 미오리가 그렇게 말하며 서로 고개를 끄덕였다.
"——우타, 평소엔 자전거 타잖아?"
아무리 나라지만, 말하지 않아도 그 정도는 알고 있었다.
나와 같이 돌아가고 싶어서 자전거를 학교에 두고 왔을 것이란 걸.
"역시 인기가 많네요, 하이바라는."
시노하라가 어딘가 존경하는 마음이 느껴지는 눈동자로 날 바라보고 있었다.
"저, 저도, 하이바라처럼 됐으면 좋겠는데……."
헤헤헤 하고 꺼림칙하게 웃는 시노하라. 세리카와 미오리는 자연스레 한 발짝 뒷걸음질 쳤다.
"……누가 좋아해 주는 것보다, 내가 좋아하는 채로 있는 게 편해."
왠지 모르게 중얼거린 그 말이 가을의 밤바람에 쓸려가 낙엽과 함께 사라졌다.

▶ 막간 2

옛날부터 남을 잘 살폈다.

어지간한 일은 자신이 예상한 결말을 맞이했다.

실패할 걸 알면서 왜 저러는 걸까?

어릴 적에는 그런 생각만 했다. 하지만 관찰하는 사이 깨달았다. 그것이 실패하리란 걸 알고 있는 것은 자신뿐이란 것을. 세상 사람들은 매사에 있어서 그렇게까지 깊이 생각하고 행동하지 않는다. 그것을 깨달은 이후부터는 세상이 쉬워 보였다.

그래서 내가 예상 못 할 행동을 벌이는 사람이 마음에 들게 됐다.

그것은 도를 넘은 바보였던 어릴 적의 타츠야가 그러했고, 무척 높은 능력에 반해 자기 평가가 너무 낮은 나츠키도 그러했다. 이런 사람은 재미있다. 보고 있으면 질리질 않는다.

그중에서도 첫 번째는 모토미야 미오리였다.

내 입으로 말하는 것도 좀 그렇지만, 나는 옛날부터 여자들에게 인기가 있었다. 학년에서 1, 2등을 다툴 만큼은. 그래서 다가오는 여자들은 나름대로 있었고 몇 번 시험 삼아 사귀기도 했다. 하지만 연심을 품지는 못하고 헤어졌다. 어쩌면 자신은 남에게 특별한 감정을 품지 못할지도 모른다며 고민했던 적도 있었지만, 그것은 기우였다.

미오리를 처음 본 인상은 지금까지와 똑같이 치근덕대는 여자 중 하나였다. 기껏해야 그중에서 특별히 귀엽다 정도의 감상밖에 없었다. 하지만 그게 전부였다. 외모가 좋기만 해서 연심을 품을 수 있다면 지금까지 이렇게 고생할 일도 없었으리라. 그래서 틀에 박힌 거절하는 말로 거리를 두려 했지만, 미오리는 이런저런 방법을 구사해 날 억지로 불러냈다.

내게 어울리는 옷을 찾는 여행이란 소릴 하며 이리저리 끌고 다녔고 맛있는 케이크 가게를 꼭 가고 싶다고 졸랐으며 원래 보러 가려 했던 영화를 보러 가는 데 따라오거나, 아무튼 기본적으로 억지가 심했다. 나츠키네를 이용한 더블데이트 작전 같은 것도 있었던가.

하지만 미오리는 아마도 제법 머리가 좋고 남을 잘 살폈다.

그래서 내가 진심으로 싫어했다면 금세 그만뒀을 것이다. 내가 미오리의 억지스러운 면을 재미있다고 느낀다는 사실을 간파하고 있었다. 그 당찬 성격도 호감이 갔다.

——하지만 사귀고 싶은 생각은 없었다.

『개, 레이타한테 너무 꼬리 치는 거 아냐?』

『맞아. 은근히 짜증 나더라.』

『남자들이 좋아할 것 같긴 하지. 그렇게 얌전한 분위기면.』

『주제 파악 좀 시켜줘야 하는 거 아냐?』

중학교 시절, 내 모호한 태도가 원인이 되어 여자들끼리 사이가 틀어졌고 괴롭힘이 발생하는 장면을 보고 말았다. 바로 눈치 채고 말리긴 했지만, 원인이 된 본인이 말려봤자 본질적인 해결은 되지 않는다. 결국 우타가 중재해 주어 간신히 정리됐는데 그때 일을 생각하면 나는 연애 같은 건 해선 안 되는 게 아닐까 하는 생각이 들고 만다.

『……그래서, 미안해. 너랑은 사귈 수 없어.』

점점 거리를 좁혀오는 미오리에게 그런 얘기를 했다.

웬일로 본심을 털어놓았다. 본심을 털어놓을 정도로는 미오리가 마음에 들었다.

"지금은 괜찮아, 그래도."

하지만 미오리는 고개를 절레절레 젓더니 껍질 속에 틀어박힌 날 꺼내주었다. 새로운 경치를 보여주었다. 그것은 내 예상을 벗어난 행동이었고 그래서 그 뒷모습에 끌렸다.

"레이타의 쿨한 얼굴을 웃는 얼굴로 바꿔줄게."

이 감정이 사랑이라고 깨닫기까진 시간이 오래 걸리지 않았다.

첫사랑이었다. 어떻게 해서든 성취하고 싶었다.

하지만 정작 미오리는 점점 나츠키에게 끌리고 있었다. 본인이 그것을 깨달았는지는 알 수 없었지만, 외부에서 보면 금세 알 수 있었다. 여유롭게 지켜보고 있을 시간은 없었다.

지금, 미오리의 마음이 흔들리는 사이에 일을 끝내야 했다.

나는 내게 자신이 있는 편이지만, 저 하이바라 나츠키에 비해 자신의 매력이 앞선다고 여길 만큼 자만하진 않는다. 그러니 시간을 두면 내게 불리해진다.

그런 타산으로 승산을 올리려 할 만큼 미오리가 좋아졌다.

다행히 나츠키 본인은 여전히 망설이는 모양이다.

……아마도 사실은 답이 나왔을 것이다. 하지만 눈치채지 못한 척하고 있다.

나츠키는 너무 다정한 경향이 있으니까.

하지만 다정함이 사람에게 상처를 줄 때도 있다.

▶ 제3장 문화제 준비

밴드 활동을 시작한 지 일주일이 지났다.

거의 매일 제2음악실에 모여 연습하고 있었다.

정식 동아리 밴드인 것이 더 활동하기 편하기 때문에 나는 밴드부에 들어갔다. 아직 밴드부의 다른 밴드와 만난 적은 없었지만 곧 인사를 해야만 할 것이다.

"……지금 거, 느낌 좋았어."

지잉 하고 기타의 왜곡되는 소리와 함께 곡이 끝났고 세리카가 고개를 들었다.

"다, 다행이다……." 하고 마음이 놓인 듯이 숨을 내쉰 것은 시노하라다.

이와노 선배는 평소처럼 험상궂은 얼굴 그대로 "……흠." 하고 짧게 중얼거렸다.

일주일 동안 같은 곡만 연습한 덕에 제법 안정되기 시작했다.

그야 성장한 건 주로 내 파트였고 다른 파트는 처음부터 잘했지만.

하지만, 이 세 사람도 나로선 알 수 없는 세세한 어긋남이나 실수가 있었던 모양인지 세리카의 지적을 받는 즉시 수정하고 있었다. 세리카 자신도, 이와노 선배에게 조언을 받을 때도 있었다.

"……나츠키도 익숙해진 것 같으니 슬슬 다음 곡 갈까."

"드디어냐. 줄창 같은 곡만 연습해서 돌아버리는 줄 알았다."

한숨을 쉬며 대답하는 이와노 선배. 그건 그렇다. 연습이든 연습한 녹음이든 너무 같은 곡만 들어서 이제 좋은 건지 나쁜 건지도 잘 알 수 없어지기 시작했어…….

"다음 노래도 세리카 오리지널 곡이야?"

"그럴 생각인데 다들 하고 싶은 노래가 있으면 고려할게."

세리카는 그렇게 말하고 우리 얼굴을 둘러보았다.

"난 너와 네가 만든 곡을 하고 싶어서 여기에 있는 거다."

이와노 선배는 담담히 말했다.

"호, 혼도가 만든 노래, 멋있어서 좋아해요."

시노하라도 쭈뼛거리며 몇 번이고 고개를 끄덕거렸다.

"나츠키는?"

"나도 문제없어. 다만……."

세리카는 기타를 잘 치는 것뿐만 아니라 작곡 재능도 있다.

오늘도 연습한 'black witch'는 멋있는 곡이라 마음에 들었다.

밴드 가입 초기에는 분명 다른 노래를 카피라도 할 줄 알았는데 세리카가 악보를 보내줬을 때는 무척 놀랐다. 다만, 걱정거리가 하나 있었다.

"축제 분위기를 띄우는 게 목적이라면 오리지널 곡으론 어려울 것 같지."

다들 알고 있는 유명한 노래의 카피를 부르는 것이 분위기를 띄우기는 쉬울 것이다.

"……그러게. 모르는 곡을 들어도 흥이 오르기 힘들지."

세리카도 고민스러운 얼굴로 이마를 짚었다.

"그건 실력으로 입을 다물게 하는 수밖에 없다. 몇 번이고 연습하고 있는 건 당연히 그러기 위해서야."

"이, 입을 다물게 하면, 흥이 안 오르는 게 아닌지……?"

괜한 말꼬리를 잡는 시노하라를 이와노 선배가 날카롭게 노려보았다.

"히익?! 죄, 죄송합니다……."

"나츠키 말이 맞긴 해. 어떻게 할까?"

"……해결 방법이 떠오르지 않는 것도 아니야. 결국 세리카의 오리지널 곡을 모두가 알고 있는 곡으로 바꾸면 그만이지."

"……그게 되면 고생은 안 할 것 같은데."

머리 위에 물음표를 떠올린 세리카에게 내가 설명했다.

"민스타나 트위스터 같은 SNS에 우리 연주를 올리면 돼. 그렇게 선전해 나가면 관심을 가지는 사람도 생겨날 거야."

자신은 있었다. 왜냐하면 'black witch'는 좋은 곡이기 때문이다. 우리의 문화제 라이브에 관심을 가질 만한 록을 좋아하는 사람들의 마음에 분명 닿으리라 생각한다.

그리고 나와 세리카의 SNS는 제법 많은 사람이 팔로우를 걸어주었다. 절대 승산이 낮은 도박이 아니다. 그렇게 생각하던 내게 세리카가 예상 밖의 말을 던졌다.

"그거라면 내 미튜브 채널에서도 선전해 볼까?"

"……내 미튜브 채널?"

"응. 일단은 구독자가 4만 명 정도는 될걸."

"뭐, 뭐어?!"

너무 놀라 외쳤지만, 이와노 선배와 시노하라는 알고 있었던 모양이다.

"밴드부에선 유명해요. 적어도 밴드부에서 무명인 저보다는…… 하하하……."

스스로 부정적인 발언을 하고 멋대로 풀이 죽는 시노하라에게도 익숙해지기 시작했군.

"흥…… 난 구독자가 100명이던 시절부터 체크하고 있었지."

이와노 선배는 웬 고참 어필이래? 영문을 모르겠네. 혹시 그냥 팬이야?

"봐 볼래? 일단은 노래하며 연주하는 거나 뭐뭐 쳐 봤다 같은 영상 올렸어."

세리카가 스마트폰을 보여주길래 들여다보았다.

그곳에는 『귀여운 여고생 세리카의 기타 채널♡』이라고 적혀 있었다.

"아니, 채널 이름이 왜 이래."

"응? 무슨 문제 있어?"

"아니, 거짓말은 아니긴 한데……."

"맞아. 그야 난 귀엽고 여고생이니까."

그 미모로 딱 잘라 말하니 뭐라고 대꾸할 생각도 들지 않는다.

세리카의 스마트폰을 빌려 채널을 살펴보니, 확실히 기타 카피 연주 영상과 노래하며 연주하는 영상이 메인이었고 이따금 잡담 영상이 보인다 싶으면 화장 강좌 영상도 있었다. 웬 화장 강좌?

"그보다 그냥 얼굴 다 드러냈네?"

"모처럼 귀여우니까 이용 안 하면 손해잖아?"

세리카는 일부러 그러듯이 눈을 치켜뜨고 아양을 떠는 표정으로 고개를 살포시 갸웃거렸다. 젠장, 반론을 못 하겠어!

시험 삼아 가장 최근에 올라온 연주 영상을 누르자 평소처럼 엄청난 실력의 기타 연주가 들려왔다. 댓글에선 '진짜 잘 쳐!' '최고예요!' '귀여워!' 등등 대찬사가 쏟아졌다. ……조금 가슴께가 허술해 보이는 건 일부러인가요? 그보다 전체적으로 좀 노출이 많지 않아?

자기 무기를 제대로 이해하고 있군……. 좀 걱정스럽지만.

"괜찮아? 여기서 선전하면 학교 이름을 공개하게 되는데?"

"얼굴도 드러냈으니까 이제 와서 아냐?"

"……아니, 그만두자. 세리카가 좀 위험하고 문화제를 목표로 한다면 외부 손님들에게 선전해봤자 그리 의미는 없어. 그래도 미튜브에 영상을 공개하는 건 괜찮겠는데? 민스타나 트위스터는 영상을 풀로 올릴 순 없으니 이쪽으로 유도해도 되겠고."

"그러면 문화제 선전 같은 거 없이 레코딩 영상만 올리면?"

"레코딩은 실제로 어떻게 하는 거야?"

"알바 하는 라이브 하우스 선배한테 물어볼게. 아마 돈은 들 거야."

세리카는 미튜브에 영상을 올리면서 라이브 하우스에서 아르바이트도 하는 거야?

"……저, 저기. 저라도 괜찮다면 할게요. 레코딩."

이야기가 정리되려 하던 때, 용기를 내어 손을 든 것은 시노하라였다.

"어? 시노하라가?"

"네, 네. 일단은 해본 적이 있어서요. 믹싱이나 마스터링도요. 스튜디오에서 기재만 빌리면 아마…… 물론 프로에 비하면 미묘할지도 모르지만요."

레코딩을 프로에게 부탁하게 되면 그에 걸맞은 돈이 들 테니 시노하라가 해준다면 무척이나 고맙다. 하지만 왜 그런 기술을……?

"외톨이 음악 덕후는 그쪽으로 도망칠 수밖에 없거든요…… 하하하……."

"알아. 나도 밴드를 못 짜서 DAW로 작곡만 하고 있었거든."

맞아 맞아 하고 고개를 끄덕인 세리카였지만, 시노하라와는 방향성이 다르다고 생각한다.

DAW란 디지털 오디오 워크스테이션의 약자로 실제로 악기로 녹음하지 않아도 전자 악기를 사용해 컴퓨터로 작곡을 할 수 있다고 한다. 나도 잘은 모르지만.

"그러면 레코딩에 관한 건 시노하라한테 맡긴다?"

세리카의 확인에 "네, 네……!" 하고 시노하라가 연신 고개를 끄덕였다.

"그럼 선전은 내가 할까."

SNS로 좋아하는 애니메이션과 라이트노벨의 포교 활동을 하던 경험이 있기에 자신이 있었다.

"……그럼 난 작곡에 집중해야겠다. 오리지널 곡은 아직 세 곡 정도 있는데 다 납득 갈만한 완성도가 아니거든. 문화제를 위해서 최고의 곡으로 만들고 싶어."

"애당초 문화제 무대는 시간을 몇 분 정도 주더라?"

"대, 대충 15분 정도 아닌가요? 해 봤자 세 곡이려나요."

"첫 번째 곡인 'black witch' 는 자신 있어. 내 최고 걸작이니까. 그리고 두 번째 곡 후보가 이건데…… DAW로 찍은 거라 일단 들어줬으면 좋겠어."

세리카는 그렇게 말하고 스마트폰 앱의 재생 버튼을 눌렀다.

드럼 인트로에서 시작해 선명하고 강렬한 기타 리프와 베이스의 중저음이 단숨에 들어온다. 장대하고 드라마틱한 전개. 질주하는 듯한 첫 번째 곡보다 멜로디에서 무게가 느껴진다.

차갑고 황폐한 세계가 느껴지는 듯한 사운드였다. 격렬한 곡조 속에 고요함과 쓸쓸함, 서글픔과 같은 감정이 뒤섞여 있는 것처럼 느껴졌다. 이런 곡도 만들 수 있구나.

"테마는 '과거' 라든가 '후회' . 가사는 쓰는 중. 그래도 곡은 좋다고 생각하거든."

"……응. 나도 그렇게 생각해."

공감이 인다. 그보다 내 마음을 울리는 사운드다.

의외라는 인상은 받았다. 세리카가 이 테마를 이렇게 표현할 줄은 몰랐다.

“가사야 각자 자기 파트를 연습하며 생각하면 그만이다.”

“그보다 이 곡, 기타 말고는 꽤 대충이라 어레인지해도 상관없어.”

“아, 알겠습니다……! 힘낼게요!”

고개를 끄덕거리며 베이스 슬랩을 피로하는 시노하라. 실력이 대단한 거야 좋은 일이지만, 의욕이 앞서서 귀찮은 일을 늘리는 건 안 좋지 않을는지……?

*

시계를 보니 저녁 8시를 지나려 하고 있었다.

연습 자체는 저녁 7시에 끝났지만, 이후로도 개인 연습을 계속하고 있었다.

내가 가장 못하니 그만큼 연습해야만 한다.

첫 번째 곡인 ‘black witch’는 꽤 칠 수 있게 됐지만, 아직 제목도 없는 두 번째 곡은 다 외우지 못했다. 첫 번째 곡보다 느린 템포라 치기는 쉽지만 간단한 코드만으로 구성되어 있던 첫 번째 곡보다 어려운 코드가 많았다.

시노하라와 이와노 선배는 30분 정도 자율 연습을 한 뒤 먼저 돌아갔다. 남아있는 것은 나와 세리카뿐. 하지만 세리카는 가

방과 기타를 두고 어딘가로 가버렸다.

달칵 하고 문이 열리는 소리. 그곳에는 편의점 비닐봉지를 손에 든 세리카가 서 있었다.

"아이스크림 사 왔어."

"……괜찮아? 그거. 학교 규칙상."

"당연히 안 되지."

무슨 소리래? 하고 의아해하며 교실로 들어오는 세리카.

"걱정 안 해도 제대로 나츠키 것도 있어."

딱히 그걸 걱정한 건 아니지만, 뭐라 대꾸할 만한 기운은 없었다.

역시나 이 시간까지 연습하니 지치는구나.

"자, 아이스 찹쌀떡."

"……웬 아이스 찹쌀떡?"

"좋아한다고 그러던데? 미오리가. 물어본 적도 없는데 그러더라."

"그야 좋아하긴 하는데……."

이 여자가 진짜, 남이 좋아하는 걸 주절주절…… 아니, 딱히 상관이야 없긴 하지만.

한편 세리카는 옆에 앉아 피노 아이스크림을 먹고 있었다. 둘이서 나란히 말없이 아이스크림을 먹었다.

뭐지? 이 기묘한 공간은…… 이것도 청춘일까? 잘 모르겠다.

"그 두 번째 곡 작사, 막혔어?"

"응. 몇 번 만들긴 했는데 납득이 안 가서 다 버렸어."

세리카는 말을 이었다.

"나, 작사는 못 하거든."

"그래? 'black witch' 가사, 난 좋아하는데."

"그 곡은 내 심정을 솔직하게 그린 다음 그걸 영어로 바꾼 게 다니까."

"두 번째 곡도 그 방법으로 하면 안 돼? '과거' 랑 '후회' 가 테마지?"

"……말로 표현할 수 있을 것 같지가 않더라. 곡으론 표현할 수 있는데."

세리카에게는 말로 전하는 것보다 음악으로 전하는 것이 쉬워서 그렇겠지. 그것은 지금까지 밴드로 활동해 오며 왠지 모르게 알 수 있었다. 평소엔 잘 보이지 않는 세리카의 감정은 곡조의 변화와 기타의 음색을 통해 여실히 전해져왔다. 지금이 즐겁다는 것도, 과거가 슬프다는 것도 미래가 두렵다는 것도…… 음악이 우리를 이어주고 있었다.

밴드 활동을 시작하기 전보다도 세리카에 대한 이해가 깊어졌다.

"있지, 나츠키, 작사 해볼래?"

"……내가?"

"응. 나츠키라면 할 수 있을 것 같거든. 이 곡의 작사."

똑같이 세리카도 내 목소리와 기타 음색을 통해 나에 대한 이해가 깊어진 것이겠지. '과거' 와 '후회' 모두 지금 이곳에 있는 나의 기반이니까.

"……알았어. 해볼게."

세리카의 제안을 자연스럽게 받아들일 수 있었던 것은 그것이 이유였다.

*

"으~음……."

해보겠다고 말은 했지만, 그리 쉽게 풀리진 않았다.

나는 시험 삼아 가사를 쓴 종이를 마구 구겨 휴지통에 던졌다.

일요일. 오늘은 세리카와 시노하라가 아르바이트를 가는 날이라 웬일로 밴드 활동이 없는 날이었다.

나는 카페 마레스의 점장님께 부탁해 문화제 때까지는 일하는 시간을 제법 줄였지만, 막 들어간 참인 시노하라는 그럴 수도 없었다. 세리카도 라이브 하우스의 아르바이트가 있는 모양이었고 이와노 선배도 학원에 다니고 있었다. 첫 일주일은 일정이 잘 들어맞았지만, 앞으로 예정을 면밀히 조정하지 않으면 연습하지 못하는 날이 늘어날 것이다. 일정 조정은 내 일이 되려나? 세리카는 그런 걸 잘하는 타입처럼 보이진 않는다. RINE의 스케줄 기능을 써볼까…….

'나의 밴드' 그룹 채팅방에서 이것저것 만지작거리고 있는데 알림이 울렸다.

호시미야에게서 메시지가 도착해 있었다.

내용은 『신작 때문에 상담할 게 있거든』.

그래…… 나도 작사를 호시미야에게 상담해 보는 것도 괜찮지 않을까?

소설과 가사는 다르지만, 말로 표현하는 것이란 건 똑같다.

호시미야라면 무언가 좋은 조언을 해줄지도 모른다.

별로 시간도 없으니 혼자 계속 끙끙 앓고 있어 봤자 소용없다.

『오늘은 시간 괜찮아?』 하고 보내온 호시미야에게 긍정하는 뜻이 담긴 이모티콘을 보내고 『나도 상담할 게 있거든.』 하고 메시지를 보내자 『그렇구나?』 하고 돌아왔다.

그리고 호시미야는 카페의 주소를 보내왔다. 처음 보는 멋들어진 가게 이름이었다.

『여기 팬케이크가 맛있대! 안 갈래?』

잠시 고민한 뒤 나는 "그래!" 하고 대답을 보내고 옷을 갈아입고 집을 나섰다.

*

다카사키 역에서 호시미야와 합류했다.

일기 예보에 따르면 이번 주말은 한파가 찾아와 기온이 내려간다고 한다. 듣고 보니 슬슬 외벌로는 쌀쌀하게 느껴지겠는걸. 나는 티셔츠 위에 카디건을 걸쳐 입고 왔다.

"앗, 나츠키!"

날 발견하고 표정을 환히 밝힌 호시미야가 종종걸음으로 다가왔다.

검은 셔츠 위에 갈색 캐미솔 원피스. 가을이 느껴지는 코디네이트다.

"좋은 아침, 호시미야…… 아니, 벌써 낮인가?"

"후후, 맞아. 빨리 팬케이크 먹고 싶다."

팬케이크로 점심을 때우려 하는 점이 여자아이답다고 느껴진다.

과연 건전한 고등학생 남자인 내가 팬케이크만으로 충분할까?

"팬케이크는 보이는 것보다 양이 많으니까 방심 안 하는 게 좋을걸?"

"그래……?"

호시미야와 대화를 나누기만 해도 주변의 시선이 집중된다.

"쟤, 귀엽지 않아?"

"우와, 아이돌 같다……."

"젠장, 나도 귀여운 여친이 있었으면……."

스쳐 지나가는 대학생 같은 남자들의 목소리가 들려와 문득 호시미야와 시선이 맞았다.

"왜애?"

"……귀여워, 오늘 호시미야. 평소에도 귀엽지만."

그렇게 말하고 걷기 시작했다. 일부러 호시미야의 표정은 보지 않았다. 잠시 지나 호시미야가 서둘러 내 곁에 나란히 서는 발소리가 들려왔다. 조용한 중얼거림이 확실하게 내 귀에 닿았다.

"……난 귀엽단 말보다 예쁘단 말을 더 좋아하는데?"

그것은 본심이기도 했겠지만, 이 자리에선 아무리 보아도 쑥스러움을 감추기 위한 것이었다. 힐끗 옆을 바라보니 호시미야는 새빨간 얼굴로 불만스럽게 날 노려보고 있었고 시선이 맞자 어깨로 어깨를 툭 밀쳤다. 요즘 호시미야는 폭력(?)으로 호소하는 경향이 짙은걸…….

"어때? 밴드 활동은?"

"아마도 문화제 때 세 곡 정도 할 텐데, 첫 번째 곡은 거의 완벽해. ……근데 두 번째 곡 가사를 아직 못 만들었거든. 세 번째 곡도 어떻게 할지 세리카가 망설이고 있나 봐."

"와아, 세 곡이나 하는구나. 기대된다~."

"그것도 확정은 아니지만 말야. 문화제 무대 스케줄을 봐야지."

"그보다 오리지널 곡을 하는구나. 그건 세리카가 만들고 있어?"

"대충 그런데…… 호시미야한테 상담하고 싶은 게 그거야. 두 번째 곡 가사를 내가 만들게 됐는데 쓰다가 막혔거든. 뭐 조언이라도 받을 수 없을까~ 해서."

"내, 내가? 작사 같은 건 해본 적 없는데?"

"그래도 소설을 쓰잖아? 뭔가 통하는 게 있지 않을까."

"으~음…… 나츠키의 부탁이니 노력은 해보겠는데 도움이 될지는 장담 못해."

"그래도 괜찮아. 다른 사람이랑 얘기하다 보면 무언가 떠오를지도 모르니까."

그렇게 얘기하는 사이 가려던 카페에 도착했다.

혼잡했지만 5분 정도 기다리니 창가 자리로 안내해 주었다.

우선 나는 커피를, 호시미야는 밀크티를 주문하고 한숨을 돌렸다.

"……그러면 내 상담부터 받아도 될까?"

호시미야가 고개를 끄덕이길래 주머니에서 스마트폰과 이어폰을 꺼냈다.

"이게 두 번째 곡이야. 한 번 들어봐 줬으면 좋겠어."

호시미야가 이어폰을 낀 것을 확인하고 재생 버튼을 눌렀다. 3분 동안 호시미야는 눈을 감은 채 가만히 음악을 듣고 있었다. 곡이 끝난 타이밍에 눈을 떴다.

"……응. 어쩐지 격렬한데 슬픈 느낌이 드는 곡이야……."

"테마는 '과거'와 '후회'라나 봐. 그걸 기반으로 내가 쓴 가사가 이거고."

종이 한 장을 호시미야에게 건넸다. 자신도 아직 납득이 가지 않았지만, 지금까지 쓴 것 중 가장 낫다고 생각한 것이다. 호시미야는 한 번 더 노래를 재생시키며 그 가사를 보았다.

"이 가사가 안 되더라도 딱히 상관은 없는데……."

호시미야는 고민스러운 표정으로 종이를 바라본 채 밀크티에 입을 댔다.

"어쩐지, 전해져 오는 게 없는 것 같아."

"전해져 오는 것?"

일단 내 감정을 그리고자 적은 것이다.

하지만 뭔가가 아니다. 뭔가가 부족하단 것은 알고 있다.

"응. 자신이 어떤 과거를 가졌고 어떤 걸 후회하는지는 왠지 모르게 알겠는데 그걸 통해 무얼 전하고 싶은질 모르겠어."

잘 와 닿지 않았다.

호시미야도 내게 전할 말을 찾고 있었다.

"이 곡에 어울리는 가사라곤 생각해. 하지만…… 어둡기만 한 것도 슬프기만 한 것도 쓸쓸한 말만 하는 것도 어쩐지 나츠키답지 않은 것 같아."

"그런가? 나는……."

――사실은, 이런 사람이다.

자신의 감정을 표현하려 하면 어쩔 수 없이 그 사실에서 도망칠 수 없다.

그런 내 다음 말을 예상한 듯이 호시미야가 말했다.

"알아. 나도 그러니까. 하지만 나츠키는 바뀌려고 하고 있잖아?"

그렇다. 나는 자신을 바꾸려 하고 있었다.

한심하기만 하던 자신에서 멋있는 자신으로.

이번에야말로 후회하지 않기 위해서. 잿빛이었던 청춘을 바꾸기 위해서.

"이 곡으로 나츠키는 뭘 전하고 싶어?"

호시미야가 묻는다.

그것은 이상을 추구하는 창작자의 눈이었다.

"과거와 후회 모두, 미래에 활용하기 위한 것이잖아?"

적어도 내게 그런 발상은 없었다.

후회를 후회하지 않기 위해 과거로 돌아온 내게는.

하지만 그렇기에 호시미야의 말이 가슴에 꽂혔다.

"사실은 약한 사람이라고 말하고 싶은 것뿐이라면 그것도 괜찮다곤 생각하는데…… 내가 좋아하는 나츠키와는 다른 것 같아. 그러니까 바뀔 거라고, 그렇게 말할 수 있는 게 나츠키잖아?"

끝에 이르러 호시미야의 말이 살짝 빨라졌다.

"……부끄러우면 말하지 않아도 되는데."

"시, 시끄러워~. 나 지금 진지하거든?"

"미안해."

솔직하게 사과하자, 호시미야는 온화하게 미소 지었다.

"난 있지, 멋있어지려 하는 나츠키가 멋있다고 생각해."

그 말은 부드럽게 내 마음에 스며들어 퍼져나갔다.

"그러니까 앞으로도 그렇게 있어 줬으면 좋겠어. 이건 내 소망이지만."

항상 앞을 향해 걸으라고, 호시미야는 그렇게 말하고 있었다.

지금에 만족하지 말고 오늘보다 더욱 멋있는 자신이 되라며.

"……무척 엄한걸?"

"난 있지, 나츠키의 등을 밀어주는 사람으로 있고 싶거든."

——네가 내 등을 밀어준 것처럼, 하고 호시미야는 말을 이었다.

"나랑 나츠키는 그런 관계로 있고 싶어. 각자의 목표를 향해 노력하면서…… 하지만, 곤란하거나 힘들 때는 서로를 도와줄 수 있는……."

말하던 도중부터 호시미야는 부끄러워졌는지 급속히 볼이 홍조를 띠었다.

"……왜?"

"……그런 건, 말 안 해도 알잖아."

고개를 팽 돌린 호시미야를 까닭 없이 사랑스럽다고 느꼈다.

"……그러게."

멋있어지려 하는 내가 멋있다라…….

그런 식으로 말해주는 건 호시미야가 처음이었다.

변하려 한 것은 한두 번이 아니다. 하지만 비웃음을 살 뿐이었다. 회귀해 다른 사람보다 많은 인생 경험을 쌓아서야 간신히 조금은 바뀔 수 있었던 것 같다.

그렇게 바뀐 이후의 날 멋있다고 말해준 사람은 몇 명이나 있었다. 당연히 그것은 기뻤다. 내 노력을 인정한다는 증명이니까. 하지만 그 과정을 바라봐 준 것은 호시미야뿐이었다. 그것만으로도 어째선지 눈물이 나오려 할 정도로 기뻤다.

"아, 아무튼…… 이 가사 속에서도 그런 나츠키를 보고 싶었을 뿐이야."

그저 한결같이 긍정적이고자 하는 노래가 싫었다.

빛나는 꿈, 희망을 부르는 노래가 싫었다.

반짝이는 청춘을 부르는 노래도 싫었다.

그렇다고 해서 그저 부정적일 뿐인 노래가 좋았던 것은 아니었다.

나는 두렵지만 앞을 향하자는 노래가 좋았다.

그 사실을, 문득 떠올렸다.

“고마워, 호시미야. 참고가 됐어.”

보이기 시작했다. 내가 이 노래의 가사를 통해 목표로 삼을 방향성이.

“오래 기다리셨습니다~.”

그때 점원이 우리의 테이블로 팬케이크를 내어왔다.

메뉴에서 보이던 것보다 크고 두꺼운 팬케이크에 메이플 시럽을 듬뿍 뿌려놓았다. 저기, 왜 여자들은 평소에 다이어트 다이어트 소릴 하면서 이렇게 살찔 것 같은 것만 먹는 건지요? 그렇게 생각했지만 말하지 않는 게 좋다는 사실은 알고 있다.

“와아, 맛있겠다.”

팬케이크를 보고 기쁜 듯이 호시미야의 입가가 풀어졌다.

“잘 먹겠습니다.” 하고 인사하고 식사를 시작하는 모습이 귀엽다.

“……그, 그렇게 보고 있으면 먹기 힘든데?”

“……어, 어어. 저기, 미안해…….”

묘하게 불편한 분위기를 견디며 팬케이크를 먹었다.

“지금 쓰고 있는 건 있지, SF 요소가 들어간 청춘 연애물인데——.”

그때부터는 호시미야가 쓰는 신작의 상담을 했다.

아무래도 중반부 전개를 쓰다가 막힌 모양이다.

“단순하게 캐릭을 늘려봐도 괜찮지 않을까?” 라든가 “내가 자주 보는 만화라면 거기서 정체불명의 안경 쓴 캐릭이 해설을 시작하더라.” 라든가 “히로인을 늘리자.” 라든가 하는 아무런 도움도 안 될 법한 의견을 늘어놓았지만, 호시미야는 그때마다 깔깔거리며 웃었다.

“고마워, 나츠키.”

나는 호시미야의 조언이 무척 참고가 됐는데 내가 호시미야에게 해준 조언은 아무런 도움도 되지 않는 게 그저 미안한 걸……. 빈말까지 하게 만들어버렸어…….

한창 대화를 나누다가 호시미야가 손목시계를 바라보았다.

“미안해. 슬슬 가야겠다.”

“통금?”

“통금 시간은 조금 늦춰줬는데 아빠를 너무 걱정시켜도 안 좋거든. 오늘은 슬슬 갈게. 같이 와 줘서 고마워.”

“그래. 학교에서 보자.”

아무래도 가족 관계는 좋은 방향으로 흘러가고 있는 모양이다. 온화한 호시미야의 미소가 그것을 여실히 말해주고 있었다. 순수하게 잘됐다고 생각했다.

“나츠키!”

헤어지며 역 승강장에서 호시미야가 한 번 더 날 불렀다.

호시미야는 주먹을 쥔 오른손을 들고는 힘찬 목소리로 말했다.

“힘내! 라이브, 기대할게!”

"——나만 믿어!"

그렇게 저번 반성을 살려 나는 멋지게 단언했다.

*

방과 후. 제2음악실로 향하자 무슨 일인지 세리카가 입구에 서 있었다.

누구와 대화를 나누는 모양이었다. 세리카의 정면에 서 있던 사람은 키가 크고 마른 남학생이었다. 안경을 끼고 있지만 웃는 얼굴이 더해져 산뜻한 인상을 준다.

"아, 나츠키."

"응? 얘가 신입이야?"

"응. 하이바라 나츠키. 우리 밴드 기타 보컬."

"안녕? 난 시카노 츠바사야. 일단은 밴드부 부장을 맡고 있지. 잘 부탁해."

"아, 하이바라입니다. 죄송해요, 인사가 늦어서……."

"아니, 뭘, 밴드가 다르면 만날 기회도 많이 없잖아~."

살가운 사람이라 대화하기 편한걸. 그런데 왜 제2음악실에 있지?

"그게, 문화제가 코앞이잖아? 우리도 본격적으로 연습해야 할 것 같아서. 연습에 쓸 수 있는 건 부실이랑 제2음악실뿐이라 자~암깐 일정 조정을 부탁하고 싶어서 말이지."

"요즘은 계속 우리가 여길 독점하고 있었으니까."

"맞아 맞아. 뭐, 우리랑 다른 밴드 하나도 한 주에 두 번 정도밖에 연습을 안 해서 부실만으로 돌리고 있었는데 앞으로는 그럴 수도 없으니까. 알지?"

부장에게 그런 부탁을 받으면 거절할 수 있을 리가 없다.

그보다는 당연한 정론이다. 우리가 독점해도 되는 곳이 아니다.

"그럼 내일부터 RINE으로 스케줄 조정할 테니까 잘 부탁해~."

부장은 그렇게 말하고 떠났다. 태도가 가벼운 사람이다. 대화하기 편해서 좋긴 하지만.

"저 사람이 부장이야. 뭐든 칠 수 있는데 굳이 하나 고르면 드럼을 잘 치지. 의욕은 없지만."

세리카는 어깨를 으쓱이며 제2음악실로 들어갔다.

아무래도 오늘까지는 우리가 써도 되는 모양이다.

"저 사람들이 연습을 시작하니까 문화제가 가까워졌단 느낌이 드네."

"그렇게 의욕이 없어?"

"평소엔 부실에 모여도 마작 아니면 카드나 갖고 놀거든. 실력이 없는 건 아닌데. 특히 부장네 밴드는 재능이 느껴져서 아깝지."

그런 분위기의 환경이라면 세리카가 붕 뜨는 것도 당연하겠구나.

나쁜 사람은 아니지만. 의욕의 차이는 어쩔 수 없겠지.

"내일부터는 연습 못 하는 날이 늘어날지도 모르겠다."

"어떻게 할까?"

"내가 자주 다니던 스튜디오 빌리자. 돈은 들겠지만."

"뭐, 돈은 어쩔 수 없지."

스튜디오 연습이라. 제2음악실에 너무 익숙해져 있었으니 기분 전환으로도 나쁘지 않을 것이다.

"채널 수익이랑 알바로 번 게 있으니 내가 어떻게든 할게."

"세리카한테만 매달리는 건 내가 싫은데. 나도 알바로 번 돈이 있으니까 괜찮아."

"그래? 막 기타 산 참이잖아."

"그건 어떻게든 마련해야지. 세리카가 신경 쓸 일 아니야."

아무리 세리카가 우리에 비해 돈이 있다고 해도 의지하는 것은 좋지 않다. 돈 문제는 평등하게 가지 않으면 언젠가 문제가 된다. 이것은 과거에서 배운 경험에 따른 것이다.

"가사는 어때?"

"일단은 써 왔어."

덕분에 오늘은 잠이 부족했다. 호시미야의 조언을 받고서 밤을 새워 가사를 썼다. 내가 느끼기엔 제법 납득할 만하게 완성됐다고 생각하는데 세리카의 평가는 어떨까.

내가 건넨 종잇조각을 세리카가 물끄러미 바라보고 있다.

두근거리는 심장 소리가 들린다.

내 작사의 평가를 기다리는 시간이 이리도 길 줄이야…….

"응, 좋은데? 나츠키를 믿길 잘했어."

이윽고 세리카는 엄지를 세웠다.

"정말?"

"응. 나츠키다운 가사야. 그렇구나, 이게 나츠키가 전하고 싶은 거구나."

세리카는 종잇조각을 바라보며 몇 번이고 고개를 끄덕였다.

"일주일 정도 지나서 어떻게 되려나 싶었는데."

"그건 미안해."

"완성된 가사가 최고니까 문제없어. 그래서 제목은 어떻게 할래?"

"어, '모노크로'로 하려고 해."

"흐음…… 제법 심오한데?"

뭘 가지고 심오하다고 말한 건진 알 수 없었지만 우선 긍정해 두었다.

"이제야 두 곡째가 완성됐나?"

이와노 선배가 제2음악실로 들어오길래 "죄송합니다." 하고 고개를 숙였다.

"응. 좋은 곡이 됐어. 하지만 가사가 이러면 조금 곡을 조정하고 싶은데."

"그래. 알았다. 아직 시간은 있어. 시노하라가 오면 얘기하자."

"……아, 죄송합니다. 저기, 이미 왔는데요……."

시노하라의 목소리가 들려와 모두가 깜짝 놀랐다.

그래도 이제 슬슬 시노하라의 갑작스러운 등장에도 익숙해지기 시작했는걸…….

"야, 세리카. 세 번째 곡은 어떻게 됐어?"

"……두 번째 곡도 완성됐으니 그 얘기가 나오는 게 당연하겠지. 으~음, 어쩔까?"

"혹시 정해진 게 없으면 내가 가사 생각해 봐도 돼?"

내 제안에 세리카가 눈을 동그랗게 떴다.

그야 나도 자신이 이런 말을 꺼내리라곤 생각하지 않았다. 하지만 '모노크로' 의 가사를 쓴 뒤로 자신 안에 전하고 싶은 것이 잔뜩 있다는 사실을 깨달았다.

'모노크로' 에는 그 대부분을 담았다. 하지만…… 내게는 아직 전하고 싶은 말이 있었다.

"……알았어. 이 가사를 써준 나츠키를 믿을게."

"작곡에 대한 건 잘 모른다. 혼도가 그렇게 판단했다면 맡기마."

"저, 저도 하이바라를 믿을게요……!"

밴드 멤버가 입을 모아 말했다.

초심자인 내게 이런 말을 해주다니 정말로 고마운 일이다.

"좋았어. 연습 시작하자."

세리카가 손뼉을 치고 세팅을 시작했다.

문화제가 다가오며 서서히 모두의 기백이 느껴지기 시작했다.

첫 번째 곡 'black witch' 에서 두 번째 곡 '모노크로' 로. 격렬하고 거친 폭풍 같은 사운드가 급격히 식으며 무거워진다. 세리카가 DAW로 만든 것보다 이와노 선배의 드럼과 시노하라의 베이스 모두 정에서 동으로 전환하는 것이 명확해서 안정감 있게 들린다. 무엇보다 세리카가 연주하는 기타의 음색은 역시 라이브로 들으니 박력이 달랐다. 이펙터의 페달을 밟자 기타의 음색이 왜곡되며 리듬 섹션이 만든 소리의 토대 위를 날뛴다.

곡의 텐션이 최고조에 달하는 타이밍에 성대하게 하이햇을 두드렸고 모든 소리가 멈췄다. 브리지 파트는 내 아카펠라에서 시작해 마지막 코러스 파트로 다다름에 따라 드럼, 베이스, 내 리듬 기타 순으로 소리가 추가된다. 세리카의 리드 기타가 우리가 만든 사운드에 얽혀든 타이밍에 내가 만든 가사를 외쳤다. 세상이 음악으로 가득 찬다.

아아, 즐겁다. 이곳은 정말로 편안하다. 땀이 눈에 들어가도 격렬한 스트로크를 계속해 팔이 저릴 것 같아도 목소리가 쉴 것 같아도 음악을 계속 만들어 나갔다.

분명 지금, 이 네 사람은 같은 마음이리라 생각했다.

지금까지 해 온 어떤 연습보다도 이번에는 명백하게 기어가 맞물렸다.

영원히 계속하고 싶다고 생각했다. 하지만 음악에는 반드시 끝이 찾아온다.

곡이 끝을 고하고 나서도 한동안 아무도 말하지 않았다.

"……지금 퀄리티를 라이브에서도 낼 수 있도록 해야겠지."

세리카의 말에 날 포함한 모두가 고개를 끄덕였다.

보컬과 기타의 양립도 제법 익숙해지기 시작했다.

그럼에도 아직 부족하다. 역시나 내가 발목을 잡아끌고 있었다.

조금만 더. 조금만 더 하면 닿는다. 이상적인 연주에 다가가고 있다는 실감이 났다.

*

연습한 다음에는 기타를 치며 세 번째 곡의 가사를 생각했다.

두 번째 곡 '모노크로'의 가사는 나 자신의 실패 때문에 잿빛 청춘을 보냈다는 과거와 후회를 그렸고 그럼에도 앞을 향하겠다는 의지를 드러냈다.

지금의 내 마음을—— 무지갯빛 청춘으로 바꾸어주겠다는 마음을 그대로 표현했다.

그 결과, 캄캄한 어둠 속에서 본 한 줄기 빛을 잡으러 가는 듯한 그런 곡이 됐다.

호시미야의 조언 덕이다.

세 번째 곡은…… 어떻게 해야 좋을까.

"고민하는 중이냐?"

교실로 들어온 것은 이와노 선배였다.

세리카는 기타 현이 상했는지 악기점에 들렀다 돌아간다는 모양이다. 시노하라는 아르바이트 스케줄을 늦은 시간에 잡아놓아 연습이 끝나자마자 황급히 뛰쳐나갔다.

즉, 남아있는 것은 나와 이와노 선배뿐이었다.

이와노 선배는 자판기에서 사 왔는지 캔 커피 두 개를 손에 들고 있었다.

"설탕 안 든 거랑 살짝 든 거, 뭐가 좋냐."

"안 든 거요."

"안 든 건 내가 마실 거니 넌 든 거다."

그럼 왜 물어보신 건지요……?

그렇게 생각하면서도 설탕이 든 캔 커피를 받아 캔을 땄다.

얻어먹는 처지니 불평할 순 없지.

점점 뜨거운 음료가 맛있는 계절이 되기 시작했구나. 그래도 달다…….

이와노 선배는 캔 커피를 한 손에 들고 날 지긋이 바라보았다.

"넌 왜 밴드를 하려고 한 거냐?"

"……그 말, 요즘 자주 듣더라고요. 이유야 이것저것 있는데요. 그래도 깨달았어요. 결국 가장 큰 이유는 멋있는 모습을 보여주고 싶어서일 뿐이란 걸요."

"……좋아하는 여자한테, 말이냐?"

말없이 끄덕였다. 이와노 선배는 웬일로 표정을 누그러뜨렸다.

"밴드를 시작하는 이유 같은 건 대부분 그런 느낌이겠지."

"……선배도 그랬어요?"

"처음엔 인기를 끌고 싶었다."

"……네?"

무척 놀랐다. 하지만 여전히 진지한 표정을 짓고 있는 이와노 선배를 보고 무심코 웃음을 뿜어냈다.

"왜 웃는 거냐. 난 여자한테 인기를 끌고 싶었어. 무슨 불만 있냐?"

"아, 아뇨, 딱히 불만은 없는데요…… 하하하……."

너무 의외다, 아니, 그보다는 그것이 목적이라면 밴드를 시작하기 전에 할 수 있는 게 더 있었을 것 같기도 한데. 당연히 더 남자다운 이유일 줄 알았다.

"지금도 그래요?"

"아니, 이제 와서 인기를 끌어봤자 소용없잖냐. 난 이게 끝나면 수험 공부를 해야 해."

묘하게 현실적인 것이 이와노 선배답다. 이와노 선배는 다 마신 캔 커피를 근처 책상에 올려두곤 드럼 스틱을 쥐었다. 타타탕 하고 비트를 새기기 시작했다.

"넌 모르겠지만, 난 이 밴드에 들어오기 전에 3학년 밴드에 있었다."

세리카에게 얼핏 들은 것 같기도 하다. 이와노 선배는 3학년 밴드 중 유일한 2학년이었고 3학년이 은퇴함과 동시에 프리가 되어 그 뒤로는 누가 권유하는 일도 없이 혼자 남게 되었다고.

"그곳에는 내게 드럼을 가르쳐 준 사부가 있었지. 사부는 뭐든 칠 줄 아는 사람이었고 그 밴드에선 베이스를 하고 있었어. 언제나 기운이 넘치고 리더십이 있었으며 귀여운 사람이었다."

말하면서도 드럼을 계속 두드린다.

베이스 드럼, 스네어, 하이햇, 스네어. 흐르는 듯이 순서대로 두드려 나간다.

새삼 보니 정말로 잘 친다. 통나무 같은 팔로 박력 넘치는 소리를 두들겨댄다. 중간중간 드럼 스틱을 휘리릭 돌릴 여유까지 있다. 표정만은 항상 무섭지만.

"이렇게 다가가기 힘든 내게도 말을 걸어준 다정한 사람이었어."

"……좋아했어요? 그 사람을."

어렴풋이 이야기의 흐름을 눈치채고 물었다. 이와노 선배는 잠시 침묵한 뒤, 말했다.

"최근에 남친이 생겼다며 기쁜 듯이 얘기하더군."

커피를 뿜을 뻔했다.

기침을 하며 간신히 기관으로 들어간 커피를 되돌렸다.

"그건 저기, 뭐라 말씀을 드려야 할지……."

"딱히 마음 쓸 필요 없다. 난 사부가 그 사람을 좋아하는 걸 훨씬 전부터 알고 있었고 응원도 하고 있었어. 사부가 행복해졌다면 그게 제일이라 생각한다."

이와노 선배의 담담한 어조에 반해 드럼의 음색은 서글프게 들렸다.

분명 모든 것이 본심은 아니리라. 하지만 마음의 정리는 끝난 모양이다.

"나는 문화제 라이브에서 사부의 행복을 축복하려 한다."

"그건…… 뭐랄까, 최고로 록하네요."

"그렇지? 최고의 연주를 선사할 생각이야. 처음에는 어찌 되나 싶었는데, 지금의 우리라면 해낼 수 있을 거다. 그러니 하이바라, 세 번째 곡 가사, 부탁하마."

"……부담을 꽤 주시네요?"

"너한텐 이 정도가 딱이지. 네가 어떤 사람인지 파악되기 시작했다."

흥 하고 이와노 선배가 희미하게 웃었다. 나도 이와노 선배가 대충 파악되기 시작했다. 이 사람은 무섭게 생기고 말투가 무뚝뚝할 뿐, 사실은 다정하고 평범한 고등학생 남자다.

"알겠습니다. 해주겠어요."

조금 거리가 가까워진 듯해 기쁜 마음이 들었다.

동시에 문화제 이후로 해체될 밴드라는 사실을 떠올리고 섭섭해지기도 했다.

*

수업을 받으며 졸다 보니 어느새 선생님이 눈앞에 있었다.

"학년 1등이라고 해서 자도 되는 건 아니거든?"

올해부터 배치됐다고 들은 젊은 여자 선생님이 만면의 웃음을 짓고 날 바라보고 있었다.

"죄송합니다. 선생님 목소리가 편안해서."

"후후후, 그런 말로 속아 넘어갈 줄 알고?"

그리하여 내게만 숙제가 나왔다. 억지야! 아니, 억지는 아닌가. 불만의 뜻을 담아 선생님을 바라보았으나 완전히 무시당했고 수업은 끝났다.

옆자리의 호시미야가 "아하하, 기운 내." 하고 위로해 주었다.

아무튼 점심시간이 찾아왔다.

"가자, 밥 먹으러."
"그래 그래."
타츠야의 말에 고개를 끄덕이고 지갑을 챙겨 일어섰다.
호시미야네 여자팀은 오늘 다른 친구들과 식사를 하는 모양이다.
"레이타는?"
"걔는 오늘 모토미야랑 같이다."
타츠야가 가리킨 방향을 보자 레이타와 미오리가 나란히 걷고 있었다.
미오리는 날 눈치챘는지 살짝 손을 흔들었다. 나도 살짝 손을 올려 답했다.
아무래도 순조롭게 진행되고 있는 모양이다. 이렇게 보면 잘 어울리는 미남미녀 커플이다.
"뭐 숙제 추가로 받지 않았냐?"
"어어. 잘 보니까 별거 아니어서 괜찮긴 해."
"그야 학년 1등인 너한테 숙제를 잔뜩 준들 별로 의미야 없겠지. 그래도 별일이다? 모범생인 네가 수업 중에 자다니. 동아리가 힘드냐?"
"그래? 나 생각보다 꽤 자는데. 지금까지 안 들켰을 뿐이지."
학생 식당의 식권 발권기에서 식권을 샀다. 오늘은 카레를 먹고 싶은 기분이다. 곱빼기로 하자.
"그래도 피곤한 건 맞아. 어제도 밤늦게까지 가사를 썼으니까."

"어째 고생스러워 보인다, 밴드 활동."

"나름 그래. 충실하게 느껴지니까 괜찮지만 말야."

카레 곱빼기를 받아들고 타츠야의 맞은편에 앉았다. 타츠야는 닭튀김 덮밥이었다.

그러고 보니 타츠야와 단둘이 있는 것도 오랜만인걸. 요즘은 여자들도 같이 있거나 레이타도 넣어서 셋이 점심을 먹거나 둘 중 하나였다. 타츠야는 크게 입을 벌려 닭튀김을 먹고 있었다.

"……너, 결국 어쩔 거냐?"

타츠야는 닭튀김을 삼킨 뒤 컵에 든 물을 단숨에 들이켰다.

"……우타 말이야?"

"그래. 뭘 이제 와서 망설이는 거야?"

타츠야는 나와 시선을 마주치지 않았다. 닭튀김 덮밥을 계속 먹으며 말했다.

"요즘 걔는…… 좀 보고 있기 힘들다."

"허세를 부리고 있는 건 왠지 모르게 알겠는데……."

"네가 갈팡질팡하니까 불안한 거야. 그래도 그걸 감추려 하고 있지."

"……미안하다."

고민한 끝에 결국 그 말밖에 나오지 않았다.

"……딱히 너한테 책임이 있는 게 아니란 건 알지만 말이다."

타츠야는 자기 이마를 주먹으로 쥐어박곤 한숨을 쉬었다.

"……그 녀석을 행복하게 해줘."

굳이 밝혀 말하지 않더라도 지금 우리가 놓인 상황은 파악하고 있을 것이다.

『난 포기 안 할 거다.』

……설령 과거의 자신이 한 말을 꺾게 되더라도.

그럼에도 좋아하는 여자아이의 행복을 빌고 있었다. 그 옆에 자신이 없더라도.

나는 아무 말도 하지 않았다. 지금 타츠야에게 해줄 수 있는 말을 갖고 있지 않았으니까.

*

방과 후에는 처음으로 스튜디오에서 연습했다.

평소보다 음향도 설비도 좋다. 돈은 들지만, 그만큼 가치가 있었다.

오늘은 'black witch' 와 '모노크로' 의 레코딩도 할 예정이니 기합을 단단히 넣고 가야겠는걸.

"일단 세 번째 노래 가사 만들어 왔어. 아직 납득은 가지 않지만."

그렇게 말하고 세리카에게 건넸다.

세리카는 곰곰이 가사를 읽어본 뒤, 고개를 갸웃거렸다.

"나쁘진 않은 것 같은데…… 납득이 안 가는구나?"

"으~음…… 중요한 요소가 부족한 것 같은, 그런 느낌이 들어."

세리카는 "그래?" 하고 대답하고서도 가만히 가사를 바라보다가 문득 고개를 들었다.

"그래도 어지간히 완성된 거지? 난 일단 이걸 기초로 작곡해 볼게. 나츠키는 이어서 가사 생각해 와. 문화제도 얼마 안 남아서 시간을 단축해야 하니까."

"미안해, 세리카. 잘 부탁할게."

"맡겨만 줘. 나츠키의 사랑이 전해지는 노래로 만들어줄게."

그 말을 듣고 미묘한 기분이 들었다. 볼을 긁적이며 물었다.

"……역시, 다 보이지?"

"이런 건 아무리 봐도 러브 송인걸. 숨길 수 있을 리가 없잖아. 그보다 그냥 가사를 읽기만 했는데도 내 얼굴이 달아오르네. 아~ 진짜. 청춘이구나, 나츠키."

"시끄."

그 정도밖에 반론하지 못했다.

당연히 부끄러웠다. 얼굴이 달아오른다.

"난 좋아해, 이런 풋풋한 가사."

"……그러냐."

"제목은 정했어?"

세리카의 물음에 답했다.

그러자 세리카는 웬일로 즐거운 듯이 웃었다.

"엄청 좋아하네?"

"……시끄러워. 레코딩 시작하자."

손뼉을 한 번 치자, 무슨 이야기에 푹 빠져 있던 시노하라와 이와노 선배가 돌아보았다.

어느새 두 사람도 친해졌구나.

역시 리듬 섹션으로서 통하는 것이 있는 걸까.

"그러고 보니 결국 밴드 이름은 어떻게 할 거야?"

문득 생각난 화제를 꺼냈다. 반응한 것은 세리카였다.

"그러게."

"후보라면 생각해 왔다."

그렇게 말한 것은 의외로 이와노 선배였다.

"우리는 하이바라를 제외하면 급한 대로 밴드부의 어중이떠중이를 모아 만든 밴드잖냐?"

"그, 그건, 그렇죠…… 특히 제가…… 하하하……."

"그걸 그대로 영어로 바꿨다. 급한 대로 모은 걸 'mishmash' 라고 바꿀 수 있다더군. 그리고 어중이떠중이는 여러 가지로 바꿀 수 있지만, 'leftover' 가 가장 멋있어. 이걸 조합해서——."

이와노 선배는 내가 들고 온 세 번째 곡의 가사 종이 뒷면에 스펠링을 적었다.

"—— 'mishmash leftovers' 라고 하면 어떠냐?"

"좋은데? 있는 그대로지만."

"우리에겐 이 정도가 딱이잖냐."

"약칭은요? 미쉬레프라든가? 좀 귀엽네요."

"풀 네임은 멋있는데 줄이면 귀여운 거 좋지 않아? 난 좋아."

"저, 저도 그게 좋다고 생각해요!"

그리하여, 이름이 정해졌다.

*

쉬는 타이밍에 밖으로 나오자 따라오는 기척이 느껴졌다.

"시노하라?"

"……굉장하네요. 뒤에 있는 절 눈치채다니."

"그게 무슨 암살자 같은 소리야?"

"나중에 직업으로 한번 생각해 볼게요."

시노하라도 익숙해졌는지 이런 농담도 하게 됐다.

……응? 농담 맞지???

그리고는 벽에 등을 기대고 있는 내 옆에 나란히 섰다.

아마도 무슨 할 말이 있는 것이겠지.

하지만 시노하라 같은 타입은 재촉해도 좋지 않을 것 같았다.

그래서 조용히 있자 시노하라는 갑자기 고개를 숙였다.

"……저기. 감사합니다. 이 밴드에 저 같은 녀석을 불러주셔서."

"무슨 마지막 화야? 아직 문화제 준비 기간도 시작 안 했어."

"죄, 죄송합니다. 하지만 정말로 고마워하고 있어요. 하이바라가 불러주지 않았다면 전 줄곧 혼자인 채였어요. 이렇게 즐거운 나날을 보낼 순 없었겠죠."

"……그건, 다행이네."

실제로 시노하라가 이 밴드 활동에 어떤 마음을 품고 있는지 궁금하긴 했다. 권유한 측인 나와 세리카, 명확한 목적이 있는 이와노 선배와 달리 시노하라는 억지로 끌어들인 거나 마찬가지니까.

만약 불편함을 느끼고 있다면 가능한 개선 하려고도 생각했다.

"여기에 있는 것만으로도 기적이라고 생각해요."

……아아, 얘는 참 착한 애구나.

"그래서 하이바라에게도, 혼도에게도, 이와노 선배에게도 은혜를 갚고 싶어요. 라이브에서 최고의 연주를 해서 여러분의 바람을 이루어주고 싶어요. 제게는 그 정도밖에 할 수 있는 게 없으니까."

"그래 주면 충분해."

시노하라의 베이스는 우리의 사운드를 확실하게 떠받쳐주고 있었다. 폭주하는 경향이 있는 세리카와 불안정한 내 기타를 뒤에서 남몰래 제어해 주는 것이 시노하라다.

눈에 띄지 않지만 확실한 기량을 느꼈다. 시노하라다운 스타일이다.

"있잖아, 그렇게 하이바라라고 부르는 거 슬슬 그만하면 안 돼?"

"어? 그럼, 뭐라고 불러야……?"

"나츠키면 돼. 나도 메이라고 불러도 돼?"

"네?! 제 이름, 기억하고 있었어요?"

"놀라는 게 그것 때문이야? ——메이."

웃으며 말하자, 시노하라도 미소를 지었다.

"알겠습니다—— 나츠키. 이러면, 되는 거 맞죠? ……가족 말고 다른 사람을 이름으로 부르는 것도 제가 이름으로 불리는 것도 처음이에요. 어쩐지 신기한 기분이네요."

"그래도 나쁘진 않지?"

"그러게요. 친구가 생긴 것 같아요."

"무슨 소리야? 우린 이미 친구 아니었냐."

"네?! 저랑 나츠키가 친구였어요?!"

"……그러면 당연히 상처받거든?"

난 유리 멘탈이라고.

"아뇨, 저기, 죄송합니다……. 저 같은 게 하이바라의, 앗, 아니, 나츠키의 친구가 될 수 있을 리가 없다고 멋대로 생각하고 있었던지라……. 그러니까 결코 싫다는 게 아니라……."

"그렇다니 다행이네. 잘못하면 내 유리 멘탈이 박살 날 뻔했어."

하하 하고 메마른 웃음을 짓는 시노하라── 아니, 메이.

"고맙다."

"네?"

"갑자기 밴드를 하자고 부른 데다 이렇게 맹연습을 하면 보통은 따라와 주지 않는데. 메이가 우리와 똑같이 의욕적으로 임해줘서 우리는 망설임 없이 할 수 있었어."

그래서 고마워해야 하는 건 나도 마찬가지야.

"이렇게 좋은 곡도 만들 수 있었고."

조금 전 레코딩을 마친 컴퓨터를 가리키며 말하자, 메이는 고개를 저었다.

"믹싱이 아직 임시라서요. 더 좋게 완성시킬게요."

"진짜? 이거 굉장해지겠는데?"

"무엇보다 곡이 좋아서요. 그리고 혼도의 기타와 나츠키의 노래, 이와노 선배의 드럼이 좋아요. 그래서 이렇게 멋있는 거예요. 제가 베이스로 떠받치는 보람이 있어요."

메이는 그렇게 말하고 하늘을 올려다보았다.

"문화제까지만이란 건 아쉽지만요."

그것은 수험이라는 명확한 벽이 존재하는 이상 뒤집을 방법이 없었다.

설령 우리 세 사람이 계속할 수 있더라도 분명 이와노 선배는 빠지게 되리라.

"하지만 그렇기에 문화제까지 망설이지 않고 온 힘을 쏟아부을 수 있는 걸지도 모르겠네요."

메이는 분위기를 바꾸려는 듯이 그렇게 말했다.

"……메이는 왜 베이스를 시작한 거야?"

"……안 웃을 건가요?"

"어떤 이유든 안 웃을게. 나도 대단한 이유는 아니거든."

"——눈에 띄고 싶었거든요."

메이의 조용한 목소리가 가을밤에 녹아들었다.

"이런 저라도 빛날 수 있는 장소를 원했어요. 그래서 동경했죠. 우연히 틀었던 영상에서 본 록 밴드 라이브를. 이런 저라도 저기에 있다면 빛날 수 있을까 싶었어요."

"……그런 이유인데 고른 게 베이스구나?"

"하하, 가장 좋아하게 된 악기가 베이스였거든요. 이러는 것에서도 천성으로부터는 도망칠 수 없구나, 그렇게 생각했어요. 하지만 괜찮아요. 확실히 베이스는 다른 악기에 비해 잘 안 들리고 잘 모르는 사람에겐 이해가 잘 안될지도 모르지만, 무대 위에서 우리가 만드는 음악을 최고의 음악으로 만들어줄 수 있다면, 그건 충분히 빛나고 있다고도 할 수 있지 않을까, 그렇게 생각할 수 있으니까요."

"좋은데? 빛나러 가자고. 이런 베이스를 치는 녀석이 있었냐며 놀라게 해주자."

그렇게 말하며 메이에게 주먹을 내밀었다.

메이는 쭈뼛쭈뼛, 주먹을 톡 맞댔다.

*

"……기간이 정해져 있으면 조금 마음이 편하더라."

세리카는 평소 같은 표정으로 하늘을 올려다보았다. 낙엽이 가을 밤하늘을 날고 있었다.

스튜디오 연습을 마치고 돌아가는 길.

메이와 이와노 선배는 우리 앞을 걷고 있었다.

"중학교 때, 친했던 친구랑 밴드를 결성했었어. 근데 다들 연습이 싫었는지 점점 연습 횟수가 줄어들다가…… 내가, 더 연습해서, 더 좋은 연주를 하고 싶다고 말했더니, 사이가 틀어지기 시작해서…… 그러다 바로 해산했지."

몇 번을 똑같이 반복했어, 하고 세리카는 말을 이었다.

모두 잘못은 없다고 생각한다. 이따금 의욕의 차이가 불행을 낳는다.

약소 농구부가 갑자기 강호 팀과 똑같이 연습한들 분명 부원이 줄어들 뿐이리라.

적당히 밴드 활동을 하며 적당히 즐기는 것도 청춘의 한 페이지일 것이다.

"고등학생이 돼서 밴드부에 들어가도…… 중학교 때와 똑같았어."

진심으로 하잔 말은 하기야 쉽지만 그리 간단한 일이 아니다. 여러 가지 것들을 희생하지 않으면 이룰 수 없으니까. 혼자만 진심이어도 분명 주변 사람들이 멀어질 뿐이다.

지향하는 곳이 높은 사람도 그런 환경에 있으면 주변에 휩쓸린다―― 보통은.

"그래도 음악에는 진지하게 임하고 싶었어."

하지만 세리카는 보통이 아니었다. 분명 그것을 재능이라 부를 것이다.

하지만 그렇다 해서 같은 의욕을 가진 동료가 그리 쉽게 찾아지진 않는다.

"그래서 참견하지 않을 수 없었어. 난 고집이 세니까. 내 연주만 좋으면 괜찮다고 생각할 수 없었어. 다 같이 최고의 연주를 하고 싶었어. 그랬는데 이 밴드는 언제까지 계속할 수 있을까…… 그런 생각만 했어. 무서웠던 거야."

그때, 곁에 있던 사람과 목표로 하는 것이, 걸고 있는 것이 일치한다는 것은 이기적인 환상이리라. 같이 달릴 수 있는 동료를 원한다면 나 자신의 힘으로 모을 수밖에 없다.

"……있지. 나츠키는 나랑 같은 꿈을 꿔줄 거야?"

그래서 세리카는 날 골랐다.

나라면 같이 달려주지 않을까 하고 느꼈기 때문에.

노랫소리가 좋다든가, 다소는 기타를 칠 수 있다든가 하는 그런 것은 부가 가치일 뿐이다.

세리카는 그런 말까진 하지 않았지만 둔감한 나라도 그 정도는 알 수 있었다.

"왜 이렇게 축 처졌어? 답지 않게."

나는 푹 가라앉은 세리카의 등을 두드렸다. 세리카는 놀란 듯이 눈을 깜빡거렸다.

"우리 음악으로 세상을 바꿔주겠다며?"

계속 함께 노력하는 것이 불가능하단 것은 알고 있다.

내게 음악의 재능은 없다. 적어도 세리카와는 천지 차이다.

언젠가 반드시 헤어지게 되리라. 그 연주에 첫눈에 반한 날부터 알고 있었다. 하지만 그것이 문화제까지만이라 정해져 있다면 노력할 수 있다. 세리카와 같은 꿈을 꾸기 위해서.

"내일도 연습하자. 우리 꿈을 이루기 위해서."

불안해하는 세리카의 기운을 북돋아 주고 싶다. 오로지 그런 마음으로 전하자 세리카는 쿡쿡거리며 웃었다.

"……웃긴다. 나츠키, 너무 좀 오글거려."

"야, 갑자기 현실로 돌아가지 마. 지금 좀 좋은 이야기 중이었잖아!"

솔직히 나도 말하고 나서 "아차, 너무 나댄 것 같은데……." 하고 생각하긴 했지만서도!

"나츠키의 흑역사 갱신 기념으로 초콜릿 줄게. 자."

"그런 기념품은 필요 없거든. 잊어라. 난 아무 말도 안 했어. 알겠지?"

모든 것을 없었던 셈 치려 하자 세리카는 고개를 저었다.

"싫어. 절대 안 잊을 거야."

아무래도 나는 청춘을 다시 시작해서도 흑역사를 양산하는 것이 천성인 모양이다.

슬픔에 젖는 가을밤이었다.

▶ 막간 3

——그 녀석을 행복하게 해줘.

타츠야의 말이 줄곧 귀에 남아있었다.

알고 있었다. 내 생각이 어설프단 것은 깨닫고 있었다.

가사를 생각하며 자신이라는 인간을 깊게 고찰했다.

나는 어떤 사람이고 어떤 사고방식을 가졌으며 누구를 좋아한다고 생각하는가.

음악으로 자신을 표현하려 하면 자연스레 자신과 마주할 기회가 늘어난다. 모른 척하려 했던 것도 어쩔 수 없이 깨달을 수밖에 없다. 나는 그저 도망치고 있었을 뿐이다.

선택에서 도망치고 있었다. 답을 내는 것에서 도망치고 있었다.

왜냐하면 그 선택은 반드시 다른 한 사람을 상처 입히는 결과로 이어지니까.

그것은 싫었다. 나는 두 사람의 웃는 얼굴만을 보고 싶었다. 소중한 두 사람이 상처 입길 바란 것이 아니었다. 애당초 나 같은 것에게 그 두 사람을 고를 자격이 있다곤 생각할 수 없었다.

아니, 그조차도 표면적인 사고다. 나는 그렇게 올곧은 사람이 아니다.

——사실은 '내' 가 남에게 상처 주는 것을 두려워하고 있었을 뿐이잖아?

나는 우유부단한 성격이다. 더 정확하게는 잿빛 청춘을 보낸 고등학생 시절부터 우유부단한 성격이 됐다. 그 이유는 큰 실패를 경험한 내가 겁쟁이가 됐기 때문이다. 뭘 선택하든 그 이후 벌어질 일을 상상하고 자신이 무언가 잘못을 저지르지 않았는지 확인하는 버릇이 들었다. 신중하다고 말하면 듣기야 좋다. 하지만 사실은 그저 겁이 많아졌을 뿐이다.

결국 자신감이 부족했던 것이다. 지금까지 지겹도록 들어왔듯이.

그래서 고를 수 없었다. 고른다는 것은 즉, 연인이 된다는 것이다. 사람과 사귀어본 경험조차 없는, 허우대만 멀쩡한 내가 합당한가? 나는 여자 친구를 행복하게 해줄 수 있는 사람인가? 난 네 곁에 어울리는 사람인가? 연인이라는 존재가 현실미를 더해가며 그런 질문이 빙글빙글 머릿속을 돌았다. 망상 속 세계가 아니었다. 책임이란 무게가 있었다.

짝사랑하던 시절은 편했다. 연인이란 존재에 그다지 현실미가 없었으니까.

선택도, 선택하지 않는 것도 모두 지금 내겐 괴로웠다.

가면을 뒤집어쓴들 의미가 없었다. 진짜 내가 답을 내야 하는 이상.

그래서 고민하는 척만 계속하며 결론을 뒤로 미루었다.

하지만 그런 내 행동이 오히려 다른 이에게 상처를 주고 있다면.

용기를 낸 두 사람에게 마음을 쓰게 만들었다면.

——바뀌어야만 하리라.

당당해질 수 있는 자신으로.

멋있다고 생각할 수 있는 자신으로.

널 좋아한다고, 널 행복하게 해주겠다고 가슴을 펴고 말할 수 있는 자신으로.

……적어도 날 좋아하게 돼서 다행이라고, 그렇게 생각해 줄 수 있도록.

그러니 문화제 무대에서 멋진 모습을 보여줄 것이다.

그러기 위해서 매일 필사적으로 연습했다. 타협하는 자신을 인정할 수 없기에.

이것은 내가 변하기 위한 의식이다. 우리의 음악으로 나는 내가 보고 있는 세상을 바꿀 것이다.

이 노래가 네게 닿았을 때, 네 곁에 어울리는 내가 그곳에 서 있을 것이라 믿으며.

▶ 제 4 장 우리의 음악을

문화제 준비 기간에 돌입했다.

준비 기간은 문화제 4일 전부터 시작해 교실 꾸미기 등이 허락된다.

우리 반인 1학년 2반은 카페를 하게 됐다. 음식 쪽은 규칙이 좀 빡빡한지 조리 담당자들이 가정과 선생님에게 지도를 받고 있다. 나는 접객 담당이라 장식 같은 사전 준비밖에 할 일이 없었다. 갑자기 학교가 소란스러워졌다.

방과 후에는 동아리 때문에 준비를 못 도와주는 만큼, 점심시간에는 솔선해서 돕고 있었다.

"에~이. 하이바라를 믿고 있었는데."

문화제 실행 위원인 후지와라의 불만을 듣고 "미안해." 하며 쓰게 웃었다.

"갑자기 밴드부에 들어가 버린다니까."

"그래서 이렇게 점심시간에 열심히 하고 있잖아?"

"동아리에 든 사람들은 다들 그렇게 말하는데 안 그런 사람들이나 문화계 동아리 사람들은 수업 끝나고도 훨씬 오랫동안 남아서 준비하고 있거든? 그 덕에 소도구들이 이렇게나 많이 준비된 거거든?"

"미안하대도. 좀 봐주라."

후지와라는 넙죽넙죽 사과하는 날 매섭게 노려보고 한숨을 쉬었다.

"하아…… 어쩔 수 없지. 하이바라가 문화제 때 최고의 라이브를 보여주면 용서해 줄게."

"벌써 내가 공연한다는 정보가 퍼졌구나……."

"유명인이잖아. 분명 다들 보러 올 걸? 부담감에 지면 안 된다?"

"걱정 마. 감동시켜 줄 테니 히노랑 같이 보러 와."

"뭐……."

후지와라의 얼굴이 빨개진다.

"그럼 난 잠깐 화장실."

이후로 부끄러움을 감추고자 무언가 날아올 것을 예상하고 나는 재빨리 교실을 나왔다.

복도도 제법 시끌시끌하다. 자기네 반 부스를 준비하고자 수많은 학생이 오가고 있다.

준비 기간 중에는 이따금 수업 5, 6교시째에 준비용 시간을 주는데, 역시나 그것만으론 시간이 부족하거든. 우리 문화제는 이 근방에선 가장 규모도 크니까.

"나츠키, 2반은 어때?"

말을 걸어온 것은 미오리였다.

"천천히 하는 중이지. 카페라서 사전 준비가 무지막지하게 필요한 것도 아니라…… 근데 별로 도와주질 못하는 내가 말하는 것도 좀 그렇네. 그쪽은? 귀신의 집이랬나?"

"우린 소도구 준비가 힘들어. 교실 개조는 전날 오후가 아니면 못 해서 그때까지 전부 설계해 놓고 전부 만들어야 하거든. 이거 봐, 귀신."

미오리가 하얀 옷과 검은 머리 가발을 뒤집어쓰고 날 겁줬다. 그럭저럭 무섭다.

"학생이 하는 귀신의 집치곤 퀄리티가 높은데?"

"그치? 우리 반 실행 위원이 엄청 고집 센 사람이라."

그렇게 얘기를 나누고 있는데 "미오리~ 놀지 말고 도와줘." 하고 교실 안에서 한 여학생이 말을 걸어왔다. 미오리는 "에이, 어쩔 수가 없어요." 하곤 불만스럽게 대답했다.

"그럼, 나츠키. 나중에 또 봐."

"아, 맞다. 미오리 너, 레이타랑 문화제 돌 거야?"

"……일단은 그럴 생각인데, 왜?"

"둘이 보러 와. 우리 라이브."

"네가 말 안 해도 갈 거야. 세리카가 있으니까."

미오리는 어깨를 으쓱이고 교실로 돌아갔다.

와준다니 안심했다. 내가 변하는 모습을 미오리가 봐줬으면 했으니까.

"아, 나츠키."

빼꼼 하고. 교대하듯이 교실에서 세리카가 나왔다.

"문화제 무대 말인데, 좀 전에 일정표 나왔어. 밴드부는 이틀째 마지막이고 세 팀 15분씩 준대."

"15분이란 말이지. 뭐, 보통 그렇겠지."

"응. 세 곡은 문제없이 할 수 있겠어."

"밴드부 안에서 순서는?"

"어째 부장이랑 교섭했더니 '너희 다음에 우리가 하면 분위기가 지옥일 거 아니냐' 느니 뭐라느니 하면서 마지막이 됐어. 뭐, 그러는 게 좋아서 뭐라고 하진 않았지만."

무슨 말을 하고 싶은지 이해가 안 가는 것도 아니다.

안 그래도 모두 잘하는데 맹연습을 거듭해 이 밴드의 수준은 제법 높은 영역에 도달했다. ……나만 빼고 라는 조건이 붙는 게 슬프지만.

"즉 무대 공연 전체의 마지막이란 거야?"

"바로 그거지. 순서가 최고 아냐?"

"지금 갑자기 긴장되기 시작했는데."

"나츠키라면 어떻게든 잘할 거야. 굳이 말하자면 시노하라가 불안한데."

"듣고 보니 메이는 라이브에 약할 것 같은 느낌이 드는걸……."

연습에선 요령껏 해내지만 라이브 전에는 좀 케어가 필요할 것 같다.

그럴 여유가 내게 있을지는 모르겠지만. 이미 벌써부터 긴장하고 있는데.

"……쏟아온 시간이 길수록 긴장되지."

세리카는 그런 내 모습을 보고 중얼거렸다. 그리고 내 어깨에 손을 올리고 말했다.
"그래도 괜찮아. 우리라면 할 수 있어."
세리카의 아무런 근거도 없는 자신감이 지금은 고마웠다.
"나츠!"
뒤에서 톡톡 어깨를 두드린다.
돌아보자, 도깨비 가면을 뒤집어쓴 우타가 날 올려다보고 있었다.
"아하하, 깜짝 놀랐지?"
"처음에 나츠라고 부르면 그리 의미가 없는 거 아냐?"
"그, 그러게! 나 바본가 봐!"
"그런가 본 게 아니라, 바보야."
"세리카는 말할 때 조금 더 에둘러 말하자."
"나츠키는 노래할 때 조금 더 바이브레이션을 넣어서 부르자."
"그 소릴 지금 꼭 해야 해?"
무슨 라임이라도 맞추려고 한 거야?
나와 세리카가 바보 같은 대화를 나누고 있는데 우타가 배를 잡고 웃고 있었다.
"아하하하! 친해졌네, 둘 다."
"지금 대화로 친해졌다는 판정을 받는 건 좀 마음에 안 드는데……."
"그래? 난 언제나 웰컴이야."
"무슨 소리래. 일단 대화가 성립 안 됐거든."
뭐가 재미있는진 모르겠지만, 나와 세리카의 대화를 듣고 우타가 계속 웃고 있었다.

그때, 우타가 문득 생각났다는 듯이 말했다.

"앗, 맞다! 들었어, 어제! 나츠네 노래!"

치마 주머니를 뒤적거려 스마트폰을 꺼낸다.

우타는 트위스터를 열더니 내 계정에 올라온 영상을 눌렀다.

『'mishmash leftovers/black witch' 밴드 시작했습니다! 이건 문화제 라이브 때 부를 예정인 곡입니다! 괜찮다면 들어주세요. 풀 영상은 이쪽으로→』

이것은 내가 어제, 내일부터 문화제 준비 기간에 들어가기 때문에 밴드를 선전하고자 올린 게시물이다. 앞으로 본격적으로 SNS를 통해 선전을 시작할 생각이다.

이것은 첫 번째로 연주할 예정인 'black witch'의 레코딩 음원이다. 메이가 믹스 다운과 마스터링을 해준 것에 스튜디오에서 연습하는 영상을 합쳤다. 일부러 영상을 어슴푸레하게 만들어 잘 보이지 않도록 한 것은 메이의 센스다. 제법 분위기가 있다.

"엄청 멋있더라!"

우타는 눈을 반짝반짝거리며 우리를 마구 칭찬했다.

"세리 기타도! 나츠 노래도! 솔직히 좀 우습게 보고 있었는데!"

"마지막 말은 안 해도 됐을 것 같은데……?"

"아하하, 그만큼 감동했단 거지!"

이미 재생 수는 500회를 넘었고 재게시된 것도 서른 건이 있었다.

내게 답글을 달아 준 사람도 많았다. 대부분이 동급생이었지만, 얼굴과 이름을 모르는 사람에게서도 '라이브 기대 중!' '이거 쩐다!' 같은 답글을 받았다.

고마운 일이다. 그야 실제로 멋있기에 그냥 올리기만 해도 화제가 될 것이란 자신감은 있었다. 나와 동시에 세리카의 계정에도 게시물을 올렸는데 그쪽에서도 괜찮게 퍼져나가고 있었다. 아직 어제오늘이니 입소문을 타면 조금 더 늘어나겠지.

'black witch' 는 맨 처음 기타 인트로가 선명하고 강렬한 임팩트를 주기에 첫 선전엔 이 곡이 딱이라고 생각했다. 가사는 영어 천지라 이해하기 어려웠지만, 무려 영상 안에 친절하게도 현재 부르고 있는 부분의 가사와 함께 일본어 번역까지 흐르고 있었다.

메이가 너무나도 유능하다. 아무 말도 하지 않았는데 이렇게까지 해주다니…….

여담으로 '풀 영상은 이쪽으로→' 에 걸린 링크 주소는 세리카의 미튜브 채널에 올린 전체 영상이다. 이쪽은 이미 재생 수가 만 회를 돌파했다. 너무 빠른데.

"그보다 이거 오리지널 곡이지?!"

"맞아. 내가 만들었지." 하고 우쭐거리며 가슴을 펴는 세리카.

"와아, 세리 굉장하다! 그냥 사차원이 아니었구나!"

"아까부터 좀 무례한 거 아냐?"

"우타는 의외로 원래 이래."

세리카가 우타의 머리를 붙잡고 흔들고 있다. 우타의 키가 작다고 아주 제멋대로군. 그러지 마.

"근데 아무리 그래도 『귀여운 여고생 세리카의 기타 채널♡』은 좀 아닌 것 같아!"

그러고 보니 잊고 있었는데 그 채널 이름 그대로 영상 전체가 전교생에게 퍼지게 되는 건가. 뭐, 나야 아무래도 상관없긴 한데……. 그렇게 생각하고 있는데 세리카가 중얼거렸다.

"문화제 기간 중엔 채널 이름 바꿔둘까."

아무리 세리카라지만 역시나 수치심이 있었던 모양이다.

어느 정도 선에서 그것이 기능하는진 나로선 아직 알 수 없었지만.

*

SNS를 통한 선전은 내가 예상했던 것보다 반향이 컸다.

내가 기타를 메고 걷고 있기만 해도 "저, 저 사람……." "그 밴드 보컬이지?" 하고 다른 학년의 모르는 학생들이 수군거릴 정도로.

당연히 반에도 소문이 퍼져 "문화제 준비 같은 건 안 해도 되니까 가서 연습해!" 하고 고마운지 아닌지 잘 알 수 없는 배려를 받고 있었다. 물론 주목받기 위해 선전하긴 했지만, 일상생활에도 영향을 미쳐 조금 불편함이 느껴지긴 했다.

뭐, 이럴 줄 알고서 한 것이니 어쩔 수 없다. 세리카도 비슷하게 고생 중인 것 같고.

"나츠키, 봤어, 두 번째 곡. 다크한 분위기가 좋던데."

"네가 노래를 잘 부르는 건 알고 있었는데 영상으로 보니까 딴 사람 같더라, 야."

"고맙다. 뭐, 그건 믹스다운 해준 메이가 대단한 거라."

타이밍을 노려 제2탄 선전으로 '모노크로'를 올렸다. 이쪽도 제법 호평이었다. 가사를 쓴 입장으로선 불안한 마음도 있었기에 '공감돼!' '가사가 너무 좋다!' 같은 감상을 발견하면 마음이 놓였다. 곡은 틀림없이 좋았기에 미묘한 감상이 있으면 내 책임이 되거든. 하지만 지금 당장은 부정적인 감상은 발견하지 못했다.

대충 순조로워 보이지만 문제는 세 번째 곡이다.

세 번째 곡은 라이브에서 공개! 라고 해 놓았지만, 아직 완성하지 못했다.

SNS에서는 얼버무려놨을 뿐이다. 물론 대부분 완성되긴 했지만, 내가 아직 가사를 이리저리 만지작거리고 있었다. 슬슬 포기하고 완성시키는 게 좋겠는데.

"나츠키, 오늘 동아리 활동이 데드라인이야."

문화제 이틀 전. 세리카에게 그렇게 통보를 받았다.

수업 중에도 줄곧 가사를 생각하고 있었지만, 아무래도 무언가 부족하다는 느낌이 든다.

이 위화감을 문화제까지 어떻게든 해소하고 싶었다. 점심시간이 됨과 동시에 타츠야의 식사 권유도 거절하고 옥상으로 올랐다. 차가운 바람이 머리 위를 불어 지나간다.

“나츠키.”

멍하니 거리를 바라보고 있는데 뒤에서 목소리가 들려왔다.

“……호시미야.”

“왜 그래? 우울한 얼굴로.”

“세 번째 곡 가사가 좀 납득이 안 가서. 계속.”

“그렇구나. 세 번째 곡도 작사하고 있구나. 이제 이틀밖에 안 남았는데 괜찮아?”

“큰일이지. 뭐, 임시 가사는 이미 완성돼서 그쪽으로 하자고 정해지긴 했어.”

“흐음…… 어떤 점이 납득이 안 가는데?”

“……뭔가, 뭐라고 해야 할까. 약함이나 망설임, 그런 게 가사에서 너무 앞으로 나온 것 같아서. 내가 그 곡으로 전하고 싶은 건 그런 게 아닌데.”

호시미야의 물음에 가슴속의 답답함을 언어로 표현해 나갔다.

“나츠키는, 뭘 전하고 싶은데?”

“뭘까. 더, 이렇게. 나는 바뀔 거다, 바뀔 수 있다, 그런 거. 널 위해서라면 세상을 바꿀 수 있다, 같은 그런 의지가 느껴지는 가사로 하고 싶어.”

말로 해보니, 의외로 단순했다.

하지만 실제로 그 마음을 가사로 표현하는 것은 무척 어렵다.

“근데, 이제 와서 바꾸는 것도 모두에게 미안한 것 같기도 해. 지금 가사도 나쁘지 않고. 이제 와서 억지로 바꾸기보다는 지금 그대로도 괜찮지 않을까 싶어.”

그것은 내가 옥상에서 멍하니 생각하던 내용이었다.

타협이라 말하면 듣기는 안 좋지만, 이제 와서 바꾸는 것보다 퀄리티는 높아질 것이 분명하다.

무엇보다 세리카가 오늘까지라고 시간제한을 걸어버렸다. 이 이상은 뒤로 미룰 수 없다. 그러니까 괜찮다. 세 번째 곡은 지금 그대로도 충분히 좋은 완성도니까.

“――안 돼, 나츠키.”

그런 식으로 자신을 납득시키려던 내게 예상 밖의 말이 날아왔다.

“호시미야……?”

“바뀌겠다는, 그런 의지를 보여주고 싶다면 포기하면 안 돼.”

호시미야는 화를 내고 있었다. 진지한 눈동자로 날 바라보고 있다.

“타협하면 세상은 바뀌지 않아.”

그 말에서는 진짜 같은 무게가 느껴졌다.

분명 호시미야 자신이 평소에 그리 생각하고 있기 때문이리라.

“아직 시간이 있다면 아슬아슬하게 직전까지 생각해 보자. 더 좋은 것으로 만들고 싶지? 더 좋은 것이 될 거라고 믿고 있지? 그러면 나도 도와줄 테니까.”

"……그래."

용기를 얻었다. 호시미야 덕에 아직 포기하지 않고 있을 수 있다.

"나츠키가 자신감을 가지고 노래할 수 있는 최고의 곡으로 만들어서 최고의 라이브를 해줬으면 좋겠어."

마음속 어딘가에서 호시미야라면 그렇게 말해주지 않을까 하고 생각하고 있었다.

"이게 가장 최근 가사인데……."

스마트폰으로 호시미야에게 가사를 보여주고 함께 고민했다.

이 곡의 콘셉트가 어떤 것이며 무엇을 전하고 싶은가. 조금 부끄러운 부분도 있었지만, 솔직하게 전해 더 좋은 가사가 되길 바라며 시행착오를 거쳤다.

점심시간이 끝나도 옆자리란 걸 이용해 필담을 나누며 고민했다. 데드라인인 동아리 활동 시간이 시시각각 다가오고 있었다. 그동안 계속해서 적고, 또 지우고.

그러다가, 간신히 찾고 있던 말을 발견했다.

"——와, 완성이다!"

우오오오! 하고 무심코 가사를 적은 종이를 하늘로 치켜들었다.

저거 왜 저래? 하고 방과 후에 잡담을 나누던 사람들의 주목을 샀다. 호시미야가 황급히 내 손을 끌어내렸다. 너무 기뻐서 기행을 벌이고 말았군…….

"진정하구. 기쁜 건 알겠지만 사람들이 보면 안 좋잖아?"

"그러게…… 세 번째 곡은 라이브 때 공개하기로 했으니까."

"결국 난 그리 도움을 못 줬네."

"에이, 아냐. 호시미야가 있어 줘서 완성된 거야! 고마워!"

"……뭐, 그런 것 같긴 해."

호시미야의 손을 쥐고 붕붕 흔들었다. 지금의 나라면 누가 상대라도 이길 수 있어!

"그럼 동아리 다녀올게!"

"응, 다녀와."

세리카네한테도 어서 전해야지! 세 번째 곡이 완성됐다고.

교실을 뛰쳐나가 제2음악실로 향했다.

"그런 가사를 나한테 보여준들…… 어떡하란 거야, 진짜."

떠나며 희미하게 들려온 말은…… 못 들은 셈 치기로 했다.

*

세 번째 노래의 가사를 본 세리카는 엄지를 세웠다.

"그나저나 처음이랑 많이 달라졌네…… 곡도 약간 수정해야 하려나."

오늘은 스튜디오 연습이다. 부실과 제2음악실은 다른 밴드가 사용하고 있다.

"미안. 그래도 이쪽이 낫지?"

기타 튜닝을 하며 방정맞게 말하자 세리카는 한숨을 쉬었다.

"안 그랬으면 이제 와서 곡을 수정하겠단 소리 안 했어."

메이와 이와노 선배도 그런 우리를 따라주었다.
"저어~ 정말로 죄송합니다……."
"죄송해할 때냐. 네 기타가 가장 불안하단 말이다."
"그렇죠! 죄송합니다, 연습할게요!"
"나 원…… 아직도 고민하고 있다고 들었을 때는 어찌 되나 싶었다만."
이와노 선배는 평소처럼 딱딱한 표정이었지만, 어딘지 모르게 기쁜 것처럼 보였다.
"이 가사, 좋네요……!"
세리카에게서 가사가 적힌 종이를 건네받은 메이가 감탄의 목소리를 높였다.
"이렇게 부끄러운 가사를 쓸 수 있는 건 나츠키의 재능이라고 생각해요……!"
"이해는 하는데 적어도 풋풋하다든가, 그렇게 표현해 줄래?"
메이는 "그런 셈 쳐두죠." 하고는 어이없다는 듯이 쓰게 웃었다.
내게 잔뜩 겁을 먹던 메이가 지금은 이렇게 접해준다. 그것이 기뻤다.
"이제 시간이 없다. 오늘 중으로 완벽하게 완성시키자."
이와노 선배가 자리를 정리하듯이 말하자, 우리 세 사람은 "예!" 하고 대답했다.
탁탁탁탁, 포 온 더 플로어에서 음악이 시작됐다.

*

평소와 다른 하루는 역시 고양된다.

드디어 시작된 문화제 첫 번째 날. 복도를 걷기만 해도 시끌벅적하다.

각 교실은 화려하게 장식되어 평소와는 다른 곳처럼 느껴졌다.

"하이바라! 거기 식기 준비해 줘."

"그래 그래. 찻잔이 어디에 있더라?"

"뒤쪽 선반 위! 아, 나기우라! 옮겨 줬으면 하는 게——."

오픈 시간 전, 준비하느라 한창 분주히 움직이고 있는데 우타가 불러세웠다.

"아, 나츠! 이거 나츠 거야!"

턱 하니 건네준 것은 노란색 티셔츠였다.

"이게 뭐야?"

"당연히 반티지!"

반티??? 뭐지? 그게……???

펼쳐보자 '1-2' 란 글자를 쓸데없이 스타일리시한 디자인으로 꾸며 놓았다.

등에도 같은 반 모두의 이름이 별명으로 적혀있다.

헉?! 새, 생각났다! 이건 반 티셔츠야!

1회차 때는 등에 내 이름이 없었고 그것을 아무도 눈치채지 못했다는 너무나도 큰 괴로움에 패배해 기억에서 존재를 지워버

렸었지. 이야~ 떠올려서 다행이다.

……다행인가? 다행은 아닐지도 모르겠다.

그래도 이번에는 제대로 '나츠' 라고 적혀 있으니까…… 그래…….

고마워, 애들아. 날 기억해 줘서…….

어쩐지 갑자기 메이가 걱정되기 시작했다.

어느 정도 준비를 마치고 시작 전까지 시간이 비었을 때 같은 층 끄트머리에 있는 메이네 반을 엿보러 갔다. 아무래도 사격 게임 부스를 차리는 모양인지, 시작 전이라 자기들끼리 시험 삼아 쏴보는 중이었다. 메이는 교실 끝에 우두커니 서 있었다.

메이가 입구에 있는 날 깨닫고 밖으로 나와주었다.

4반의 반티는 보라색인 모양이다. 메이도 제대로 입고 있었다.

"왜 그래요? 나츠키."

"잠깐 등 좀 보여줄래?"

"네? 아뇨, 등에는 아무것도 없는데요……."

뭐, 뭐라고……?

메이네 반 티는 심플하게 1학년 4반이라고 가슴에 새겨져 있을 뿐이었다.

2반도 이 디자인이었다면 과거의 내가 상처 입을 필요는 없었을 텐데…….

"그래도 아까까진 제 몫만 없었지만요……."

하하하…… 하고 나와는 다른 쪽으로 상처를 입은 메이.

개수는 맞았겠지만, 존재를 눈치채지 못했던 거겠지…….

"그래도 요즘은 가끔 말을 걸어주는 사람이 있어요."

그렇게 말하는 메이는 기뻐 보였다.

"……밴드 영상, 반에서도 조금 화제가 돼서 제가 베이스를 친단 걸 눈치채준 같은 반 사람들도 몇 명 정도 있고 말도 걸어주고 칭찬해 줘서…… 그리고 라이브를 보러 가겠다고 말해준 사람도 있었어요. 정말로 고마운 일이죠."

분명 지금까지는 그런 경험이 없었으리라.

그래서 그 얼마 안 되는 말을 메이는 소중히 간직하고 있었다.

"그래…… 그럼 최고의 라이브로 만들어야겠는걸."

자신을 위해서가 아니다. 우리 네 사람에겐 각자의 바람이 있다. 그렇기에 모두를 위해서도 노력하고 싶다고 생각했다. 우리의 바람은 넷 다 제각각이지만, 문화제에서 최고의 라이브를 선보였을 때 이루어진다는 점에선 완전히 일치하니까.

"네!"

메이는 웬일로 기세 좋게 내 말에 고개를 끄덕였다.

*

그리하여 문화제 첫날이 시작됐다.

교내에선 주로 각 반이 부스를 운영했고 안뜰에선 각 동아리가 주로 음식 노점을 열었다. 내가 입부한 지 얼마 안 된 밴드부도 부스에서 야키소바를 팔고 있었다. 세리카에게 확인해 보니 나도 낮부터 스케줄이 잡혀 있다는 모양이다. 반에서 하는 카페의 접객 스케줄과 겹치지 않도록 조정했지만, 무척 바쁘다. 1회차 때 문화제는 심심했건만…….

"어서 오세요~ 이쪽 자리로 안내하겠습니다~."

"와아, 하이바라가 안내해 주는구나. 물론 가야지!"

반에서 연 카페도 성황이었다. 이미 자리 중 80%가 찼다.

내 접객을 좋아해 준 동급생 여자들을 빈자리로 안내했다.

"그럼 뜨거운 커피 둘! 그리고 쿠키도!"

"어어, 나는~ 하이바라가 주는 스마일 하나!"

"하하하하하……."

뭐야, 이 녀석은. 내가 접객 스마일의 프로인 걸 다행으로 알아라.

즐겁게 웃고 떠드는 여자들을 곁눈질로 보며 입구를 보았다.

새 손님이 계속해서 들어오는 중이었다.

내가 대응하기도 전에 완벽한 영업 스마일을 띄운 호시미야가 재빨리 대응했다.

"어서 오세요~. 자리로 안내해 드릴게요."

2반의 별 특징 없는 카페가 인기를 끌고 있는 이유는 분명 틀림없이 호시미야가 접객을 하고 있기 때문일 것이다. 특히나 다른 학년 남학생들이 많았고 호시미야를 뚫어지게 바라보고 있었다.

왠지 모르게 불쾌했지만, 딱히 이상한 짓을 당하고 있는 것도 아니었다. 타츠야가 교실 구석에서 노려보고 있는 것이 좋은 견

제가 된 것일지도 모른다.

본인은 평범하게 바라보고 있을 뿐이겠지만.

"그렇게 걱정 안 해도 내가 제대로 보고 있을게."

나나세가 슬쩍 귓속말한다. 역시 호시미야의 보호자를 자칭할 만하다.

"부탁해, 엄마."

"네 엄마가 아니거든?"

흘겨보는 나나세가 이마에 딱밤을 먹인다. 은근히 아픈데!

"아무튼, 학생들뿐이니까 오늘은 아마 괜찮겠지."

오늘은 외부 손님이 없다. 외부 손님이 들어오는 건 이틀째인 토요일뿐이다.

뭐, 금요일 대낮부터 찾아올 외부 손님은 거의 없을 거라, 어찌 됐든 별 차이 없었겠지만. 내일부터가 바빠질 거라 생각하면 살짝 우울해진다.

그런 생각을 하며 접객에 나서고 있는데 후지와라가 어깨를 두드렸다.

"하이바라! 장 좀 보고 와줄래?"

"뭐? 장? 지금부터?"

"응. 미안해, 발주를 실수해서. 여기 있는 게 부족해질 것 같아."

미안하다는 표정으로 메모를 건네주는 후지와라. 웬일로 시무룩하다.

그야 반을 지휘하는 후지와라가 빠지면 돌아가질 않을 테니 지금 일하는 멤버 중에선 내가 갈 수밖에 없겠지. 후지와라는 어떻게든 기운을 북돋아 줘야겠다.

"그래. 신경 쓰지 마. 가서 히노한테 위로해달라 그래."

"이, 1절만 하지……? 그런 말 하나하나에 내가 부끄러워할 줄 알면."

주방 쪽에서 "나만 믿어라~." 하는 속 편한 히노의 목소리가 들려왔다.

후지와라의 얼굴이 붉어진다. 역시 귀엽네. 히노 왈, 둘이 있을 땐 어리광쟁이라나.

"그럼 장 보고 오겠습니다~."

나는 후지와라가 화를 내기 전에 재빨리 출발하기로 했다.

"앗, 잠깐만. 나츠, 나도 갈래."

우타가 종종종 달려온다. 이유는 모르겠지만 하얀 띠를 이마에 감고 있다. 무슨 체육대회야?

"어라? 우타는 지금 자유 시간 아니었어?"

"자유 시간이니까 나츠를 도와주고 싶어서 그래. ……안 돼?"

돌직구였다. 직시하지 못해 스트라이크를 빼앗길 것 같다.

"아니…… 안 될 거 없지, 물론."

간신히 그렇게 대답하자, 우타는 "앗싸!" 하곤 주먹을 불끈 쥐었다.

"가자! 빨리 안 가면 혼나!"

내달리기 시작한 우타가 돌아보며 기운찬 목소리로 그렇게 말했다.

*

주로 상급생을 중심으로 북적이는 안뜰을 지나 교문으로 향했다.

“있지, 내일은 나츠네가 저기에 서는 거지?”

우타가 가리킨 곳은 안뜰에 설치된 야외무대였다.

지금은 일반 참가 팀이 춤을 피로하고 있었다. 별로 잘 추진 못하지만 즐거워 보인다.

“일단은 그렇지, 이틀째 맨 마지막이래.”

“첫날이랑 이틀 둘 다 하는 곳도 있는데 밴드부는 아니구나~.”

“그건 관악부나 리듬체조부 정도 아냐? 올해는 일반 참가 팀도 많아서 밴드부는 이틀째만 하기로 했나 봐. 이틀 연속으로 하면 좋기야 하겠지만 말야.”

그렇게 말했지만, 공연을 두 번이나 뛰면 피곤할 것 같다. 첫 번째에 전부 불태워서 두 번째는 재만 남아있을 가능성도 있다. 그러니 한 번만으로도 충분할지 모른다.

“근데 춥다. 티셔츠 한 장으론 역시 우습게 봤나.”

“오늘은 비교적 따뜻한데 아무리 그래도 밖은 춥지~.”

“이제 10월도 끝나가니 말이지…….”

우타는 빈틈없이 평소에 입던 붉은 상의를 반티 위에 걸치고 있었다.

“……응. 이제 10월도 끝이구나. 어제까지 여름방학이었던 것 같은데."

"눈 깜짝할 새네. 난 어제 입학한 것 같아."

"아하하, 그건 시간 감각이 너무 없는 거다. 그보다 역시 일단 돌아갈까?"

"그러자…… 으으 추워."

역시나 추워서 부실에 들러 상의를 챙겨 다시 밖으로 나왔다.

우타는 불만 하나 없이 방긋방긋 웃으며 따라와 주었다.

"아, 나츠키, 우타. 살래?"

밴드부 부스 앞을 지나가자, 앞치마를 두른 세리카가 야키소바를 볶고 있었다.

머리를 뒤로 한데 묶고 반다나를 찼다. 동네 아주머니 같은걸.

"지인 할인 없어?"

"어쩔 수 없지. 특별히 300엔."

지글거리며 철판 위에서 소리가 인다. 맛있어 보인다.

"안 돼, 나츠. 서둘러야 하잖아. 지금 먹고 있을 때가 아니야."

"큭, 맞는 말이군……. 미안해, 세리카."

"에이, 맛있는데. 적어도 내가 만들고 있을 때는."

"요리 잘해?" 하고 묻자, 세리카는 "가정적인 여자니까." 하고 우쭐거렸다.

코웃음을 치며 잘난 척하는 세리카는 무시하고 이번에야말로 교문을 나섰다.

"세리카는 평소랑 똑같네."

"나츠 앞에서 요리를 자랑하다니 제법 용기가 있는걸."

향하는 곳은 한 블록 건너에 있는 슈퍼였다.

"어디 보자, 밀가루랑 우유랑 또 팩에 든 홍차랑……."

"밀가루는 저쪽 아닐까?"

둘이서 후지와라의 메모를 보며 바구니에 재료를 던져넣었다.

"됐다, 이게 전부인가?"

메모와 바구니 내용물을 다시 확인하고 계산했다.

"이제 가기만 하면 되네!"

"그러게. 근데 짐은 내가 들게."

묵직하니 무거운 봉투를 우타의 손에서 냉큼 빼어 들었다.

내가 무거운 봉투를 두 개 들고 우타에겐 가벼운 봉투를 하나만 쥐여주었다.

"그러면 나츠가 힘들지 않아?"

"난 근력 운동 하잖아. 이 정도야 여유롭지."

뭐, 요즘은 기타 연습에 매여서 쉬고 있었지만.

그렇다고 해서 이 정도 무게로 항복할 일은 없다. 아직 내 근육은 사그라지지 않았어!

"…………치사해, 나츠는."

우타가 조용히 중얼거렸다. 바람에 사라질 정도로 작은 목소리였지만, 내 귀에는 닿았다.

침묵이 찾아왔다. 왠지 모르게 지금 분위기라면…… 말을 꺼낼 수 있을 것 같았다.

"있잖아, 우타. 나, 중요한 얘기가 있어."

침묵을 찢고 그렇게 말했다.

사실은 줄곧 말할 타이밍을 재고 있었다.

"응. 나도 있어."

우타는 의미심장한 표정으로 고개를 끄덕였다.

"그래도, 조금만 기다려 줘. 지금은 아직 안 돼."

그리곤 천천히 고개를 저었다.

지금은 아직 안 돼. 그렇다면 언제가 좋다는 것인가.

"——있지, 나츠. 오늘만이라도 좋으니까 문화제, 같이 돌자."

그 대답을 암시하는 듯한 제안에 나는 조용히 고개를 끄덕였다.

*

장을 다 본 뒤 내 스케줄과 교대하듯이 우타가 들어왔다.

그다음은 밴드부 스케줄이 있어 나와 우타의 자유 시간이 겹치는 건 오후 3시 이후였다.

3시부터 축제 첫날이 끝나기 전까지라는 짧은 시간이 되어버렸지만, 나와 우타는 여러 부스를 둘이 함께 돌며 문화제를 온 힘을 다해 즐겼다. 특히 재미있었던 것이 2학년 1반의 탈출 게임이었다. 교실 안에 뿔뿔이 흩어진 어려운 수수께끼를 푸는 과정이 재미있었다. 뭐, 접수가 이와노 선배였던 탓에 파리가 풀풀 날리고 있었지만. 그 사람이 접수를 맡으면 모두 무서워서 도망가 버리니 바꿔주는 게 낫지 않을까…….

"이야~ 재미있었지."

안뜰의 노점 부스에서 파는 밴드부의 야키소바와 농구부의 타코야키를 먹으며 야외무대에서 공연 중인 일반 참가팀의 개그쇼도 봤다. 제법 재미있었다.

"그래도 좀 과식했나 본데."

"아하하, 야키소바랑 타코야키 둘 다는 너무 많다구."

"둘 다 맛있어서 그랬지. 개그도 꽤 좋았어."

"난 체육관에서 했던 연극이 가장 좋았는데~. 엄청 감동했어."

"2학년 3반 거였나? 그건 인기가 있을 것 같더라."

"와카무라 선배가 주연인 건 웃겼지. 근데 의외로 잘했어."

"내 말이."

나와 우타는 그렇게 말하며 서로를 바라보고 웃었다.

어느새, 이미 하늘에는 노을이 지고 있었다.

5교시의 종료를 알리는 종소리가 울린다. 그것은 첫 번째 날의 종료를 알리는 종소리이기도 했다.

학교 건물 앞 돌계단에 나란히 앉아 멍하니 정리 작업에 들어간 모습을 바라보았다.

지금쯤 우리 반도 정리를 하고 있겠지. 내일도 있어서 전부 정리해 버릴 필요는 없지만 그래도 고생일 게 분명하다. 슬슬 돌아가야만 한다.

"나츠, 들어줄래?"

자리에서 일어선 타이밍에 문득 우타가 말했다.

옆을 바라보자, 돌계단에 앉아있던 우타가 물끄러미 날 바라보고 있었다.

시선이 맞는다. 평소에는 반짝이던 눈동자가 무슨 이유에선지 부예진 것처럼 보였다.

"그래."

우타도 자리에서 일어나 등을 돌리고 몇 걸음 걸어가더니 다시 돌아보았다.

그곳에 있는 것은 해바라기 같은 미소였다.

"——나 있지, 나츠를 좋아해. 정말 좋아해."

이 세상에서 가장, 하고 우타는 말을 이었다.

"그러니까, 나랑 사귀어줄래?"

바람이 불었다. 가을이 느껴지는 찬 바람이 나와 우타 사이를 불어 지나갔다.

태어나 처음 받아본 고백이었다.

앞머리가 펄럭펄럭 바람에 흩날렸다. 어디선가 날아온 마른 잎이 우리 앞으로 떨어졌다. 나보다 먼저 각오를 굳힌 것은 우타였다. 그렇다면 나도 대답해야만 한다. 사쿠라 우타라는 사람에게 사랑받고 그녀에게 끌린 사람으로서 책임을 다할 것이다.

"——미안해. 우타의 마음엔 대답해 줄 수 없어."

우타는 처음부터 알고 있었던 것처럼 표정을 바꾸지 않았다.

오늘까지 줄곧 생각하고 있었다. 나는 우타를 좋아했으니까.

정신을 차리니 좋아하게 되고 말았다. 문득 눈으로 좇고 있을 정도로.

하지만 그 이상으로…… 내 마음에 의지가 되어준 사람이 있었다.

"……난, 좋아하는 사람이 있어."

소리가 잘 나오지 않는 목으로 말을 쥐어짜 냈다.

미래를 상상했을 때 내 옆에 있는 것은 우타가 아니었다.

내가 옆에 있어 주길 바란 것은 옛날부터 줄곧, 그저 한 사람뿐이었다.

"……그렇구나."

이제 자신이 어떤 표정을 짓고 있는지 알 수 없었다.

하지만, 이러면 된다. 이것이 정답이다. 계속 도망친들 우타에게 상처를 줄 뿐이다.

"에이~. 꼭 돌아보게 하겠다고 다짐했는데."

우타는 저녁놀이 지는 하늘을 올려다보았다. 비늘구름이 노을색으로 불타고 있었다.

『난, 포기 안 할 거야. 지금 나츠 마음속에 있는 사람이 누구라고 해도, 안 질 거야.』

『나츠를 반드시 돌아보게 만들 테니까.』

『——그러니까 기다려 줘.』

칠석 축젯날 밤의 기억이 뇌리를 스친다.

"미안해, 나츠. 힘들었을 거야, 분명. 나 때문에."

고개를 숙이고 입을 다문 내게 우타가 물었다. 나는 고개를 저었다.

힘들었다니, 그렇지 않았다. 우타의 마음이 기뻤다. 그 칠석 축젯날은 정말로 행복하다고 느꼈다. 우타의 태양 같은 미소가 좋았다. 하지만 그것을 말로 표현하는 것도 좀 아닌 것 같아 나는 아무 말도 할 수 없었다.

"난 신경 쓰지 마. 내일은 평소처럼 친구로 돌아갈 테니까."

친구라는 말이 묘하게 무겁게 느껴졌다.

그래 주면, 이전처럼 돌아가 준다면, 나야 고맙다.

하지만 내가 우타에게 그것을 바랄 자격은 없었다. 분명 잔혹한 일이란 것을 알고 있었다.

"난 있지, 나츠의 다정함을 파고든 거야. ……내가 돌아보게 하겠다고 말하면, 기다려달라고 말하면 나츠라면 분명 그 말대로 해줄 테니까. 답이 정해져 있어도 거기서 눈을 돌려줄 거란 걸 알고 있었어. 그렇게 만든 시간으로 어떻게든 나츠의 마음에 내가 있을 곳을 만들면 될 거라고, 그렇게 생각했어."

……그렇다면 나는 우타의 책략에 당한 것이다.

"조금만 더 하면 될 줄 알았는데. 조금만 더, 하면……."

우타의 눈꼬리에서 한 방울, 눈물이 흘러넘친다.

"그래도, 이미 늦었었구나."

방울방울. 돌계단 위에 물방울이 떨어진다.

"그렇게 각오를 굳힌 얼굴을 보이면, 이제 포기할 수밖에 없잖아."

맞다. 얼마 전까진 망설이기만 했다. 하지만 지금은 다르다.

"……내가, 그렇게 뻔히 보여?"

"난 계속 나츠 얼굴만 보고 있었거든? 당연히 알지."

"……우타한텐 못 당하겠네."

다 뻔히 보인다구, 그렇게 말하며 우타는 웃었다. 눈물을 소매로 닦으며.

몇 번이고 소매로 눈가를 훔쳤다. 우타는 열심히 미소 지으려 하고 있었다.

그 허세가 너무 안타까웠다. 그럼에도 눈을 뗄 순 없었다.

"있지, 히카링한텐 언제 고백할 생각이야?"

뭐라고 대답해야 할지 알 수 없었다. 조용히 있자, 우타가 말을 이었다.

"……안 숨겨도 돼. 난 나츠를 망설이게 한 책임이 있으니까. 이번엔 제대로 등을 밀어주고 싶어. 내가 좋아한 사람이 행복해질 수 있도록."

"……내일 라이브가 끝나면."

응, 하고 우타가 고개를 끄덕였다. 분명 그것까지 꿰뚫어 보고 있었을 것이다.

바라던 대답이 나오지 않는단 걸 알면서도 고백한 것은 분명 내 등을 밀어주기 위해서다.

이렇게 다정한 아이가 세상에 있을까, 그렇게 생각했다.

겁만 많은 나 같은 것과는 다르다. 사쿠라 우타는 용기 있는 사람이다.

"힘내, 나츠! 나도 응원할게! 그러니까 제대로 행복해져야 해?"

눈가가 붉게 부어오른 채 우타는 기운차게 말했다.

이미 눈물은 흘리고 있지 않았다. 거꾸로 내 시야가 흐릿해진다.

"……나한테, 미련 같은 거 느끼게 하면 안 된다?"

"……그래. 약속할게."

내게 울 자격이 있을 리가 없었다. 그래서 눈가를 붙잡고 간신히 버텼다.

그대로 한동안 우두커니 서 있었다. 점점 어둠이 내려온다. 정면에 있는 우타의 얼굴마저 보이지 않게 됐다. 믿을 것은 근처 창문에서 새어 나오는 교실 불빛뿐이었다.

"그럼 나, 먼저 갈게."

"……그래. 나도 조금만 있다가 갈게."

우타는 등을 돌리고 떠나갔다.

"……안녕."

생각해 보니 우타와 헤어지며 그 말만을 들은 것은 오늘이 처음이었다.

언제나 헤어지는 인사는 내일 보자든가 학교에서 보자든가 하는 다음을 약속하는 말이었다.

우타가 완전히 떠난 뒤 성큼성큼 다가오는 발소리가 들려왔다.

그것이 누구인지는 고개를 들지 않아도 알 수 있었다.

"나츠키……."

"……타츠야."

듣고 있었냐고 물어볼 필요도 없었다.

멱살을 잡혔다. 억지로 고개가 들어 올려져 타츠야와 시선이 맞았다.

"왜, 그런 거야……!!"

"……난, 달리 좋아하는 여자가 있어."

"왜냐고!! ……왜, 우타가 아닌데?!"

타츠야의 표정은 괴로워 보였다.

"……이런 건 머리로 이해할 수 있는 게 아니잖냐."

그것은 타츠야도 알고 있을 것이다.

연애 감정은 머리로 제어할 수 없다.

지금 그야말로 타츠야가 내게 분노를 느끼는 것처럼.

"난, 네가 그 녀석을 행복하게 해줄 수만 있다면, 그것만으로도……!!"

"……미안하다."

결국 내가 돌려줄 수 있는 말은 그것뿐이었다.

"이 새끼가……!"

타츠야는 힘이 들어가 부들부들 떨리는 주먹을 치켜들었다. 맞을 줄 알았다.

맞더라도 할 말이 없다. 망설이기만 하던 지금까지의 내 행동은 타츠야의 마음을 휘두르고 있었을 것이며 같은 그룹의 친구로서 민폐를 주는 것이었다.

그러나 서서히 멱살을 쥔 손의 힘이 약해졌다. 쥐고 있던 주먹도 갈 곳을 잃었다.

"……빌어먹을."

이윽고 타츠야는 그 말만을 남기고 내 옆을 지나쳐갔다.

타츠야가 걸어가는 방향은 조금 전 우타가 떠난 쪽이었다.

이것이 내 선택의 결과였다.

*

다음 날 아침은 무척 일찍 눈을 뜨고 말았다.

잠을 얕게 자서 그렇겠지. 하지만 지금 느끼기에 긴장하고 있는 것은 아니었다.

평소보다 이른 시간에 학교로 향했다.

통학로도 점점이 사람이 있을 뿐이라, 항상 학생들로 흘러넘치는 길이라곤 생각할 수 없었다.

1학년 2반 교실로 향하던 도중, 복도에 낯익은 소녀가 있었다.

멍하니 창문으로 안뜰을 바라보던 소녀는 귀에 끼고 있던 이어폰을 뺐다.

나도 마찬가지로 음악을 듣고 있던 이어폰을 뺐다.

"……드디어구나."

세리카의 시선 끝에는 야외무대가 있었다.

그렇다, 오늘이 처음이자 마지막 라이브. 우리의 밴드가 딱 한 번 빛나는 날이다.

최고의 라이브로 만들자. 그렇게 굳게 다짐하면 다짐할수록 절대 실패하면 안 된다는 중압감이 어깨를 묵직하게 짓누른다. 하지만 중압감에 지지 않기 위해 오늘까지 줄곧 연습해 왔다.

“뭐 듣고 있었어? 나츠키.”

세리카의 물음에 스마트폰의 화면을 보여주었다.

“엘르가든 ‘supernova’.”

세리카가 쿡쿡 웃는다. 그리고 나와 세리카의 시작이라 할 수 있는 말을 재현했다.

“취향이 비슷하네, 나츠키.”

“……그러는 세리카는 뭐 듣고 있었어?”

“응. 지금 듣고 있던 건 포 리미의 ‘Lost my way’.”

“……취향이 비슷한걸, 세리카.”

그런 대화를 나누고 서로 웃었다.

“해주자. 우리가 세상을 바꾸는 거야.”

“응. 나한테 뒤처지지 않게 제대로 쫓아와야 한다?”

주먹을 탁 마주친다.

도전적인 세리카의 미소가 믿음직스러웠다.

——그리고 문화제 이틀째가 시작됐다.

*

이틀째는 첫 번째 날 이상으로 바빴다.

주로 다른 학교 학생들과 재학생의 부모 형제가 주요 고객층이었다.

민스타로 얼굴이 알려진 호시미야를 한번 보자는 식의 손님도 많았다.

"누나. 괜찮으면 RINE 좀 알려줘."

"아~ 죄송해요. 저, RINE 같은 거 안 하거든요~."

"우와, 진짜야?"

이따금 플러팅을 당하기도 했지만 뻔한 거짓말로 회피하는 것이 믿음직스러웠다.

"하하하, 차였대요!"

"그런 건 당연히 거짓말이지, 웃긴다~."

아예 꼬시려 드는 손님과 함께 웃고 있었다.

너무 굳센 거 아냐? 역시나 아이돌급 외모를 가지고 있을 만하다.

다만, 호시미야가 일부 손님에게 붙잡혀있는 탓에 이쪽은 평소 이상으로 바빴다.

연이어 손님의 주문을 받고 주방으로 넘긴다.

"하이바라. 손님 안내해 줘."

나나세의 말에 어느새 입구에 새로 찾아온 손님이 기다리고 있다는 걸 깨달았다.

홀 업무는 정신이 없구나. 평소 나나세가 얼마나 고생하는지 이제야 알겠어……. 그런 나나세는 주방을 맡고 있다. 아르바이트 일터에서의 우리와는 정반대 담당이 되어 신선하게 느껴졌다.

"어서 오세——."

요, 하고 계속하려던 순간 낯익은 얼굴이란 것을 깨달았다.

"아, 오빠다."

"뭐야, 나미카 아냐? 빨리 집에 가라."

"뭐야는 무슨 뭐야야?! 우린 손님이거든!"

발끈 화를 내는 나미카의 양옆에는 친구처럼 보이는 중학생 소녀들이 있었다.

둘 다 무슨 일인지 날 보며 눈을 반짝거리고 있다.

"와아, 나미카 오빠. 진짜 멋있다……!"

"진짜! 거기다 성적도 학년 1등에 밴드에서 보컬도 하고 있죠?"

왜 나미카 친구들이 그런 것까지 알고 있지?

의아해하며 나미카를 보자, 나미카는 "됐으니까 빨리 안내해 줘." 하고 내 등을 밀었다.

"알았다 알았어. 이쪽으로 오세요~."

"나미카, 오빠 앞이면 이런 느낌이구나?"

"만날 오빠가 멋있단 소리만 하는데~."

"아, 안 그랬거든! 이상한 소리 하지 마!"

친구들의 놀림을 받던 나미카가 얼굴을 새빨갛게 물들이고 소란을 피웠다.

다들 흐뭇하게 바라보니 그런 건 적당히 해라.

"앗, 호시미야 선배다! 안녕하세요!"

나미카가 호시미야를 깨닫고 붕붕 손을 흔들었다.

"안녕, 나미카."

"오랜만이죠! 항상 오빠가 신세 지고 있어요!"

어쩐지 나미카네가 앉아있는 테이블에 교실 전체의 주목이 쏠리는 게 느껴졌다.

……묘하게 불길한 예감이 드는데, 왜지?

"왜 호시미야 선배랑 나미카가 아는 사이야?"

나미카의 친구가 고개를 갸우뚱거렸다. 호시미야는 다들 알고 있는 모양이다. 민스타에서 귀엽다며 유명하다는 이야기는 들었지만, 이 정도까지 당연한 듯이 알고 있을 줄이야. 대단한데.

"어? 그야, 호시미야 선배가 우리 집에 놀러 와서……."

호시미야의 웃는 얼굴이 얼어붙었다. 금세 나미카의 친구 두 사람이 호시미야에게 몰려갔다.

"어?! 진짜요?!"

"사, 사귀는 거예요?!"

그제야 나미카는 자신의 실언을 깨달은 모양이다.

"아." 하고 손을 입가에 대고는 쭈뼛쭈뼛 내게 시선을 보낸다.

내가 뭐라 말할 수 없는 표정으로 시선을 받아치자, 나미카는 미안하다는 듯이 몸을 움츠렸다.

미안해, 호시미야, 내 동생은 쓸데없는 소리 천재거든…….

호시미야가 일부러 입가에 손가락을 대기만 해서 그 자리를 진정시켰지만, 그 행동이 거꾸로 신빙성을 높인 것 같기도 하다. 같은 반 녀석들은 얼굴을 마주 보며 수군수군 얘기하고 있다. 이

건 금세 퍼지겠구나……. 호시미야와 시선이 맞아 서로 쓴웃음을 지었다.

주방에 있던 우타는 우리에게 반응하지 않고 여전히 음료를 만들고 있었다.

"아쉽게 됐네."

"아오~ 남친이 있었어?"

"거기다 잘생겼네. 넌 글렀다."

호시미야를 꼬시던 다른 학교 남학생들이 풀이 죽었다.

그 밖에도 기회를 살피던 듯한 그룹이 낙담한 모양이다.

"평화로워져서 다행이야. 마음은 좀 복잡하지만."

"결과만 좋으면 그만이란 거야?"

"으~음…… 그야 히카리에게 나쁜 벌레가 안 꼬이게 될 거라 생각하면?"

나나세는 미묘한 표정이었다.

결국 호시미야를 가장 첫 번째로 생각하는 점이 무척 엄마답다.

그때 누군가 어깨를 가볍게 두드렸다.

"나츠키. 슬슬 가도 돼. 라이브 준비 같은 것도 해야 하잖아?"

"그래도 돼? 그래 주면 솔직히 고맙지."

레이타의 배려였다. 역시 한 번 맞춰본 다음 라이브에 들어가고 싶었기에 고마웠다.

"그러면 일단 간다~."

"여긴 맡기고. 라이브 힘내라~."

"알았어. 라이브 보러 갈게! 맨 마지막이랬나?"

레이타와 교대해 교실을 나섰다. 다들 날 응원해 주었다.

정말로 고마운 일이다. 나 같은 초심자의 노래와 연주를 모두가 듣고 싶어 하는 건 세리카가 만든 노래와 모두의 훌륭한 연주 덕이다. 그렇기에 열심히 하고 싶었다.

"나츠키!"

복도를 걷고 있는데 등 뒤에서 말을 걸어왔다.

돌아보자, 교실 입구에서 호시미야가 고개를 내밀고 있었다.

"라이브 꼭 갈게! 힘내!"

가슴 앞에서 주먹을 쥐고 힘차게 응원해 준다.

무지막지 기쁘다. 무지막지 기쁘지만, 하나 문제가 있었다.

……솔직히 조금 전 벌어진 사건 때문인지 우리에게 주목이 쏠리고 있었다.

이런 상황에서 그렇게 응원해 주면 주위가 그런 분위기가 되는 건 당연하다.

호시미야는 이미 전부 알고서 했다고밖에는 생각할 수 없는데…… 아무래도 상관없나.

*

제2음악실에서 기타를 쳤다.

문화제라는 비일상 속에서 이곳만은 평소와 같은 일상이었다.

조금 마음이 놓인다.

이제는 손에 익은 기타에서 평소와 같은 음색이 울렸다.

오늘 연주할 곡의 코드를 연신 확인하고 있는데 문이 열렸다.

"생각하는 건 다들 똑같군요."

"오늘이 마지막이잖냐. 빨리 연습하자."

아직 라이브 전까진 시간이 있는데 메이와 이와노 선배가 찾아왔다.

조금 늦게 세리카가 등장했다. 모두 모인 걸 보고 눈을 동그랗게 떴다.

"다들 빠르네."

"뭘 하고 있는 거냐. 한 번 끝까지 맞춰보고 싶다. 빨리 세팅해."

"자, 잠깐만요. 전 아직 튜닝이……."

"'모노크로' 코러스 파트에서 아직도 자꾸 코드를 실수하더라고. 한 번 더 확인해야지."

우리가 어수선하게 대화를 나누고 있는데 세리카가 옅게 미소 지었다.

"……응. 한 번 끝까지 해볼까."

넷이서 소리를 맞췄다. 커다란 소리가 어우러지며 하나의 곡으로 바뀐다.

이 시간이 조금이라도 길게 이어졌으면 좋겠다고 생각했다. 그것은 라이브가 두려워서 그런 것이 아니라 끝내고 싶지 않았기 때문이다. 음악으로 연결된 이 시간을 잃고 싶지 않았기 때문이다.

그럼에도 시간은 어김없이 흘러간다. 정신을 차리니 태양이 서서히 기울기 시작했다.

세리카의 스마트폰으로 전화가 걸려 왔다. 상대는 문화제 실행 위원인 모양이었다.

문화제의 끝이 다가온다. 라이브 시간이 다가오고 있다.

"밴드부 순서래. 슬슬 밖으로 나갈까."

필요한 기재와 도구만 챙겨 밖으로 나갔다.

안뜰의 야외무대에서는 이미 부장이 지휘를 맡아 밴드부용 세팅을 진행 중이었다.

부장네 밴드는 두 번째 차례였지만, 첫 번째 밴드 멤버들을 격려해 주고 있었다.

첫 번째 밴드는 '클록 업스' 란 이름인 모양이다. 1학년 다섯 명으로 결성된 밴드다. 나도 얼굴과 이름만 알고 있는 남녀가 무대 위에서 긴장된 표정을 짓고 있었다.

" '클록 업스' 는 키보드도 들어갔군요."

"유명한 노래를 카피한다더군."

무대 세팅을 마치자, 관객들이 서서히 모이기 시작했다.

가장 앞에서 응원하고 있는 것은 밴드부의 부장이다. 부장과 함께 있는 것은 아마도 은퇴한 3학년들이겠지. 여기에 밴드 멤버의 친구들처럼 보이는 학생들이 있었다.

다른 학생은 군데군데 흩어져있다. 텐트 근처와 나무 그늘 등. 어차피 심심하니 들어나 주마 하는 분위기를 풍기는 학생은 많았지만, 가까이서 응원하려는 기개를 가진 학생은 별로 없어 보였다.

"뭐, 문화제라지만 관객 수는 이런 법이지."

"밴드부에 관심 있는 사람만 있는 게 아니니까 말야."

이와노 선배와 세리카가 현실적인 의견을 말했다.

……그야 뭐, 오히려 일반적인 문화제에 비하면 많은 편일 것이다.

무대 앞에서도 지인 파워라곤 하나 제법 흥이 오르고 있었다.

멘트도 적당히 끼워가며 첫 번째 노래의 연주가 시작된다.

솔직히 잘하진 못했다. 리듬도 무너졌고 기타의 음색에서도 질주감이 없었다. 소리의 밸런스가 별로라 보컬의 목소리가 잘 들리지 않는다. 아무리 봐도 긴장했다.

무대 뒤 텐트에서 준비하며 연주를 듣고 있는데.

"야~ 켄고! 오랜만이다!"

우리 쪽으로 뛰어오는 여학생이 있었다.

펌을 한 검은색 머리카락에 눈가에 있는 눈물점이 특징적이다. 처음 보는 얼굴인걸. 이와노 선배를 막 부르는 걸 보니 상급생일 것이다. 은퇴한 밴드부 3학년인가?

"사부. 안녕하십니까."

"아하하, 그렇게 부르는 거 창피하니까 그만하라고 했잖아."

사부라 불린 여학생은 이와노 선배의 배를 팔꿈치로 쿡쿡 찔렀다.

그것만으로도 편한 사이란 것을 알 수 있었다. 아무렴, 저 이와노 선배의 배를 찔렀으니까. 이 사람이 이와노 선배에게 드럼을 가르쳐 준 사부구나.

"아사노 선배. 안녕."

세리카의 인사를 듣고 이름을 알았다. 아사노 선배란 분이구나.

"들었다. 요즘 좀 괜찮다며?"

"네, 덕분입니다."

평소처럼 딱딱한 표정 그대로 이와노 선배가 대답했다. 아사노 선배는 안심한 듯이 한숨을 내쉬었다.

"난 말야, 걱정했었거든. 너, 무섭게 생겼잖냐? 그래서 후배들이 겁먹고 같이 밴드 안 해주진 않을까 하고. 뭐, 괜한 걱정이라 다행이었네!"

그것은 전혀 괜한 걱정이 아니었지만 모두 분위기를 파악하고 아무 말도 하지 않았다.

"네가 세리카지? 이런 녀석을 불러줘서 고마워~."

이와노 선배를 철썩철썩 때리며 말하는 아사노 선배.

"난 이와노 선배 드럼을 좋아하니까."

"오, 좋은데? 나도 어쩐지 칭찬받는 느낌도 들고."

그 뒤로 아사노 선배는 나와 메이에게도 시선을 주었다.

"너희도 고마워. 이렇게 무뚝뚝한 녀석이라 고생했지?"

"아, 아뇨! 이와노 선배께는 무척 신세를 졌습니다……!"

온 힘을 다해 고개를 젓는 메이의 태도가 재미있는지 아사노 선배가 큰 소리로 웃었다.

"네가 하이바라구나, 기대할게."

주먹 쥔 손등으로 가슴을 툭 두드린다.
신기하게 그 행동에 용기를 얻었다.
"그럼 난 이쯤하고 간다."
응원만 하고 물러가려던 아사노 선배를 이와노 선배가 불러세웠다.
"……사부. 들었습니다. 드디어 대망의 남친이 생겼다면서요?"
아사노 선배가 움직임을 딱 멈춘다.
그리곤 끼기긱 하고 망가진 기계 같은 동작으로 이와노 선배에게 바짝 다가갔다.
"어, 어디서 들었어! 비밀로 하던 건데?!"
"시카노 녀석이 그냥 말하던데요."
"그, 그 자식이……! 역시 말하지 말 걸 그랬어……!"
얼굴을 붉히며 성을 내는 아사노 선배. 시카노란 건 현재 부장을 말하는 것이겠지.
"축하합니다."
어디까지나 담담한 어조 그대로 말하는 이와노 선배. 아사노 선배는 어색하다는 듯이 볼을 긁적였다.
"수험 전인데 뭘 그리 신났냐고 바보 취급 안 할 거야?"
"사부치곤 웬일로 부정적이군요. 솔직하게 기뻐하세요."
"시, 시끄러워! 이미 기뻐할 거 다 했다고!"
이와노 선배를 철썩철썩 두드리며 반론하는 아사노 선배. 하지만, 이와노 선배의 강철 같은 육체에는 아무런 효과도 없어 보인다. 그나저나 이와노 선배가 이렇게 말이 많다니 별일인걸.

"우리 라이브, 남친이랑 같이 봐 주세요. 축복해 드릴 테니."

"……원래부터 볼 생각이긴 했는데 말야. 아~ 진짜. 그래, 알았다 알았어."

자포자기하듯이 수락한 아사노 선배에게 이와노 선배가 단언했다.

"——봐 주세요. 사부가 만족할 만한 연주를 보여드리겠습니다."

그 말만은 평소의 담담한 어조와는 달리 힘차게 들렸다.

아사노 선배도 의외였는지 놀란 듯이 눈을 동그랗게 떴다.

그리곤 "기대하마." 하는 말을 남기고 관객석으로 떠나갔다.

그 도중 한 남학생과 합류했다. 짧은 검은 머리에 안경을 낀 다정해 보이는 청년이었다. 나란히 걷는 두 사람의 거리감을 보더라도 그 남자 친구임이 틀림없을 것이다.

이와노 선배는 그런 두 사람의 뒷모습을 가만히 바라보고 있었다.

"어쩐지 손님이 늘었네."

세리카가 손가락으로 가리키는 방향을 바라보니, 그 말처럼 안뜰에 손님이 모이기 시작하고 있었다.

"오? 밴드부 하고 있잖아."

"근데 어째 좀 별로 아니냐? 미쉬레프는 아직이야?"

"미쉬레프는 맨 마지막이라던데? 다른 밴드가 두 개 끼어있대."

다른 학교 남학생들이 그런 대화를 나누며 지나갔다.

"조금만 있으면 미쉬레프던가?"

"아마 30분 정도 뒤일걸? 좀 심심하네~."

"난 'black witch' 진짜 좋아하거든. 라이브로 듣는 거 기대된다."

학교 건물 안에서 그런 여학생들의 대화도 들려왔다.

야외무대 뒤쪽 텐트에 있는 우리에게 주목하는 듯한 기분도 든다.

『――가, 감사합니다!』

결국 별로 분위기를 끌어올리지 못한 채 '클록 업스'의 순서가 끝났다.

'클록 업스'의 밴드 멤버들은 뭐라 할 수 없는 복잡한 표정을 짓고 있었다.

짝짝짝짝 하는 박수 소리와 함께 '클록 업스'의 멤버들이 퇴장한다.

"아~ 망할."

"별로 잘 안됐지."

"아~ 미안해. 내가 리듬을 서두르지만 않았으면 더……."

"……응. 뭐, 어쩔 수 없지. 우린 솔직히 이 정도가 고작 아니냐."

"그러게, 별로 연습도 안 했잖아. 조금 더 해둘 걸 그랬네."

하하하 하고 그런 식으로 웃음을 나누고 있다. 어딘가 공허하게 울리는 웃음소리였다.

“수고했어.”

‘클록 업스’ 의 멤버들에게 세리카가 말을 걸었다.

“어, 어어. 고맙다.”

어쩐지 불편하게 들리는 대답이 돌아왔다.

그야 우리는 밴드부의 어중이떠중이가 모여 만든 밴드니까. 가까이하기 불편하리라곤 생각한다.

이와노 선배한테는 아마 겁을 먹었을 것이며 메이는 분명 존재마저 모를 것이고 나는 단순하게 누구 하나 아는 사람이 없다. 세리카도 왠지 모르게 꺼리는 듯한 모양새였다.

미묘한 분위기 그대로 ‘클록 업스’ 가 떠나갔다.

그 사이 2학년이 메인인 부장네 밴드가 무대로 올랐다.

“아~. 아~. 안녕하세요, ‘아르마딜로 탱크’ 란 밴드입니다.”

마이크 앞에 선 부장이 꾸벅 인사했다.

무대 맨 앞에서 환성을 지르는 사람들은 2학년 친구일까.

“그래요, 솔직히 다들 미쉬레프를 기대하고 왔을 텐데, 전좌로서 즐겨주시면 좋겠다, 뭐 그런 느낌입니다. 잘 부탁합니다! 그럼 첫 번째 곡부터——.”

라이브가 다가옴에 따라 점점 주변 소리가 멀어져갔다.

괜찮게 집중하고 있었다. 목 상태도 좋다. 손가락도 잘 움직인다. 나라면, 할 수 있어.

그런 생각을 하고 있는데 옆에서 누가 어깨를 두드렸다.

그쪽을 살펴보자 얼굴이 새파랗게 질린 메이가 덜덜 떨고 있었다.

"기, 긴장되기 시작했어요…… 으아아아아…….”

“왜, 왜 그래…… 아까까진 꽤 침착했잖아.”

“이, 이 라이브로 모든 게 결정된다고 생각하니…… 갑자기…… 소, 손이…… 손이 떨려서…….”

나도 긴장했지만 나보다 긴장한 사람을 보니 진정되는걸.

아마 '클록 업스'를 본 것도 영향을 줬겠지. 솔직히 성공했다곤 말하기 힘든 라이브였다. 이렇게 말하면 안 되겠지만, 그렇게 되고 싶진 않다.

“그, 그리고…… 아무리 봐도 우리를 보려고 온 손님이 많아서…….”

부장들의 밴드 '아르마딜로 탱크'의 연주가 후반부로 접어들었다.

관객들 수는 시간이 갈수록 빠르게 늘어 이미 고등학교 축제라곤 생각 못 할 광경이 되어 있었다.

'아르마딜로 탱크'는 범프의 카피를 연주했고 부장의 보컬이 훌륭한 점도 더해져 제법 성황을 이루었다. 연주도 '클록 업스'에 비하면 하늘과 땅 차이였다.

별로 연습도 안 했을 텐데 이런 라이브를 할 수 있구나. 세리카가 아깝다고 말한 이유를 알 수 있었다. 특히 부장에게선 카리스마랄지, 아우라가 느껴졌다.

이 밴드를 제쳐놓고 우리가 마지막 순서를 맡은 것이기에 그 중압감에 긴장되는 건 어쩔 수 없었다.

하지만, 그럼에도.

"괜찮아. 우리라면 할 수 있어!"
덜덜 떠는 메이의 등을 있는 힘껏 두드렸다.
"아얏?!"
미안, 너무 셌다. 알잖아, 나도 긴장해서 힘 조절이 좀…….
"미안해. 일단 심호흡을 하자."
메이는 내 조언을 따라 스읍 하아 하고 심호흡을 반복했다.
"죄, 죄송합니다…… 조금은 진정된 것 같아요."
"나, 슈퍼 비바의 '심호흡' 이 좋더라."
"뭐, 그건 이해야 가는데. 갑작스럽네."
'아르마딜로 탱크' 의 라이브를 보고 있는 세리카는 평소처럼 보였다.
"넌 긴장 안 했어?"
"했어. 내색하지 않을 뿐이지."
표정을 바꾸지 않고 그렇게 말하는 세리카. 듣고 보니 생각 탓인지 말수가 적어진 것처럼 느껴진다.
"리듬이 무너져도 신경 쓰지 마라. 내가 받쳐주마. 마음껏 해."
믿음직스러운 말이다. 이와노 선배가 말하니 신뢰가 간다.
그야말로 여태껏 쌓아온 것이 있기에 메이도 순순히 고개를 끄덕이고 있었다.
문득문득, 역시 선배란 게 느껴지는걸.
그야 나도 7년 선배 같은 것이니 제대로 메이를 챙겨줘야겠지.
"――빛나고 싶다며? 보여주자고, 우리의 멋진 모습을."

그렇게 말하며 메이의 어깨를 안고 함께 자리에서 일어섰다.

"네, 네……!"

마침 '아르마딜로 탱크'의 마지막 곡이 끝난 참이었다.

관객석은 열광하고 있었다. 커다란 환성 속에서 '아르마딜로 탱크'가 무대 뒤로 내려온다.

"뭐, 전좌치곤 잘한 거 아니냐?"

땀으로 범벅이 된 머리카락을 수건으로 닦는 부장에게 세리카가 수긍하며 고개를 끄덕였다.

"제법 괜찮았어. 칭찬해 줄게."

"하하, 그거 영광인걸."

"호, 혼도, 선배에 대한 태도가……."

쭈뼛쭈뼛 지적하는 메이에게 이와노 선배가 어깨를 으쓱였다.

"이제 와서 아니냐. 이 녀석이 존댓말을 쓰는 모습은 본 적이 없다."

"네, 네에……?"

그야 항상 존댓말을 쓰는 메이가 보기엔 다른 세상 사람이겠지.

그런 생각을 하는 내 어깨에 살포시 손이 올랐다. 부장이 웃고 있었다.

"주인공 차례야."

씨익 웃고 부장이 말했다.

그 손바닥에서는 세 곡을 완수해 낸 뜨거움이 느껴졌다.

"뭐, 조금 실수하더라도 흥하기만 하면 얼버무릴 수 있으니까. 어깨 힘 빼고 가라."

좋은 사람이구나. 우리의 긴장을 풀어주려 하고 있었다.

시작 전에도 '클록 업스'를 챙겨 주고 있었지. 후배에 대한 배려가 느껴진다.

"……열심히 하겠습니다."

한 번 장막이 내려간 야외무대 위로 올랐다.

야외무대 위는 생각보다 좁게 느껴졌다. 장막으로 관객석이 보이지 않는 상태라 그런 걸까. 나는 중앙 전방에 놓인 마이크 스탠드 앞에 섰다.

주로 선배들이 사용하고 난 기재로 세팅을 시작했다.

톤을 잡는 것은 세리카에게 맡겼다. 평소보다 조금 깐깐한 표정을 짓고 있다. 그야 관객이 이렇게나 많으니까. 음량이 작으면 들리지 않는다. 악기류의 음량이 너무 커서 보컬이 묻혀도 의미가 없다. 최적의 음량 밸런스를 맞추면서 되도록 크게 키워야 한다.

나는 다시 기타의 튜닝을 확인했다.

세리카는 꼼꼼히 이펙터를 이리저리 만지고 있다.

이와노 선배는 드럼 세트 위치를 몇 번이고 조정했다.

메이는 베이스의 현을 만지며 마셨다 내쉬었다 심호흡을 반복하고 있었다.

"……고마워, 다들. 내 억지에 어울려줘서."

문득, 세리카가 한 말에 각자가 반응했다.

"난 날 위해서 하고 있을 뿐이다. 딱히 널 위해서가 아니야."

"저, 저도, 똑같아요. ……혼도에겐 미안하지만, 남을 위해서란 이유로 이렇게까지 노력할 만큼 전 착한 녀석이 아니거든요. 그러니까 저는 절 위해서 베이스를 칠 겁니다."

세리카의 시선이 내게 향했다. 나는 어깨를 으쓱였다.

"——나도 좋아하는 여자애한테 멋있는 모습을 보여주고 싶다, 오로지 그것 때문이야."

딱히 세리카를 위해서 하고 있는 것은 아니다. ……다만, 내 노력이 나뿐만 아니라 다른 세 사람의 목적에도 도움이 됐으면 좋겠다고 생각했다.

"다 제각각이네."

그렇게 말하고 세리카는 웃었다.

어중이떠중이들, 목적도 제각각. 기간은 고작 한 달 반.

기적 같은 네 사람이라고 생각한다. 원래는 모일 일도 없었던 네 사람이다.

"그래도 최고의 라이브로 만들겠다는 점은 일치했어. 내가 모은 최고의 밴드야."

그래, 그 말이 맞아, 세리카. 여긴 네가 만든 장소야.

네 소리에 감화된 녀석들이 모였지. 그러니 증명하자.

넷에서 지낸 시간에는 확실한 가치가 있었단 걸.

"힘내자. 후회하지 않도록."

세리카는 무대에서 대기하던 실행 위원을 향해 두 팔로 동그라미를 그렸다.

실행 위원 소녀는 고개를 끄덕이고 타다닥 발소리를 내며 무대 뒤쪽으로 달려갔다.

『그러면 오늘의 마지막 밴드—— 미쉬매쉬 레프트오버스입니다.』

마이크로 증폭된 사회자의 목소리가 울리자, 오오오 하는 관객들의 소리가 들려왔다.

장막이 오른다. 시야가 서서히 밝아진다. 가장 먼저 보인 것은 무대 앞에서 넘실거리는 수많은 관객이었다. 외부 손님과 우리 학생 모두 뒤섞여 있다.

부장네가 연주했을 때도 관객이 많다고 느꼈는데, 그 이상이다. 그야 단순히 문화제 마지막 공연이라서 그런 것도 있겠지만, 가장 큰 이유는 SNS를 통한 선전이겠지.

장막이 완전히 올라가고 노을로 물든 하늘이 드러났다.

환히 빛나는 야외무대의 조명이 묘한 분위기를 내고 있었다.

무대 앞에 모인 관객 말고도 노점 부스 주변에서 이쪽을 보는 사람이나 학교 건물 창문에서 고개를 내밀고 보는 사람도 있었다. 우리에게 관심이 없던 사람도 많았겠지만, 이 소란스러움에 관심을 가져준 것이리라. 그렇지 않다면, 이만큼 사람이 모이는 것은 불가능하다.

관객들 정중앙 부근에는 1학년 2반 학생들이 있었다.

카페는 이미 마감했는지 동급생 대부분이 모였다.

나나세에 히노, 후지와라도 있다.

동급생들 한가운데에 호시미야의 모습이 보였다.

호시미야는 가슴 앞에서 두 손을 맞잡고 가만히 나를 바라보고 있었다.

조금 멀리서도 확실하게 보였다. 내가 고개를 끄덕이자, 호시미야도 끄덕여 답해주었다.

가장 맨 앞줄에는 나미카와 그 친구들이 있었다. 나미카는 "오빠, 힘내!" 하고 외치며 응원봉을 흔들었다. 동생아, 그 응원봉, 어디서 들고 온 거냐……?

거의 교류가 없던 밴드부 사람들도 부장을 중심으로 분위기가 달아올랐다.

한편 맨 뒷줄 나무 그늘에서는 레이타와 미오리가 나란히 서서 우리를 보고 있었다.

이렇게나 수많은 관객이 있어도 찾아보면 친구들은 대부분 찾을 수 있다.

——우타와 타츠야는 없었다. 어디에도 보이지 않았다.

『기대된다. 나, 맨 앞에서 손 흔들게!』

문득 우타의 말을 떠올리고 고개를 저었다. 이게 내가 선택한 길이다.

넷이서 시선을 맞추고 서로 고개를 끄덕였다.

우선 처음에 울린 것은 하이햇의 쨍한 소리였다.

스네어 드럼을 스틱으로 두드리며 비트를 새기기 시작한다. 관객들의 술렁거림이 서서히 잦아듦과 동시에 이와노 선배가 두드리는 드럼 솔로의 음색이 점점 선명해졌다.

——처음에는 어설픈 멘트 같은 것보다 연주로 혼을 빼놓자

고 정했다.

이와노 선배가 그 거구를 모두 써서 때려 박는 드럼은 충격이 되어 관객석으로 밀려들었다. 그 정열적인 음색이 귀를 통해 뱃속 깊은 곳까지 울린다. 압도될 만큼 수없이 비트를 때려 박던 드럼 솔로가 종반으로 접어들자, 리듬이 점점 빨라졌다. 비트가 정점을 찍었을 때, 공기를 찢어 갈긴 것은 세리카의 강렬하고 선명한 기타 솔로였다.

무대 앞으로 성큼 발을 내디딘 세리카의 기타 퍼포먼스에 관객이 들끓는다.

세리카의 칼처럼 날카로운 리프가 울리는 가운데, 이와노 선배가 다시 드럼 소리를 더했다. 나는 메이와 합을 맞춰 두 사람의 퍼포먼스에 끼어들었고 고립하던 음색을 곡으로 바꾸었다.

첫 번째 곡―― 'black witch'.

익숙한 인트로로 바뀌자 다시 환성이 들끓는다.

노호처럼 부르짖는 소리에 발치가 저릿저릿 떨린다. 자칫 우리의 소리가 질 정도로.

굉장한데. 뭐야, 이 열기는. 이게…… 라이브구나.

고양감과는 반대로 손은 얼음처럼 냉정하게 코드를 짚어나간다.

거센 바람이 휘몰아쳐도 우리가 만들어낸 멜로디란 이름의 새는 광활한 하늘을 날아간다. BPM 200을 넘는 소리의 홍수가 무대에서 객석을 집어삼켰다.

덤벼, 하고 기타를 치며 마이크를 향해 외친 것은 세리카였다.

오오오 하며 뜨거운 관객의 대답이 우리에게 닿는다. 그 열기가 우리의 추진력이 된다.

크게 숨을 들이켰다. 배에서 소리를 밀어내듯이 노래를 부르기 시작했다.

——계속 음악만을 의지해 살아왔다. 음악이 날 구해주었다. 음악이 내 전부다. 앞으로도 음악을 연주하기 위해 살아가리라. 기타가 내 애인이다. 그런 세리카의 마음을 그린 가사를 부르짖듯이 불렀다. 누군가에게 닿았으면 좋겠다고 바라며.

튕겨 날아갈 기세로 두드리는 하이햇. 세리카의 얼터네이트 피킹이 울리는 멜로디가 곡을 코러스 파트로 이끌었다. 메이의 베이스가 든든하게 우리를 떠받치고 있었다.

나는 격렬한 스트로크로 파워 코드를 치며 목소리를 높였다.

세리카의 백 보컬이 내 목소리를 받쳐준다. 시선이 맞는다.

어때, 세리카. 즐기고 있어? 네가 보고 있는 세상은 바뀌었어?

물어볼 필요도 없었다. 자신의 감정을 표현하는 것이 서투르다고 말했던 세리카의 감정을 지금은 손에 잡힐 듯이 알 수 있었다. 마구 뛰어다니는 듯한 기타 소리가 내게 알려주었다.

두 번째 코러스 파트가 끝나고 브리지 파트로 돌입한다.

세리카 하고 내가 외쳤다. 나와 교대하듯이 세리카가 앞으로 나온다.

몸 전체를 흔들 듯이 치는 압도적인 기타 솔로가 모든 것을 집어삼킨다.

전율과 함께 단숨에 닭살이 돋았다. 기절초풍이란 말은 이걸 뜻하는 것이리라. 몇 번이나 들었을 터인데, 몇 번이고 충격을 받는다. 우리의 세상을 바꾼 기타 소리다.

왜일까. 나는 자연스레 웃음이 나왔다. 긴장으로 딱딱하게 굳어있던 경직이 풀린다. 아무리 애를 쓴들, 이것이 처음이자 마지막 라이브다. 세리카는 언젠가 자신과 같은 수준의 동료를 찾아 이번에는 더욱 넓은 세상을 바꾸러 가겠지. 그 미래가 정말로 기대됐다.

그러니 지금만은 세리카와 함께 연주할 수 있다는 행복을 곱씹자.

마지막 코러스 파트를 넘어 이윽고 곡의 끝이 찾아왔다.

세리카가 뮤트로 곡을 마무리 지은 순간, 커다란 환성이 지면을 울렸다.

피로가 단숨에 밀려든다. 자신이 땀으로 범벅이 됐다는 사실을 깨달았다.

휘청거릴 뻔하면서도 마이크를 향해 목소리를 쥐어짜 냈다.

"아~ 아~……. 안녕하세요, 미쉬매쉬 레프트오버스입니다."

나츠키~ 하이바라~ 하는 목소리가 들려왔다. 입가가 느슨해진다.

"문화제에서 최고의 라이브를 하자. 오직 그것만을 위해서 모인 네 명입니다."

이렇게 많은 사람이 내 일거수일투족에 주목하고 있다고 생각하자, 이제 와서 놀라움을 느꼈다.

청춘을 다시 시작하기 전에는 나 같은 건 아무도 몰랐는데.

이유도 없이, 멀리까지 왔다고 느꼈다.

"드럼—— 이와노 켄고."

내 소개에 맞춰 이와노 선배가 타타타탕! 하고 드럼을 두드린다.

빙그르 드럼 스틱을 돌릴 여유마저 있었다. 이 사람은 긴장을 안 했구나.

"베이스—— 시노하라 메이."

메이가 손목을 놀린다. 날렵하며 굵직한 베이스 슬랩이 울렸다.

한 소절을 다 친 뒤, 메이는 용기를 내어 주먹 쥔 손을 하늘로 치켜들었다.

우오오오오 하는 환성이 들끓었고 메이와 함께 손을 들어 올려준 사람도 잔뜩 있었다.

"리드 기타—— 혼도 세리카."

세리카가 갑자기 치기 시작한 것은 레드 제플린의 'Stairway to Heaven'의 기타 프레이즈를 어레인지한 것이었다. 3번 줄을 초킹하며 1번 줄부터 소리가 내려간다. 역시 세리카 때는 환성도 한층 더 컸다. 세리카는 기타를 놓고 크게 손을 흔들어 답했다.

"그리고…… 네, 제가 보컬인 하이바라 나츠키입니다. 으음, 어째, 죄송하네요."

사과는 왜 해? 자신에게 건 딴지와 같은 내용이 객석에서도 들려왔다.

조금 반응이 좋았으니 상관없나? 농담이라고 생각한 모양이다. 이러면 안 되지. 태도가 이래선 안 된다. 나는 오늘 좋아하는 여자에게 멋있는 모습을 보여주자고 정했으니까.

"……솔직히 대단한 사연이 있는 밴드는 아닙니다. 밴드 이름대로 어중이떠중이들을 모아놓은 거예요. 그래도, 이 네 명이서 오늘, 최고의 라이브를 하겠습니다."

그런 서투른 내 말 다음을 세리카가 이어주었다.

"그러니까 여러분! 도와주실 거죠?!"

그래—하며 분위기를 탄 관객의 대답이 객석 앞줄에서 들려왔다.

"목소리가 작다! 우리를 도와주실 거죠—?!"

세리카가 큰 목소리로 되묻자 오오오오오 하고 관객들의 소리가 땅을 울렸다.

세리카가 날 보고 웃었다. 이 자식, 라이브에 익숙한데? 당해낼 수가 없다. 그렇게 생각하며 뒤쪽의 이와노 선배에게 시선을 보냈다. 이와노 선배는 고개를 끄덕이고 포 온 더 플로어로 연주를 시작했다.

세리카의 인트로 리프가 울리기 시작하자 관객들이 박수를 치기 시작했다. 곡보다 조금 리듬이 빠르지만 그 정도로 흔들릴 이와노 선배가 아니다. 나는 외쳤다.

"두 번째 곡, 갑니다! —— '모노크로'!"

첫 번째 곡보다 기타 코드가 복잡하지만, 이제는 손가락이 멋대로 움직인다.

피가 배어 나올 때까지 연습한 보람이 있었다.

지금 이곳에서 당당하게 기타를 칠 수 있다.

거친 파도 같은 첫 번째 벌스 파트가 끝나고 세리카의 아르페지오가 완급을 준다.

한 박자 두고 격렬하고 무거우면서도 어둡고 차가운 밤처럼 서글픈 코러스 파트가 시작됐다.

「 후회는 더 이상 하고 싶지 않아
흑백으로 가득한 세상과 빛바랜 나날을 」

바꾸는 거야, 그렇게 스스로 만든 가사를 외쳤다.

오늘까지 노력을 계속해 왔다. 이번에야말로 자신이 바라던 무지갯빛 청춘을 손에 넣기 위해서. 자신이 무엇을 바라고 있는지 알 수 없어 망설이던 때도 있었다. 무지갯빛을 바라면 바랄수록, 그것만으론 만족할 수 없다는 사실에 괴로워하던 때도 있었다. 그럼에도 선택하고 나아간 끝에 지금의 내가 서 있었다.

어제의 나보다 오늘의 내가 조금이라도 더 멋있길 바랐다.

객석의 흥분에 지지 않도록 소리를 내질렀다.

목이 쉴 것 같아도 얼버무리지 않고 진심으로 외쳤다.

기분 좋은 소리가 울린다. 이곳은 정말로 편안하다. 내가 주인공이 될 수 있도록 모두가 등을 밀어준다. 고마웠다. 이 밴드의 사운드에 언제까지고 몸을 맡기고 싶었다. 그렇게 생각했지만,

시간은 눈 깜짝할 사이에 흘러가 곡은 마지막 코러스 파트로 돌입했다.

「 고맙다고 전하고 싶어 모두에게
내 세상은 함께 있어 준 모두가 바꿔주었다고 」

내가 노력을 한 것은 맞다. 하지만 그것만으로는 세상의 색이 바뀌진 않는다.

나는 분명 복 받은 것이리라. 같이 있기 위해 힘을 내자고 생각하게 만드는 사람이 가까이 있었으니까.

그렇기에 나는 모두에게 고맙다고 전하고 싶었다. 이것은 그러한 곡이었다.

잔향이 울린다. 이윽고 조용한 정적이 찾아왔다.

이렇게나 많은 관객이 거친 숨을 내쉬는 내가 입을 열길 기다리고 있었다.

쿵쾅거리며 울리는 심장을 진정시키고 호흡을 가다듬은 뒤, 나는 선언했다.

"――다음, 마지막 곡입니다. 아직 공개한 적 없는 곡입니다. 세리카가 작곡을, 제가 작사를 맡았습니다."

기다렸다는 듯한 노호와도 같은 환호. 객석의 분위기도 최고조에 치달은 모양이다. 나는 일단 조용해지길 기다린 뒤, 숨을 들이켰다.

지금부터 할 말은 용기가 필요했다.

두근거리는 고동 소리가 커지며 가슴이 터질 것 같다.

그럼에도 가슴을 펴고 내심 긴장했단 걸 들키지 않게 허세를 부리며 말했다.

"이 노래를, 제가 좋아하는 여자아이에게 바칩니다. 들어 주세요—— '별에게'."

꺄아악 하는 새된 환성이 다른 소리보다 크게 들려온다. 이번에는 조용해질 때까지 기다리지 않고 세 곡째를 시작했다. 첫 번째, 두 번째보다 느린 템포. 차분한 분위기의 곡.

흥을 돋우는 노래가 아니라 들려주기 위한 노래란 걸 이해했는지, 관객들도 리듬에 맞춰 몸을 흔들기 시작했다. 가장 앞줄의 분위기를 잘 타는 사람들은 어깨동무를 하고 리듬을 타고 있었다.

관객 정중앙쯤을 보자, 호시미야 주변만이 이상하게 공간이 비어 있었다. 내가 보기 쉽도록 동급생들이 배려해 준 것이리라. 처음부터 눈치채고 있었지만 말이다.

호시미야 히카리는 온화하게 미소 지으며 가만히 나를 바라보고 있었다.

「 벚나무 아래에서 나눈 별것 아닌 대화를 기억하니
잘하지 못해도 좋아할 수 있다고 그런 네 말이 날 구했어
내 가면 쓴 모습은 잘못된 게 아니었던 거야 」

이런 가사를 호시미야에게 확인해달라고 부탁하다니, 냉정하게 생각해 보면 그때 나는 제정신이 아니었다고밖에 생각할 수

없다. 하지만 후회는 하지 않는다. 더 좋은 가사로 완성됐으니까.

「 달이 보이던 밤, 나는 도망쳤지
아무것도 정할 수 없는 내게 자신이 없었어
널 행복하게 할 자신이
겉치레에 허세 부리며 도망치기만 하던 날들
하지만 지금 이 노래로 」

이 가사를 적고 있는 동안 줄곧 호시미야를 생각했다.

무척 좋아하는 네게 어울리는 자신이 되고 싶다. 그렇게 젠체하며 돌려 말하는 것보다 더 단순하게 표현할 수 있었다. 그저 나는, 네가 멋있다고 생각해 주길 바랐어. 그저 그뿐이야.

「 수면에 비치는 달에 손을 뻗는 것과 마찬가지라도
이 음악으로 네가 보고 있는 세상을 바꿔주겠어
네가 날 바꿔준 것처럼
보름달이 뜨는 밤은 기다릴 수 없어
이 마음이 흘러넘칠 것 같아서 」

음악이 좋았다. 록 밴드가 좋았다. 세리카가 치는 기타의 음색이 좋았다. 노래를 부르는 것이 좋았다. 이렇게 넷이서 연주하는 소리가 좋았다. 그리고 호시미야 히카리가 무척이나 좋았다.

그래서 나는 지금 이런 곳에 서서 이런 노래를 외치고 있었다.

「 모양이 빠져도 앞을 향해
넘어져도 일어나
이상을 언젠가 현실로 바꾸기 위해
네게 어울리는 내가 되기 위해 」

그렇게나 연습을 거듭해도 라이브는 눈 깜짝할 새에 지나가 버린다.

이미 마지막 곡의 종반에 접어들어 바람처럼 리듬이 달려나갔다.

필사적으로 노래하고 필사적으로 기타를 울리다 보니.

어느새 커다란 환성과 박수 소리로 가득 차 있었다. 고개를 들자, 모두가 미소를 지으며 우리를 바라보고 있다. 그 안쪽에 있는 호시미야가 커다랗게 입을 벌려 말을 전해주었다. 환성에 묻혀 소리는 들리지 않았지만, 입 모양만으로 무슨 말을 하는지 알 수 있었다.

고마워, 그렇게 말하고 있었다.

닿은 거야. 내 마음이, 이 곡이—— 호시미야의 마음에.

해냈다. 숨이 거칠다. 시야도 흔들리고 있다. 계속 서 있기가 힘들다.

완전히 지쳐 말이 나오지 않는 날 보다 못했는지, 세리카가 마이크를 향해 선언했다.

"이상! 미쉬레프였습니다! 감사합니다!"

한층 더 커다란 환성이 일었다.

장막이 서서히 내려온다. 관객들의 박수 소리가 들려왔다.

아쉬워져, 수많은 관객을 한 번 더 바라보았다. 몇 번을 보더라도 믿기질 않았다. 이렇게 많은 사람이 우리의 라이브를 봐줬다니. 평생의 보물이 되었다고 생각했다.

쉰 목소리로 메이에게 물었다.

"있잖아, 우린 최고의 라이브를 한 걸까?"

"무슨 소리예요, 나츠키."

흥분한 모습으로 메이가 등을 두드렸다.

"이게 최고가 아니면 뭐라고 해야 하는데요."

메이의 말이 옳다고 생각했다. 멍청한 질문이었다.

발치가 휘청거려 쓰러질 뻔한 날 이와노 선배가 붙잡아 어깨로 받쳐주었다.

"잘했다. 이제 나도, 후회는 없어."

곡이 끝나고 나서도 멍하니 있던 세리카가 우리를 돌아보았다.

"……나츠키!"

세리카가 가슴으로 뛰어들었다.

기세를 못 이기고 쓰러질 뻔했지만 이와노 선배가 지탱해 주었다.

"우리 승리야!"

뭘 가지고 승패가 정해지는진 모르겠지만, 세리카는 그렇게 외쳤다.

나도 땀범벅이었지만 세리카도 똑같았다. 이렇게 똑바로 감정을 표현하는 세리카를 보는 것은 처음이었다. 힘껏 껴안는 세리카를 보고 무심코 미소가 새어 나왔다.

"……세리카, 나, 좋아하는 여자한테 사랑의 노래를 바친 참이거든?"

그 직후에 이런 상태가 되니, 아무리 그래도 좀 거북스러운 면이 있다.

등을 토닥토닥 두드렸다. 세리카는 천천히 몸을 떼고 희미하게 미소 지었다.

"고지식하네, 나츠키. 그렇게 걱정 안 해도 난 기타가 애인이야."

"그거야 알지. 난 주변이 어떻게 볼지를 걱정한 거라고."

세리카는 내 이마를 가볍게 주먹으로 톡 때리곤 "이 바보야." 하고 중얼거렸다. 무슨 심정으로 이런 짓을?

혼란스러워하는 날 두고 세리카는 재빨리 일어섰다.

무대 뒤쪽으로 돌아가려 한 타이밍에 앙코르 소리가 들려오기 시작했다.

가까이에 있던 문화제 실행 위원 소녀를 바라보자, 끄덕이며 대답했다.

"아직 폐막까지 10분 정도 남아있어서 문제없어요."

그렇구나. 우리는 마지막이고 앞에선 밀리지 않고 진행한 덕에 남은 시간을 쓸 수 있는 거였어.

"……나츠키, 아직 부를 수 있어?"

“간신히. 그래도 목이 나갔는데. 세리카가 메인으로 서는 게 나을지도 모르겠다.”

“근데, 뭐 할 수 있는 곡이 있던가요?”

“숨이라도 돌릴 겸 어느 정도 연습한 카피 곡이라면 몇 개 정도 있잖냐.”

모두 얼굴을 마주 보고 쓴웃음을 지었다.

아직 끝내지 않아도 되는 모양이다. 조금만 더, 우리의 시간은 이어진다.

적어도 조금이라도 오래, 이 순간이 빛나길 바랐다.

▶ 막간 4

이것은 날 위한 노래가 아니다.

그 사실이 어쩔 도리도 없이 슬퍼서 그 자리엔 있을 수 없었다.

나츠와 세리의 라이브, 누구보다 기대하고 있었는데 볼 수조차 없다.

옥상에서 웅크리고 있어도 나츠의 목소리가, 연주가 들려온다.

저렇게 분위기가 달아오르고 있는데 내 마음만이 물 밑바닥으로 가라앉아간다.

반 친구들은 모두 나츠의 라이브를 보러 갔다. 나중에 간다곤 말했다. 하지만 결국 평소처럼 행동할 자신이 없어서 이런 곳으로 와버렸다.

난 어찌 이리 약할까. 주룩주룩 흘러내리는 눈물이 멈추지 않았다. 철컥 하고 옥상 문이 열렸다. 고개를 들지 않더라도 그것이 누군지는 알 수 있었다. 그 누군가는 아무 말도 없이 내 옆에 앉았다. 옛날부터 그랬다. 내가 울고 있으면, 내가 침울해하면 타츠만이 항상 날 찾아내 줄곧 곁에 있어 주었다.

"……라이브, 안 봐도 돼?"

간신히 말을 쥐어짜 냈다. 타츠는 한동안 아무 말도 없다가 입을 열었다.

"난 신경 쓸 거 없다. 울고 싶을 땐 울면 돼."

타츠가 그런 소릴 해서 간신히 참고 있던 눈물이 다시 눈가에서 흘러넘쳤다.

오열이 새어 나온다. 그러는 사이에도 나츠네 노래가 들려왔다.

나츠가 히카링에게 주고자 만든 노래. 겁쟁이 소년이 사랑을 전하는 곡.

좋은 곡이다. 정말로. 이 세상에서 최고로. 왜 이렇게 좋은 곡을 듣고 눈물이 멈추지 않는지 알 수 없었다. 연심 같은 게 없었다면 나는 순수하게 나츠네 라이브를 즐길 수 있었을까. 하지만 연심이 없었다면 이 곡이 이렇게나 내 마음을 울리진 않았을 것 같기도 하다. 그렇다면…… 이 감정이 있어서 다행이라고 생각했다.

이루어지지 않는 사랑이었다. 그럼에도 널 좋아하게 돼서 다행이었다.

이 곡이 정말로 좋은 곡이라고 생각할 수 있는 감성이 내게 갖추어져 있어서 다행이었다.

미안해, 나츠. 맨 앞에서 라이브를 보겠다고 약속했는데.

내가 더 강한 사람이었다면 좋았을걸. 웃는 얼굴로 네 라이브를 보고 싶었는데.

하지만, 나는 약하다. 약한 내게 지금의 넌 너무 눈부시다.

난 너처럼은 될 수 없다.

행복해지길 빌었다. 미련 같은 건 떨쳐버릴 수 있도록.

그때 나츠 옆에 있는 것은 내가 아니지만, 상관없다.

그렇게 똑 부러지게 말할 수 있게 되자.

다음에 나츠와 대화를 나눌 때는 미소를 짓고 그렇게 전하는 거야.

……하지만 지금만은, 조금만 더, 이대로.

▶ 종　장　　　낙엽이 흩날리는 가을밤에

이틀에 걸친 문화제가 끝났다.

라이브 때문에 기진맥진한 나는 결국 반 부스 정리를 거의 돕지 못했다.

같은 반 RINE 그룹에서는 『뒤풀이하자!』고 히노가 기운차게 선언했다.

아무래도 이미 가게 예약도 잡은 모양이다. 일 처리가 빠르다기보다는 처음부터 뒤풀이를 하고 싶었던 거겠지. 밴드부 정리를 도운 뒤 밴드 멤버와 헤어졌다.

넷이서 뒤풀이는 다른 날 하기로 약속했다.

더 이상 이렇게 넷이서 연습할 일은 없다. 섭섭하지만 만나지 못하는 것은 아니다.

한 번 집으로 돌아가 샤워를 한 뒤 RINE에 올라온 가게로 향했다.

그러고 보니 나미카가 어쩐지 계속 꼼지락거리고 있던데, 왜 저러지?

여동생의 거동을 반추하곤 고개를 갸웃거리며 도착한 곳은 몬자야키 가게였다. 포렴을 지나가자, 커다란 방으로 안내를 받앉다. 동급생 모두가 여섯 명씩 테이블을 나누어 바닥에 앉아 즐거운 듯이 대화를 나누고 있다. 테이블 위의 철판에는 먹음직스러운 몬자야키가 있었다.

"오, 이제 왔냐, 주인공!"

축구부 오카지마가 명랑하게 웃으며 어깨동무를 했다.

"미안. 좀 늦었지."

동급생 전원의 시선이 내게 쏠렸다. 다른 사람들은 모두 학교에서 바로 이곳으로 향한 모양이다. 나는 아무리 그래도 땀범벅인 채로 등장하는 것에 망설임이 들어 집에서 샤워하고 온 만큼 시간 차가 있었다.

"나츠키, 여기 앉아."

레이타가 자기 옆자리의 방석을 두드렸다.

그 테이블에는 호시미야, 나나세, 히노, 후지와라가 앉아있었다.

"수고했어."

먼저 말을 걸어온 것은 나나세였다.

"라이브 좋더라. 설마 그렇게 흥할 줄 몰랐다, 야."

어깨를 찌른 것은 히노였다. 주걱으로 몬자야키를 쿡쿡 찌르며 말을 이었다.

"카나타는 아예 감동해서 울더라니까."

"아, 안 울었어! 대충 말하지 마!"

후지와라가 철썩철썩 어깨를 두드렸다.

"저기, 부끄러운 걸 감추고 싶으면 히노 어깨를 때려줄래?"

"알잖아, 위치가 이래서……."

"아니, 무슨 변명이 그래……."

미묘한 표정으로 후지와라를 보고 있는 사이 레이타가 새로운 몬자야키 반죽을 철판에 올렸다.

"올해 문화제는 전설이 됐네. 몇 명이나 모였을까?"

"우리 학교 학생 중 과반수는 있지 않았니? 외부 손님도 백 명은 오지 않았을까?"

"당연하지! 그만큼 굉장했는걸!"

무슨 일인지 후지와라가 눈을 반짝이며 말했다.

그리고 자신의 거동을 돌아보곤 창피한 듯이 고개를 돌렸다.

아마도 미쉬레프의 팬이겠지. 고마운 일이다.

동급생 모두가 우리 테이블의 대화를 주목하는 것이 느껴졌다.

최고의 라이브를 펼친 영향이라고 생각하면 나쁜 기분은 들지 않지만, 조금 불편하다.

……그보다 신경 쓰이는 건 지금까지 호시미야가 한마디도 하지 않은 점이다.

정면에 앉은 호시미야를 바라보자, 시선이 맞았다.

호시미야가 홱 하니 있는 힘껏 고개를 돌렸다.

"……."

"……."

어쩐지 어색한 분위기가 흐른다.

동급생 모두의 따뜻한 시선이 우리에게 쏠렸다.

……그야 이름을 말하진 않았다곤 하나, 다른 동급생들도 어

렴풋이 눈치를 채기야 했겠지.

좋아하는 여자아이에게 바친다고 멋을 부린 데다 노래 제목도 이름 그대로였으니까.

"……저기, 수고했어."

"……어, 어어. 고마워."

이게 뭐야……. 왜 이렇게까지 대화가 껄끄러운 거야…….

아무리 봐도 호시미야는 긴장했다. 이리저리 시선을 방황시키고 있다.

"히카리, 진정해."

나나세가 어이없어하며 호시미야의 머리를 쓰다듬었다.

그런 우리의 모습을 보고 레이타가 화제를 바꿨다.

"나츠키는 앞으로 어떻게 할 거야? 밴드, 계속할 수 있을 것 같아?"

"아니, 너희한텐 얘기한 것 같은데 원래부터 문화제까지만 하기로 했었거든."

내 대답에 "뭐어?!" 하는 목소리가 여기저기서 새어 나왔다. 우리 대화에 너무 귀 기울이는 거 아니야? 더 자기들 테이블에서 대화를 하라고.

"역시 그건 변함이 없구나. 그만한 라이브를 했는데."

"뭐, 이와노 선배가 수험 공부에 전념하니까 어쩔 수 없지."

끝나 보니, 실감이 든다.

이렇게까지 화제가 될 만한 라이브를 할 수 있었던 것은 역시나 세리카의 힘이 컸다.

우리와는 근본적인 것이 다르다. 그런 세리카를 가까이에서 보고 있었기에, 꿈을 좇지 않고 현실을 걸을 수 있다. 메이와 이와노 선배 모두 아마 나와 같은 심경일 것이다.

"밴드부는 계속할 거니?"

"지금 당장은 계속할 예정이야. 기타가 재미있으니까."

"그래. 나츠키 노래를 또 들을 수 있었으면 좋겠다."

그런 식으로 말하는 레이타에게 문득 궁금해진 것을 물었다.

"그러고 보니 레이타는 미오리랑 같이 봐 줬지."

"맨 뒤에 있었는데 용케 눈치챘네."

옛날부터 미오리를 찾는 건 잘했거든. 숨바꼭질이라면 미오리에게 진 적이 없었다.

"미오리랑 같이 문화제를 구경하고 있었어."

레이타는 몬자야키를 솜씨 좋게 주걱으로 나누며 아무렇지도 않게 말했다.

"——사귀기로 했어."

순간, 사고가 공백으로 물들었다.

하지만 두 사람의 관계를 생각해 보면 당연한 결과다.

미오리도 여름방학 끝물에 레이타에게 고백하겠다고 말했으니까.

의외로 늦었구나 하는 마음도 있었고 갑작스럽구나 하고 느끼는 마음도 있었다.

그야 내가 모르는 곳에서 두 사람의 관계에 계속 진전이 있었던 것이겠지.

"나츠키가 도와준 덕이야. 고마워."

"내가 뭐 했던가? 응원하겠다곤 했는데 아무것도 안 했잖아."

"에이, 아니야, 그 말만으로도 충분히 든든했어."

레이타는 부드럽게 웃었다. 왠지 모르게 그것은 진심에서 우러나온 표정처럼 보였다.

"하하. 아무튼, 축하한다."

내가 음료수로 건배하는 포즈를 취하자 같은 테이블에 앉은 모두가 올라타 주었다.

"시라토리치곤 행동이 느렸네."

"나나세는 나에 대한 이미지가 이상한 거 아냐?"

"뭐, 이미지를 얘길 하면야 맞는 말이긴 하지."

"나츠키도 동의하지 마. 나, 그렇게 껄렁대지 않잖아. 그렇지? 호시미야."

"으~음…… 뭐, 히노보다야?"

"아니, 여기서 나한테 불똥이 튄다고? 이래 보여도 난 카나타 일편단심인데?"

"토시야, 좀. 쓸데없는 소리 안 해도 되니까……!"

1학년 2반의 뒤풀이 회식은 화기애애하게 진행되어 갔다.

평소에는 분위기 메이커 역할을 맡던 우타와 타츠야가 없다는 사실은 아무도 건드리지 않았다.

조금 갑갑해져 가게 밖으로 나왔다.

밤은 이미 추웠다. 차가운 밤바람을 맞으며 가게 벽에 등을 기댔다.

해냈다. 할 수 있는 모든 걸 했다. 자신의 행동에 후회는 없었다.

그럼에도, 어쩔 수 없이 복잡한 심경이 들고 만다. 이곳에 두 사람이 없기에.

"……그런 얼굴 하지 마."

하늘을 올려다보며 다가온 것은 호시미야였다.

나와 똑같이 뒤풀이 자리를 빠져나온 모양이다.

"……난, 기쁘거든? 그러니까 나츠키도 그런 얼굴 하지 마."

그렇게 말하는 호시미야의 표정은 어딘가 서글퍼 보였다. 호시미야도 느끼는 바가 있어서 그렇겠지.

"있지, 나츠키. 오늘 라이브, 정말 멋있었어."

"……호시미야가 그렇게 말해주니 오늘까지 노력한 보람이 있다."

나란히 선다. 어깨가 살짝 닿았다.

호시미야의 시선에 이끌려 하늘을 올려다보았다.

청명한 밤하늘. 반짝이는 별들의 중심에 환히 빛나는 보름달이 있었다.

의도한 것은 아니지만 오늘만큼 어울리는 날은 없었다.

"……있지, 나츠키."

호시미야가 무언가 말하려 했다.

하지만 말하게 두지 않을 것이다. 오늘만은 내 차례다.

"——달이, 참 아름답지."

그 여름날, 호시미야가 하지 못했던 말을 오늘 내가 이어 말했다.

언젠가 보름달이 뜬 밤에, 호시미야는 그렇게 말했다. 오늘을 놓치면 분명 말할 기회는 없을 것이다.

젠체하며 돌려 말한 것이 낯간지러웠지만 물 흐르듯 자연스럽게 말이 튀어나왔다.

"너와 함께 보고 있어서 그런 걸까?"

호시미야는 어깨를 기대곤 부끄럽다는 듯이 수줍어했다.

서로에게 딱 기대어 달을 보고 있는 호시미야의 옆모습을 바라보았다.

"있지, 어리광부려도 돼?"

"지금이라면 뭐든 들어줄게."

"정말? 그럼 있지, 제대로 말로 해줘. 모호한 말은 불안해져."

더 확실한 것을 바란다고 말한 호시미야에게 무심코 쓴웃음을 지었다.

"……이러는 거, 호시미야가 시작한 건데?"

"시, 시끄럽거든. 폼 잡고 싶은 나이란 말야. 나도."

어깨에 얼굴을 들이대고 비빈다.

요구했기에 어쩔 수 없이 솔직하게 속마음을 털어놓았다.

"……좋아해, 호시미야. 이 세상에서 제일. 그러니까, 나랑 사귀어 줘."

그렇게 전하자, 등에 손을 둘렀다. 나도 호시미야의 머리카락을 만지며 품으로 끌어당겼다.

“……응. 나도, 나츠키가 좋아.”

상황에 몸을 맡기고 그렇게 행동하고 있었지만, 당연히 심장은 쿵쾅거리며 뛰고 있었다.

끌어안고 있는 호시미야도 그것을 눈치챘는지 날 보고 키득거리며 웃었다.

“나츠키, 실은 두근거리고 있지?”

“실은이고 뭐고, 안 두근거릴 수가 있겠어?”

“아, 대놓고 그러네.”

“호시미야도 똑같으면서.”

“후후. 아쉽지만, 난 두꺼운 흉부 장갑이 있어서 눈치 못 챌걸?”

그 말을 자기 입으로 하는 게 호시미야다운걸.

확실히 껴안고 있는 지금도 부드러운 감촉만이 전해져왔다.

“있지, 나츠키. 지금까지 쭈욱 생각해 온 어리광, 하나만 더 해도 돼?”

“얼마든지.”

“……이름으로 불러줘. 난 나츠키를 이름으로 부르는데.”

듣고 보니 내 안에서 호시미야는 호시미야로 완전히 정착한 바람에 이름으로 부른다는 발상 그 자체가 없었다……. 아니, 있었나? 당연하게도 부끄러워서 도전을 포기했던 것 같다.

하지만 사귀게 됐으니 창피하단 소리만 하고 있을 순 없겠지.

“어어, 음…… 히카리.”

용기를 내 이름을 부르자, 호시미야의── 히카리의 얼굴에 포근한 미소가 활짝 피었다.

달보다도 아름다운 웃음이었다.

"네, 히카리랍니다. 당신의 여자 친구인 히카리예요."

"솔직히 낯설다 해야 하나, 부끄러운걸……."

"그 정돈 참아줘. 호시미야라고 부를 때마다 벌칙 줄 거야."

"그건 너무 억지다……."

끌어안고 있는데 가게 창문으로 대화 소리가 들려왔다.

"그러고 보니 하이바라랑 호시미야는?"

"어느새 사라졌지. 그런 거 아냐?"

"우와아, 진짜냐? 걔들. 뒤풀이 자리를 청춘에 이용해?"

그런 대화 소리가 서서히 멀어져갔다. 아마도 화장실로 통하는 복도일 것이다.

히카리와 가까이서 얼굴을 마주 보았다.

냉정하게 지금의 우리 상황을 돌아보고 슬쩍 떨어졌다.

"……도, 돌아갈까."

"……그, 그래!"

얼굴을 새빨갛게 물들인 히카리. 내 볼도 뜨겁다.

……확실히 둘이서 너무 들떴는지도 모른다.

어쩌다 근처에 사람이 없어서 다행이었다. 누군가 보았다면 죽을 뻔했다.

동급생들의 의혹을 풀기 위해 히카리와 시간을 두고 돌아가기로 했다.

혼자가 되어서 한 번 크게 숨을 내쉬었다. 볼을 꼬집었다. 얼얼하게 아프다.

이곳은 틀림없는 현실이었다.

——즉, 호시미야 히카리가, 내 인생 첫 여자 친구가 된 것이다.

여러 감정이 얽히고설켜 말로 표현하기가 어려웠다. 미래에 대한 불안함이 느껴졌다.

그럼에도 지금만은, 이 행복에 잠겨 있고 싶다고 생각했다.

청명한 밤하늘에 보름달이 반짝인다. 불어온 바람에 마른 잎이 흩날린다.

그런 가을밤에 일어난 일이었다.

*

가장 먼저 보고할 상대는 물론 정해져 있었다.

집으로 돌아가 샤워를 한 뒤, 스마트폰을 들어 전화를 걸었다.

이미 시간도 늦었다. 자고 있을지도 모른다. 그걸 알고 있으면서도 지금 당장 얘기하고 싶다는 마음을 억누를 수 없었다. 뚜르르 하는 소리를 들으며 전화를 받길 기다리고 있자, 그 소리가 끊어짐과 동시에 상대의 숨소리가 들려왔다.

"……미오리?"

『……왜 그래? 나츠키.』

이상하게 조용한 목소리였다. 평소의 살짝 냉랭한 느낌과는 전혀 다르다.

"……너, 무슨 일 있었어?"

『응? 아무 일도 없었어, 딱히. 그보다 무슨 일인데?』

위화감은 늘기만 할 뿐이었다. 하지만 미오리는 평정을 가장하고 있었다. 그것은 왜인가? 당연히 전화 상대인 내게 들키지 않기 위해서이리라. 그렇다면 아무것도 묻지 않는 것이 좋을지도 모른다.

참견해도 되는지 안 되는지 몰라 망설이고 있는데 미오리가 한숨을 쉬었다.

『……쓸데없는 것만 민감하게 알아챈다니까, 넌. 옛날부터.』

미오리는 그렇게 생각하겠지. 미오리에 관한 것이라면 목소리만 들어도 왠지 모르게 알 수 있으니까.

『레이타랑 사귀게 됐어.』

미오리가 조용한 목소리로 보고하자 더더욱 의문만이 늘어갔다.

왜 기뻐하질 않지? 무슨 일이 있었나? 내가 무언가 착각을 하고 있나?

"……축하한다고, 말하면 되는 거지?"

『응. 고마워. 기쁘다. 이제 목표 달성이네.』

"그럼 넌 왜 울고 있는데."

미오리는 입을 다물었다. 특별한 근거가 있는 것은 아니었지만, 침묵이 긍정했다.

『……그거랑은, 다른 이유야. 신경 쓰지 마.』

"미오리."

『있잖아, 나츠키.』

내 말에 겹치듯이 미오리가 이야기했다.

『라이브 좋았어. 정말로.』

"고맙다. 네가 날 칭찬해 주다니, 별일이네."

『평소엔 칭찬할 구석이 없거든.』

"야. 팩트로 사람 때리는 버릇 좀 고쳐."

『팩트일 리가 없잖아. 바보라니까.』

"……그러냐."

『네가 전화한 이유, 맞혀줄까?』

"글쎄, 맞힐 수 있을까? 들으면 깜짝 놀랄걸."

『히카리랑 사귀기로 한 거지?』

정확하게 맞히고 말았다. 아무리 미오리라도 놀랄 줄 알았는데.

"……어떻게 알았어?"

『모를 리가 있겠어? 몰랐던 건 너밖에 없거든.』

미오리는 금세 얘기를 과장하는 경향이 있다. 자신은 눈치가 빠르다면서. 확실히 라이브에서 고백이나 다름없는 짓을 했지만, 그렇다고 내가 히카리와 사귀게 됐는지 어떤지는 알 수 없을 거 아냐.

"……뭐, 됐다. 아무튼 그렇게 됐으니까 보고하려고 생각해서 전화한 거야."

『……왜?』

"……네가 도와준 덕분이니 고맙다고 말하려고."

대답하며 의문을 느꼈다.

내가 미오리에게 보고하는 데 이유가 필요한가? 무지갯빛 청춘 계획의 파트너잖아?

『이 정도로 뭘. ……축하해.』

"……그래."

뭐지? 분위기가 왜 이래? 생각하던 것과 다르다.

더 신이 나서 "잘됐네." 하고 서로에게 말해줄 줄 알았다.

왜냐하면 서로 목적을 달성했으니까. 분명 그러기 위해 노력해 왔으니까.

『뭐, 도중부터는 거의 아무것도 안 했지만 말야. 너 스스로 해낸 거야.』

확실히 미오리를 의지할 기회는 점점 줄어갔다.

미오리와 사이가 너무 가까운 것도 레이타에게 미안하다고 생각한 것이 이유 중 하나.

또 하나는 세리카와 나나세처럼 의지할 친구가 늘어난 것.

마지막 하나는── 왠지 모르게 미오리가 날 피하려는 것처럼 느껴졌기 때문이다.

"……나도 도중부터는 협력을 못 했지. 네 작전에."

『나도 성공했으니까. 괜찮아, 딱히. 결과가 전부인걸.』

맞는 말이다. 결과가 좋게 흘러갔다. 그렇기에 아무런 문제도 없을 터이다.

『그리고 아무리 협력관계라 해도 너무 의지하는 것도 좋지 않으니까.』

미오리가 날 피하게 된 것도 그것이 이유일까.

앞뒤는 맞는다. 하지만 석연치 않았다. 무언가 결정적인 착각을 하고 있는 듯한 느낌이 든다.

『넌 히카리랑, 난 레이타랑 사귀게 됐지. 서로 목적은 달성한 거야.』

엄밀히 말하면 조금 다르다. 미오리의 목적은 달성했지만, 내 목적은 무지갯빛 청춘을 보내는 것이다. 히카리와 사귀는 것은 그 일환이지만, 지금 여기서 그것을 지적하는 것은 눈치가 없는 짓이겠지.

그러게, 하고 내가 긍정하자 미오리는 담담히 고했다.

『그럼 여기서 우리 협력관계는 끝이네. 파트너 해산이구나.』

그것은 예상 못 한 말이었다.

"미오리? 왜……."

『어? 그야 서로 목적을 이뤘으니까 오히려 계속할 이유가 없잖아?』

미오리의 말은 정론이었다.

왠지 모르게 이후로도 이어지리라 생각하던 내가 잘못 생각하고 있었다.

설령 내 목적이 정확하게는 달성된 게 아니란 사실을 말하더라도 미오리의 목적이 달성된 이상, 더 이상 협력할 이유가 없다. 우리의 협력관계는 여기서 끝인 것이다.

『딱히, 그렇게 신경 쓸 필요 없지 않아? 앞으로도 친구인데.』

"……그러게."

『풀 죽지 말구. 이제 내가 없더라도 넌 괜찮아.』

"그렇지 않아. 난 아직도 실수만 잔뜩 한다고."

『설령 그렇다 해도.』

미오리는 거기서 말을 끊었다. 그 목소리가 조금 떨리고 있었다.

『앞으로는 히카리가 네 버팀목이 되어 줄 테니까.』

어느새 전화는 끊어져 있었다. 스마트폰을 두고 침대에 몸을 내던졌다.

목적을 이루어 계약을 종료한다. 지극히 당연한 일이다. 아무것도 이상한 일이 아니다.

그런데 마음에 구멍이 뻥 뚫린 듯한 감각만은 사라지지 않았다.

그리고 모토미야 미오리는 잿빛 소년의 무지갯빛 청춘 계획의 협력자가 아니게 됐다.

그저, 그뿐인 이야기였다.

작가 후기

옛날부터 록을 좋아했습니다. 하지만 썰을 풀 만큼 자세히 아는 것도 아니고 악기도 기타를 살짝 만져본 게 다였기에, 악기 묘사는 제법 골을 썩였습니다.

제가 그리고 싶었던 청춘의 열기가 여러분께도 전해졌다면 다행이겠습니다.

오랜만에 뵙습니다. 아마미야 카즈키입니다.

이번에는 가을과 문화제, 음악 이야기입니다. 테마는 선택. 연애가 얽히면 무얼 선택해도 최선의 결말이 되지 않는 것이 어려운 점이라고 생각합니다. 그럼에도 결단을 내리는 것이 주인공의 역할이라고 생각하기에 하이바라 나츠키에게는 많은 노력을 시켰습니다. 이 너머는 연애 경험이 전혀 없는 나츠키에게 있어서 미지의 영역이 되겠죠. 5권이 기대되네요!

감사 인사로 넘어가겠습니다. 담당 편집자님 N씨, 이번에도 “마감이라면 두고 왔다. 이 너머 싸움부터는 못 따라오거든.” 하고 말하는 듯한 속도로 작업해 정말로 죄송했습니다……. 일러스트레이터 긴 씨, 훌륭한 일러스트를 그려주셔서 감사합니다. 세리카, 귀여워요, 세리카.

또 관계자 여러분, 독자 여러분께도 고맙다는 말씀을 드립니다. 이번에도 감사했습니다.

하이바라의 청춘 뉴 게임 플러스 4

2025년 11월 20일 제1판 인쇄
2025년 12월 01일 제1판 발행

지음 아마미야 카즈키
일러스트 긴

제작 · 편집 노블엔진 편집부

발행 데이즈엔터(주)
등록번호 제 2023-000035호
주소 07551 서울특별시 강서구 양천로 570 NH서울타워 19층
대표전화 02-2013-5665

ISBN 979-11-380-6364-7
ISBN 979-11-380-4029-7 (세트)

灰原くんの強くて青春ニューゲーム Vol.4

구매 시 파손된 도서는 구매처에서 교환하실 수 있습니다.
기타 불편사항, 문의사항이 있으신 독자님께서는 노블엔진 홈페이지
[http://novelengine.com] 에서 Q&A 게시판을 이용해 주시기 바랍니다.